Ruth Cardello

Das Dienstmädchen des Milliardärs

W0341984

amazon crossing

Das Buch

Dominic Corisi wusste sofort, dass Abigail Dartley genau die richtige Ablenkung für ihn war, besonders da sie ihm mehr Überzeugungsarbeit abverlangte, als er es von Frauen gewohnt war. Als ihn die Geschäfte nach China rufen, entscheidet er sich kurzerhand, sie mitzunehmen. Keine Versprechen. Keine Komplikationen. Nur Sex.

Abby war schon immer eine höchst verantwortungsvolle Frau. Sie glaubt nicht an Risiken, besonders wenn es um Männer geht – bis sie Dominic trifft. Er bringt sie zur Weißglut und fasziniert sie gleichermaßen, eine feurige Kombination. Ihre Reise nach China lässt eine längst vergessene Seite von Abby wieder aufblühen, bringt jedoch auch eine Gefahr ans Licht, die das Aus für Dominics Unternehmen bedeuten könnte. Abby muss entweder unverhofft in die Vertragsverhandlungen eingreifen und seine Firma retten oder ihre Rolle als einfache Geliebte akzeptieren und Dominic seinem Schicksal überlassen. Liebt sie ihn genug, um zu riskieren, ihn für immer zu verlieren?

Die Autorin

Nachdem sie zwanzig Jahre lang als Lehrerin gearbeitet hatte, veröffentlichte Ruth Cardello ihren ersten Liebesroman selbst und vermarktete ihn auch online höchstpersönlich. Mit dem Sprung ihres dritten Buches *Bedding the Billionaire* in die Bestsellerliste der *New York Times* und von *USA Today* wurde sie nicht nur in den USA eine gefeierte Autorin, sondern gelang ihr auch international der Durchbruch.

Ruth Cardello schreibt lustige, spannende Romanzen mit attraktiven Alphamännern und starken Frauen, die sie zu zähmen wissen. In allen Geschichten ist die Bedeutung von Familie, Vergebung sowie Vertrauen in andere und sich selbst tief verwoben. Ihre Romane sollen die Leser auf eine Reise an exotische Orte führen und bei der Rückkehr ein Gefühl der Hoffnung hinterlassen.

Ruth Cardello

Das DIENST MÄDCHEN des MILLIARDÄRS

Übersetzt von Constanze Rouyer

amazon crossing

Die Originalausgabe erschien 2013 unter dem Titel
»Maid for the Billionaire«.

Deutsche Erstveröffentlichung bei AmazonCrossing, Luxemburg, 2014

Umschlaggestaltung: bürosüd° München, www.buerosued.de
Lektorat: Asta Hemmerlein
Satz: Monika Daimer, www.buch-macher.de

Printed in Germany
by Amazon Distribution GmbH, Leipzig

ISBN 978-1-477-82600-3

www.amazon.com/crossing

Kapitel eins

Durch seinen plötzlichen Tod hatte sein Vater schon wieder gewonnen. Der alte Bastard.

Dominic Corisi schlug genervt die Tür seines schwarzen Bugatti Veyron zu und trat auf den heißen Bostoner Asphalt, ohne sein millionenschweres Fahrzeug noch eines weiteren Blickes zu würdigen. Die Freude, ein solches Auto zu besitzen, war versiegt, genau wie sein Drang, auf das unablässige Klingeln seines Handys zu reagieren, das er bereits seit gestern erfolgreich ignorierte. Anstatt es auszuschalten, vergrub er das Gerät tief in seiner Manteltasche und nahm das Geräusch und damit die Verbindung zu seinem Leben nur noch wie ein entferntes Leuchtfeuer wahr.

Trotz der beklemmenden Hitze setzte er sich erschöpft auf die unterste Stufe seines alten Stadthauses – ein einfaches Wohnhaus in einer ruhigen Straße nahe der belebten Newbury Street. Wenn er sich richtig erinnerte, waren die Zimmer klein und die Treppe knarrte. Er hatte sich nie die Zeit genommen, sie zu reparieren. Dieses Haus war nichts gegen die prächtigen Villen, die er in zahlreichen Ländern auf der ganzen Welt besaß.

Und doch war es für ihn der einzige Ort, an dem er sich annähernd wie zu Hause fühlte.

Sein Telefon klingelte nun mit einer Penetranz, die er nicht länger ignorieren konnte. Jake. Sein Partner würde immer wieder anrufen und so die Chance, dass Dominic in seinen alten vier Wänden einen Moment der Ruhe fand, unweigerlich zunichtemachen. »Corisi«, blaffte er ins Telefon.

»Dominic, gut dass ich dich erwische«, erwiderte Jake Walton sanft, als hätte er es in den letzten zwei Tagen nicht zwanzig Mal umsonst versucht. So war Jake, ruhig und professionell, selbst in Zeiten feindlicher Übernahmen. Den Mann konnte nichts aus der Ruhe bringen.

Normalerweise schätzte Dominic sein ausgeglichenes Gemüt, doch heute ging es ihm auf die Nerven. Wahrscheinlich taten die letzten vierzig Stunden ohne Schlaf langsam ihr Übriges. Er widerstand dem dringenden Verlangen, sein Handy über das Metallgeländer zu werfen. Die Welt war nicht der geordnete, rationale Ort, wie sich Jake ihn gerne zurechtbastelte. Sie war chaotisch und hässlich. Und seit Kurzem fehlte ihr vor allem Gerechtigkeit.

»Wie ist Boston?«

Die Frage ließ Dominic beinahe aus der Haut fahren. »Was glaubst du wohl?«

Jakes untypisches Schweigen bedeutete entgegen seiner Hoffnung nicht das Ende dieses Gesprächs, das er so gerne von Anfang an vermieden hätte.

»Wir müssen uns über den China-Auftrag unterhalten. Der Handelsminister erwartet dich morgen, um die Einzelheiten zu besprechen. Das ist dein Traum, Dominic. Nächste Woche wird Corisi Enterprises international ganz oben mitspielen. Was soll ich dem Minister sagen?«

»Keine Ahnung«, antwortete Dominic erschöpft.

Jake machte ein Geräusch, das irgendwo zwischen einem Würgen und einem Husten lag, und war sprachlos – eine ungewöhnliche Reaktion für einen Mann wie Dominic, der es gewohnt war, wütende internationale Diplomaten zu bändigen, ohne mit der Wimper zu zucken. Er war der geborene Mittelsmann und meisterte souverän jede noch so komplizierte Situation. Bis heute.

Armer Jake. Beide hätten sich in all den Jahren ihrer Zusammenarbeit niemals vorstellen können, dass sich Dominic je der Welt entziehen könnte. Gründer von Finanzimperien nahmen sich keinen Urlaub und vor allem versteckten sie sich nicht. Nicht, nachdem der Grundstein für das größte unternehmerische Vorhaben des Jahrhunderts bereits fast in trockenen Tüchern war. Bill Gates persönlich hatte ihn in der letzten Woche angerufen, um über die Konsequenzen des Auftrags zu sprechen.

»Jake, ich muss für ungefähr eine Woche vom Radar verschwinden. Kannst du dich bitte um den China-Auftrag kümmern?«

»Okay ...«, antwortete Jake verunsichert. Unter anderen Umständen wäre seine Fassungslosigkeit höchst amüsant gewesen.

»Kriegst du das hin oder nicht?«, forderte Dominic ihn heraus. Sein pochender Kopfschmerz ließ ihn kaum einen klaren Gedanken fassen.

Vielleicht war es ein Fehler gewesen, nach Boston zu kommen. An diesem Ort war er mit siebzehn seinem Erbe davongelaufen und hatte sich als Kellner durchgeschlagen, um die Suche nach seiner Mutter zu finanzieren. Hier, in diesem Sandsteinhaus, war sein Hass gegenüber seinem Vater immer mehr gewachsen. Er, der immer abgestritten hatte, mit dem Verschwinden seiner Frau irgendetwas zu tun gehabt zu haben.

Jakes Stimme holte Dominic unsanft in die Gegenwart zurück. »Kein Problem. Ich bin über den Stand der Dinge beim chinesischen Amt für Investitionsförderung informiert. Sie können es nicht erwarten. Ich werde meine Termine absagen und mich darum kümmern. Duhamel wird bis auf Weiteres deine Anrufe an mich weiterleiten.«

»Gut.«

»Dom ...« Jake zögerte. »Es ist normal, dass man Zeit zum Trauern braucht. Du hast gerade erst deinen Vater verloren.«

Dominic lachte höhnisch auf. »Glaub mir, ich trauere nicht um seinen Tod.« Er lehnte sich ans Metallgeländer und schaute an dem Gebäude hinauf, zu dem er instinktiv zurückgekehrt war, um den Mann wiederzufinden, der er einmal war. Er hoffte, etwas zu sehen, das ihn aus dieser betäubenden Gleichgültigkeit erlöste, die er für alle Dinge empfand, die er seither geschaffen hatte – hohe Erwartungen an ein paar Mauern mit vergilbten Tapeten.

Jake sagte: »Genau das beunruhigt mich. Egal, welche Pläne du hattest oder was er dir einst angetan hat, er ist nicht mehr da. Du musst ihn endlich loslassen.«

Jake verlangte das Unmögliche. Natürlich war die Vergangenheit von Bedeutung. Sie war mitunter das Einzige, was wirklich zählte. »Mach einfach deinen Job, Jake. Wenn du es nicht schaffst, sag es mir und ich bitte Priestly, dir zu helfen.«

Zum zweiten Mal, seit sie sich in Harvard kennengelernt hatten, verlor Jake seine Beherrschung: »Schwachsinn, Dom. Du willst Priestly nach China schicken? Dann schick ihn. Du hast recht – du hast mich zu einem sehr reichen Mann gemacht, ich habe so etwas wirklich nicht nötig. Aber höre auf meine Warnung: Wenn wir beide das Ruder aus der Hand geben, wirst du die längste Zeit Milliardär gewesen sein. Von diesem Auftrag hängt eine Menge ab. Allein die Gerichtsverfahren werden dich ruinieren, wenn du das hier in den Sand setzt. Du hast viel investiert und spielst jetzt mit den großen Jungs. Regierungen sind nicht sehr nachsichtig, wenn man sie in der letzten Minute sitzen lässt.«

Diese Ansage sollte Dominic aufrütteln, doch sie konnte die Dumpfheit in seinem Kopf kaum durchbrechen, die er seit dem Anruf des Anwalts seines Vaters ständig spürte. Was bedeutete das ganze Geld schon? Er hatte fünfzehn Jahre damit vergeudet, ein Imperium aufzubauen, nur um seinem Vater eines Tages den Übernahmevertrag auf dessen übergroßen Mahagonischreibtisch knallen zu können. Dominic hätte schon vor Jahren handeln sollen, doch keiner seiner Erfolge war ihm je genug gewesen. Er hatte diesen Tag minutiös vorbereitet und langsam sein Unternehmen aufgebaut, während er das seines Vaters immer mehr untergraben hatte. Immer mit dem Ziel, ihn eines Tages endgültig zu besiegen. Dominic hatte gehofft, dass die Niederlage seines Vaters ihn endlich dazu bringen würde zuzugeben, was wirklich mit seiner Mutter geschehen war.

Dies war der einzige Verlust, um den er heute trauerte.

Stattdessen hatte der Anwalt seines Vaters ihm genaue Anweisungen gegeben. Nein, es reichte ihm nicht, ihn zu enterben –

Antonio Corisi hatte verfügt, dass Dominic bei der Testamentseröffnung anwesend sein musste. Um dies zu erreichen, bediente er sich Dominics einziger Schwäche, seines einzigen Bedauerns, und behielt so die Kontrolle über ihn, selbst vom Grab aus.

Jake räusperte sich und erinnerte Dominic daran, dass er ihm noch eine Antwort schuldig war. Was sollte er sagen? Wie immer hatte Jake die Situation richtig eingeschätzt. Dominic hatte sein eigenes Geld und das seiner Investoren aufs Spiel gesetzt, um das Vorhaben abzusichern. Das Risiko war es wert gewesen. Der Regierungsauftrag würde ihm die Tore zu Chinas Softwaremarkt weit öffnen und seinen weltweiten Einfluss damit um ein Vielfaches erhöhen. Es war ein gewagter Schachzug, der, sofern er sorgfältig umgesetzt wurde, Corisi Enterprises eine Machtposition verleihen würde, die nur wenige Unternehmen jemals erreicht hatten – ein Ziel, das noch vor einer Woche für ihn oberste Priorität besaß.

Jake konnte die Verhandlungen führen. Dominic war schon immer derjenige von beiden gewesen, der vorausschritt, die Situation klärte und den Weg frei machte. Dieses Mal würde es nicht anders sein. Jake würde lediglich etwas früher in den Prozess mit einbezogen als sonst. Priestly war vor Ort zwar unersetzlich, doch er war nicht Jake.

»Eine Woche, Jake.« Mehr konnte Dominic als Entschuldigung nicht vorbringen. Er hoffte, es würde ausreichen.

Jake antwortete: »Nimm dir zwei Wochen, wenn du es brauchst«, und klang dabei eher wie ein älterer Bruder als ein Geschäftspartner. »Sieh zu, dass du wieder in Ordnung kommst. Ich kann den China-Auftrag unter Dach und Fach bringen, aber du musst für die Unterzeichnung des Vertrags anwesend sein. Ich werde heute eine Pressemitteilung herausgeben und die Medien darum bitten, deine Privatsphäre zu respektieren, damit du in Ruhe trauern kannst. So hast du ein paar Tage Zeit, bevor sie über dich herfallen.«

»Ruf Murdock an.« *Der Mann schuldet mir noch einen Gefallen.*

»Du meinst *den* Murdock? Ich dachte, er wäre bereits im Ruhestand.«

Tja, das ist eben der Unterschied zwischen uns beiden. Da Jakes Geschäftspartner sich allesamt aus den schmutzigen Machenschaften der Finanzwelt heraushielten, waren sie stets über alle Kritik erhaben. Doch dafür hatten sie auch keine Verbindungen zu den Hintermännern. Diesen nur scheinbar harmlosen Männern und Frauen, die den wahren internationalen Einfluss in den Händen hielten. Ab und an gab er Jake eine Nummer, für die einige ein halbes Vermögen zahlen würden, nur um sie einmal wählen zu dürfen. »Männer wie Murdock gehen nicht in den Ruhestand. Sie delegieren von wärmeren Gefilden aus. Sag ihm, dass er die Tatsachen nicht zu verdrehen braucht. Es gibt schlicht und ergreifend nichts zu berichten. Er wird es verstehen.«

Jake pfiff anerkennend vor sich hin: »Gibt es irgendjemanden, den du nicht kennst?«

»Ja, wenn du es wagst, mich heute noch mal anzurufen.«

Jake lachte, doch beide wussten, dass er es ernst meinte. »Tu mir einen Gefallen, Dom…«, fuhr Jake mit ungewöhnlich gebieterischem Ton fort.

»Was denn nun schon wieder?«, seufzte Dominic.

»Lass den Jack Daniel's heute Abend aus dem Spiel und triff dich lieber mit einem deiner Models. So wirst du besser schlafen können.«

Dominic knurrte und legte auf. Wenn es nur so einfach wäre.

Kapitel zwei

Beide Arme mit Bettwäsche bepackt, erstarrte Abby Dartley vor Schreck, als sie die Haustür hörte. *Verdammt.* Sie durfte sich hier nicht erwischen lassen. Schon gar nicht in T-Shirt und Jeans anstatt der Dienstmädchenuniform ihrer Schwester. *Lil brauchte diesen Job.* Ein Stadthaus zu reinigen, dessen Besitzer nie wirklich vor Ort war, hatte sich nach einer einfachen, wenn auch lästigen Möglichkeit angehört, ihrer Schwester den Job zu retten.

»Lass dich nicht erwischen«, hatte Lil sie zwischen zwei Hustenanfällen angemahnt, die seit Kurzem zu ihrem zwar niedrigen, aber dafür recht hartnäckigen Fieber hinzukamen. »Die werden mich sofort feuern, wenn sie herausfinden, dass du an meiner Stelle da warst.«

»Kannst du dich nicht einfach krankmelden?«, schlug Abby hoffnungsvoll vor.

»Ich habe meine zwei erlaubten Krankheitstage bereits für Colby verbraucht.« Und dann liefen die Tränen.

Vor einem Jahr hätte Abby noch hingenommen, dass dies nur ein weiterer von unzähligen Jobs ihrer Schwester war, die sie ausprobiert und hingeschmissen hatte. Sie hätte Lil so lange ausgehalten, bis sie einen neuen gefunden hätte. Wie oft hatten sie das schon durchgemacht, und mit jedem Jahr wuchs Lils Abneigung ihr gegenüber nur noch mehr. Die Nähe, die die beiden vor dem Tod ihrer Eltern teilten, war nur noch eine entfernte und unwirkliche Erinnerung.

Abby wollte Lil bereits bitten auszuziehen, um ihr durch den Abstand endlich die Unabhängigkeit zu ermöglichen, die sie immer einforderte. Doch das war, bevor sie ihre Nichte zum ersten Mal in den Armen hielt. Es ging nicht mehr allein um Lil. Colby hatte eine Mutter mit einem festen Arbeitsplatz verdient und Lil stand so kurz davor. Nur noch ein Semester trennte sie von ihrem Abschluss als kaufmännische Angestellte. Selbst als Colbys Erzeuger das Weite suchte, nachdem er von seiner Vaterschaft erfahren hatte, war es Lil nicht in den Sinn gekommen aufzugeben. Zum ersten Mal, seit sie von dem Unfall erfahren hatten, durch den ihre beiden Eltern gestorben waren, hatte sich Lil nicht vor ihrer Verantwortung gescheut.

Colby war auch dafür verantwortlich.

Es war nicht ihre Schuld, dass sie sich die Grippe eingefangen hatte. Die halbe Stadt war entweder daran erkrankt oder erholte sich gerade davon. Vor allem hatte Lil zum ersten Mal seit langer Zeit um ihre Hilfe gebeten und sie nicht einfach nur widerwillig angenommen. Abby wollte dieser erneuten Annäherung nicht zu viel Bedeutung beimessen, doch sie hoffte insgeheim, dass die Dinge von nun an besser zwischen ihnen laufen würden.

Als er so im Eingang stand und sich ihrer Anwesenheit noch nicht bewusst war, hatte sie den Eindruck, dass er für sein Alter ziemlich übermüdet aussah. Dunkle Ringe zeichneten sich trotz der gebräunten Haut unter seinen Augen ab. Auch sein teurer Anzug konnte seine eingefallenen Schultern nicht kaschieren. Er bezahlte Lil dafür, das Haus einmal pro Woche zu reinigen, hatte es allerdings bereits seit über einem Jahrzehnt nicht mehr betreten. Irgendetwas hatte ihn dazu bewogen zurückzukommen, und was auch immer es gewesen war, es hatte ihn geradezu überwältigt.

Er schaute auf und durch sie hindurch, als er den Flur entlangschritt. »Sie können jetzt gehen.«

Sie dachte kurz darüber nach, seiner Anweisung Folge zu leisten, doch irgendetwas hielt sie zurück.

»Sind Sie taub? Ich habe gesagt, Sie können gehen. Machen Sie einfach morgen weiter.«

Mister Armani führte sich auf wie ein übermüdetes Kind, obwohl Sie sich ziemlich sicher war, dass er diesen Vergleich nicht zu würdigen wüsste. Es wäre am klügsten gewesen, seiner Aufforderung zu folgen und zu gehen, bevor er die Möglichkeit hatte, ihre Kleidung zu hinterfragen.

Doch sie konnte einfach nicht.

Er sollte in dieser Situation nicht allein sein.

Bildete sie sich das nur ein? Ihre Freunde warfen ihr oft vor, ständig das Gute in Menschen zu sehen, obwohl es nicht existierte. Doch das war ihr Berufsrisiko. Um eine gute Lehrerin zu sein, musste man durch die selbstgefällige Hülle eines Menschen hindurchsehen können. Abby war Englischlehrerin für ausländische Schüler und wurde oft in den schwierigsten Schulen der Stadt engagiert. Sie war es gewohnt, fehlgeleitete Wut zu durchschauen. Unhöflichkeit war ein versteckter Hilfeschrei. Grobe Worte sollten oftmals Angst verbergen. Und ihre Geduld hatte sich ausgezahlt. Ihre Schüler kamen wieder – Jahr für Jahr –, um sich bei ihr dafür zu bedanken, dass sie an sie geglaubt hatte. Für viele war sie die Einzige, die es jemals getan hatte. Doch sie war hier nicht in ihrem Klassenzimmer. Sie wusste nicht mal, wer dieser Mann war.

Sie konnte beinahe die Stimme ihrer Schwester hören, wie sie ihr sagte, dass sie sich aus der Sache raushalten sollte. Und Lil hatte diesmal wahrscheinlich recht. Dieser Mann würde ihre Fürsorge genauso wenig zu schätzen wissen wie ihre Schwester.

Doch dies hielt Abby nicht davon ab, sich ihm zu öffnen.

Sie legte die Wäsche auf den Tisch in einer Ecke des Flurs und sagte: »Oben sind frische Handtücher. Warum gönnen Sie sich nicht einfach eine Dusche und ich besorge Ihnen in der Zeit ein paar Lebensmittel vom Supermarkt um die Ecke.«

Er richtete sich auf und sie hielt den Atem an, so sehr beeindruckte sie seine plötzliche Aufmerksamkeit. *Oh mein Gott, er ist wunderschön.* Seine dunkelgrauen Augen musterten sie und blinzelten kurz irritiert auf. Mit wenigen, entschlossenen Schritten kam er auf sie zu. Ein Hauch von Alkohol stieg in ihre Nase, als er nur ein paar Zentimeter vor ihr stehen blieb. Sie legte den Kopf nach hinten, um ihn anzuschauen.

»Hat Jake Sie geschickt?«, fragte er und blickte sie prüfend an. »Sie sehen nicht wie ein Model aus.«

Sie blinzelte überrascht und ihre anfängliche Sympathie für den Mann begann rasch zu verblassen: »Und Sie riechen nicht wie ein Mann, der einen Armani-Anzug tragen sollte, aber ich will ja nichts sagen«, antwortete sie barsch.

Ihre Worte lösten etwas in ihm aus. Seine Schultern richteten sich auf und seine Augen zogen sich zusammen. Dieser Mann war Widerworte nicht gewohnt. Doch statt Ehrfurcht löste seine Nähe eine komplett andere Reaktion in ihr aus. Selbst in seinem zerknitterten Anzug, oder gerade deswegen, war er der attraktivste Mann, den sie je gesehen hatte. Solche Männer existierten normalerweise nur auf der Leinwand oder in Liebesromanen. Sie widerstand dem Verlangen, mit der Hand über seine harten Bartstoppeln zu streichen.

»Ich habe nicht gesagt, dass Sie unattraktiv sind«, knurrte er. »Sie sind einfach nur nicht so dünn wie die Frauen, mit denen ich mich sonst treffe.«

Na, toll! Sie stemmte die Hände in die Hüften und zog ihre Augenbrauen herausfordernd in die Höhe.

So standen sie sich lange Zeit gegenüber. Er sah sie genervt an, voller Erwartung, dass sie einlenken würde. Sie jedoch hielt seinem Blick stand und ließ ihm so Zeit, seine eigenen Worte zu überdenken. Schließlich schaute er zur Seite und eine leichte Errötung war auf seinem Hals zu erkennen.

»Okay, das habe ich nicht so gemeint.« Frustriert fuhr er sich mit der Hand durch sein volles schwarzes Haar und machte es dadurch nur noch zerzauster und attraktiver ... wenn das überhaupt möglich war. Er war auf ihrer Skala von eins bis zehn bereits bei zwölf oder dreizehn, selbst nachdem sie ein paar Punkte wegen seiner fehlenden Sozialkompetenz abgezogen hatte. Seine dunklen Augen blitzten fasziniert auf, als er sich an ihre Worte erinnerte. »Haben Sie mir gerade etwa gesagt, dass ich stinke?«

Er beugte sich zu ihr herunter, bis ihre Lippen sich beinahe berührten, und von seiner Müdigkeit war nichts mehr zu spüren. Sein Geruch, vermischt mit einem Hauch von Alkohol, war eine berauschende Kombination. Er war voll und ganz männlich, wild und an mehr interessiert als an ihrer Antwort auf seine Frage. Kein Mann hatte sie je mit einer solchen Intensität angeschaut. Seine sexuelle Energie verlangte nach einer Reaktion, die ihr Körper ihm nur allzu gerne geben wollte.

Abby wehrte sich gegen den Drang, den minimalen Abstand zwischen ihnen aufzulösen. Sie hatte zu viel verloren, als dass sie an etwas glauben konnte, das sich so gut anfühlte. Sie trat einen halben Schritt zurück und hob beschwichtigend die Hand. »So habe ich das nicht gesagt.«

Seine Mundwinkel verzogen sich zu einem amüsierten Lächeln. »Wissen Sie eigentlich, wer ich bin?«, fragte er und seine Frage hörte sich eher neugierig als eingebildet an.

Vielleicht hatte ihm seine Tragödie ein wenig Ruhm und Ehre eingebracht, doch Abby sah nicht oft fern und Lil hatte ihr wie immer nur die notwendigsten Informationen geliefert. In einer ihrer kurzen, hochtrabenden Unterhaltungen, die nur allzu deutlich machten, wie angespannt ihre Beziehung geworden war.

»Ich hoffe, dass Sie der Besitzer dieses Stadthauses sind, sonst werde ich gehörigen Ärger bekommen, weil ich Sie hereingelassen habe«, sagte sie mit erzwungenem Humor.

Er lachte nicht. »Sie wissen es wirklich nicht, oder?« Seine Frage hörte sich seltsam hoffnungsvoll an.

Abby zuckte mit den Schultern, doch die Härchen auf ihrem Nacken begannen, sich aufzurichten. Was war das für ein Mann, der nicht erkannt werden wollte?

Ein Verbrecher.

Mist.

Gute Kleidung bedeutete gar nichts. Der Anzug konnte auch beim Kampf mit dem eigentlichen Besitzer so zerknittert worden sein. Sie schüttelte den Kopf bei dem Gedanken: »Ihnen gehört dieses Haus, nicht wahr?«

Da er nicht sofort antwortete, suchte sie den Raum nach einem Gegenstand ab, den sie auf ihn werfen konnte, damit sie das Haus heil verlassen konnte. Das einzige Objekt in ihrer Nähe war eine große Messinglampe. Wenn er sich jetzt hastig bewegte …

Dieser Gedanke verflog sofort, als er sie anlächelte und mit beiden Händen ihre Arme berührte: »Ja, ich bin der Besitzer.«

Ihr Herz sollte wirklich nicht so schnell schlagen, nur weil der Mann sich gegen ihren tödlichen Angriff mit der Messinglampe wehren wollte. Sie hatte zwar schon einige intime Beziehungen hinter sich, doch sie waren alle nicht mehr als ein rationales Unterfangen gewesen. Nie hatte ein Mann die Wörter *fleischliche Lust* so sehr in ihr Hirn gebrannt wie dieser. Wenn er sie ansah, war alles und jeder andere vergessen.

»Wollen Sie meine Besitzurkunde sehen, bevor Sie mir einen Schlag verpassen?«, fragte er, während er mit dem Daumen die Kontur ihres Schlüsselbeins nachzeichnete. Sie fühlte sich wie in Trance. »Wollen Sie?«, wiederholte er seine Frage, als sie nichts erwiderte.

»Ja«, sagte sie atemlos, ohne sich auf etwas anderes konzentrieren zu können als auf die Reaktion ihres Körpers, während er sie berührte. Ihre Haut brannte unter seiner sanften Liebkosung. Ihr Magen zitterte mit einem Verlangen, von dem sie bisher höchstens gelesen hatte. *Ja, alles, was du willst.*

Ihre Erregung blieb nicht unbemerkt und die Genugtuung in seinen Augen holte sie unsanft aus ihrer Benommenheit. Sie entzog sich seinen Berührungen und schüttelte sich innerlich. Diese Art von Leidenschaft hatte in ihrem sorgfältig geplanten Leben keinen Platz: »Ich meine Nein. Nein, ich glaube Ihnen. Sie hatten recht. Ich sollte gehen. Ich kann den Rest morgen erledigen.«

Seine Lider senkten sich leicht und verdeckten so den Ausdruck in seinen Augen.

»Wissen Sie, was ich denke?«, fragte er.

Sofern er sich sie beide nicht ebenfalls nackt auf dem weichen Wohnzimmerteppich vorstellte, hatte sie keinen blassen Schimmer. »Nein«, brachte sie heiser hervor.

»Ich habe Hunger und hasse es, alleine zu essen. Ich würde mich freuen, wenn wir zusammen etwas zu uns nehmen würden.«

Das wäre keine gute Idee. Es gab mindestens Hunderte, wenn nicht Tausende Gründe dafür zu gehen, bevor sie sich komplett zum Narren machte. Und doch war die Versuchung groß.

Es war mehr als die athletische Statur seiner Schultern, das markante Kinn. Sie konnte es noch nicht mal auf die Traurigkeit in seinen Augen schieben, da dieser vollkommen erschöpfte Mann von vorhin sich innerhalb von wenigen Minuten in ein strotzendes Alphatier verwandelt hatte, das genau wusste, was es wollte – sie.

Jede Zelle in ihrem Körper ermahnte sie, die Flucht zu ergreifen. Doch tat sie das nicht immer, wenn das Leben ihr etwas vor die Füße warf, das in ihren Augen zu gut war, um wahr zu sein? Sicherheit war ihr immer wichtiger gewesen als ihre Träume und Wünsche, auf die man sich schließlich nicht verlassen konnte.

Nur dieses eine Mal wollte sie spüren, was sie so lange vermisst hatte. Nur dieses eine Mal würde sie nicht davonlaufen.

Zumindest nicht sofort.

Sie würde mit diesem göttlichen Mann zusammen essen, seine Blicke genießen, die ihre Haut zum Prickeln brachten, und gehen, bevor irgendetwas passieren konnte. Er müsste nicht alleine essen und sie könnte sich zumindest für eine Stunde vormachen, dass dies die Realität sei.

»Mögen Sie Chinesisch?«, fragte sie, während sie im Kopf die kulinarischen Möglichkeiten vor Ort durchging.

Die Frage schien etwas in ihm aufzurütteln. »Chinesisch?«

»Essen?«, fügte sie hilfreicherweise hinzu.

»Oh«, er entspannte sich sichtbar. »Zum Mitnehmen.«

»Ja, gleich um die Ecke ist ein guter Imbiss, der auch liefert – oder möchten Sie lieber etwas anderes?«

»Nein.« Er schüttelte den Kopf. »Entschuldigen Sie, für einen kurzen Moment hatte ich vergessen ...« Mit den Händen in den Taschen wippte er auf seinen Fersen und schien von seinen Gedanken äußerst amüsiert zu sein.

»Was vergessen?«, fragte sie neugierig.

Mit unerwarteter Sanftheit legte er eine ihrer widerspenstigen Locken hinter ihr Ohr. »Dass Sie genau das sind, was ich brauche.« Noch bevor sie wieder zu Atem kommen konnte, trat er zurück und gab ihr viel zu viel Geld, für was auch immer sie aussuchen würde. »Bestellen Sie etwas zu essen, während ich dusche.« Sein umwerfender Sexappeal war zurückgekehrt, als er sich kichernd entfernte und über seine Schulter rief: »Ich hörte, ich könnte eine gebrauchen!«

Abby fächerte sich mit den Geldscheinen Luft zu und schaute ihm nach, als er die Treppe hinaufstieg. Noch nicht ganz vom Gedanken an Mister Armani nackt unter der Dusche erlöst, suchte Abby nach ihrem Handy.

Ein solch attraktiver Mann konnte nur Ärger bedeuten.

Gott sei Dank würde sie ihn nach heute nie mehr wiedersehen. Nur ein gemeinsames Essen, bevor sie zu Lil und damit in die Realität zurückkehren würde.

Zurück in ihr ruhiges, vorhersehbares Leben, das sie sich aufgebaut hatte.

Der Gedanke war weniger reizvoll, als sie es gewohnt war.

Kapitel drei

Die heiße Dusche in dem Badezimmer, das leicht in einen seiner Kleiderschränke in jedem seiner anderen Häuser passte, war kurz und erfrischend. Als er sich abtrocknete, versuchte er, gegen eine Form von Aufgeregtheit anzukämpfen, die er zuletzt als Teenager erlebt hatte. Sein Blut geriet jedes Mal in Wallung, wenn er an sein Dienstmädchen dachte – etwa alle zehn Sekunden.

Sie war nicht der Typ Frau, den man auf den Titelblättern der Magazine sah. Er stöhnte, als er sich an seine barschen Worte von vorhin erinnerte. *Wie intelligent von mir*. Er konnte seine Schroffheit zwar auf seine Müdigkeit schieben, doch er vermutete, dass der wahre Grund eher in den Kurven dieser Frau lag.

Sie hatte genau dort üppige Rundungen, wo Frauen welche haben sollten. Ihr heller Teint, der ohne jegliches Make-up auskam, war voller Sommersprossen und ihre braunen Locken, die sich kaum durch ihren Zopf bändigen ließen, trugen ebenfalls zu ihrem natürlichen Aussehen bei. Eigentlich war sie nicht sein Typ, doch als sie ihn so mit diesen dunklen, bernsteinfarbenen Augen ansah, hatte es ihm fast den Atem verschlagen.

Sie sah unschuldig und kerngesund aus – genau die Art von Frau, die er normalerweise mied. Das Feuer in ihren Augen ließ jedoch eindeutig darauf schließen, dass sie nicht ganz so unschuldig war, wie es schien.

Würde sie über Nacht bleiben oder verschwinden, während er sich frisch machte? Diese Unsicherheit war er nicht gewohnt und sie fühlte sich nicht gerade angenehm an. Er kämmte sich ungeduldig die Haare, zog eine Kakihose und ein weißes Baumwollhemd über und zwang sich, langsam die Treppe hinunterzusteigen.

Er wusste, dass er attraktiv war. Doch es war schon lange her, dass eine Frau durch sein Ansehen und seinen Reichtum hindurchgeschaut und ihn selbst gesehen hatte. Sein Dienstmädchen war nicht nur von seiner teuren Kleidung alles andere als beeindruckt, sie hatte ihn auch wegen seines Verhaltens zur Rede gestellt. Mit Ausnahme von Jake hatte dies noch niemand getan.

Es gefiel ihm.

Die Frau dort unten hatte entweder wirklich keine Ahnung, wer er war, oder sie nutzte diesen Vorwand, um sein Interesse für sie zu gewinnen. So oder so, es funktionierte.

Er zwang sich dazu, jede Stufe einzeln zu nehmen. Heute ging es nicht um Eile. Nein, er wollte jeden Moment mit dieser Brünetten und ihren hübschen Locken auskosten.

Sie kniete auf einem Kissen an seinem alten Marmorcouchtisch und öffnete gerade eine der Pappschachteln. Als er sich näherte, schaute sie zu ihm hinauf und sah so aus, als würde sie ihre Entscheidung noch einmal überdenken wollen. Sie stand hastig auf, wich jedoch nicht von der Stelle, als er kurz vor ihr stehen blieb.

Verdammt, sie riecht gut.

Ihre Augen wurden groß und dunkel, genau wie er es sich vorgestellt hatte. Er hoffte, dass sie sich ihm nicht allzu schnell fügen würde. Dieser Nervenkitzel sorgte bei ihm das erste Mal seit Tagen für gute Laune. Ohne großen Aufwand hatte diese Frau erreicht, was eine ganze Flasche Jack Daniel's am Abend zuvor nicht fertiggebracht hatte: Sie brachte die Fragen zum Schweigen, die seit Tagen unaufhörlich in seinem Kopf kreisten.

Sie zeigte auf das bescheidene Mahl auf dem Tisch: »Ist das in Ordnung?«

Auf dem Tisch standen zwei Gläser Wasser und die Papierteller des Restaurants. Er sprach, ohne nachzudenken: »Ich glaube, ich habe noch nie auf dem Boden gegessen.«

Sie drehte sich um und sammelte die Schachteln ein. »Das habe ich mir gedacht. Ein Mann wie Sie bevorzugt sicherlich einen richtigen Esstisch. Ich werde das Essen ...«

Er hielt sie am Arm fest und hinderte sie daran, den Tisch weiter abzuräumen. »Ich habe nicht gesagt, dass es mir nicht gefällt. Ich habe nur gesagt, dass ich es noch nie gemacht habe.« Sie zu berühren fühlte sich gut an, zu gut. Er ließ langsam ihren Arm los und nahm ihr die Schachteln ab, um sie wieder auf den Couchtisch zu stellen. »Setzen Sie sich«, befahl er.

Sie hob überrascht ihre Augenbrauen. »Machen die Leute immer das, was Sie ihnen sagen?«, fragte sie, ohne sich hinzusetzen.

»Normalerweise schon«, antwortete er mit einem breiten Grinsen.

Feuer entflammte in ihren Bernsteinaugen. »Ich bin mir nicht sicher, ob ich Sie mag.«

Ein heißer Schauer durchfuhr ihn. »Das müssen Sie auch nicht.«

Ihre Augen trafen sich und offenbarten ihre gegenseitige Anziehungskraft. Sie schaute zunächst zur Seite, setzte sich dann auf das Kissen und trennte vorsichtig ein Paar Essstäbchen. Er kniete sich ihr gegenüber, ohne die Augen von ihr abzuwenden. Als sie nach einer der Schachteln griff, überkam ihn eine seltsame Vorahnung. Er wusste fast gar nichts über sie, und doch waren ihre Vorlieben ihm wichtig.

Fast gar nichts? Verdammt, er kannte noch nicht einmal ihren Namen. Er hatte sie nicht danach gefragt, um seinen eigenen nicht preisgeben zu müssen. Nur für einen Abend wollte er die Welt außen vor lassen.

»Danke«, sagte er schließlich.

Ihre Hand zuckte und sie ließ beinahe die Portion Hühnchen süßsauer fallen, die sie gerade auf ihren Teller legen wollte. In der letzten Sekunde richtete sie die Schachtel auf und stellte sie mit ihrer zitternden Hand zurück auf den Tisch. »Wofür?«

Er wartete mit seiner Antwort, bis sie ihn wieder ansah. »Dass Sie geblieben sind.«

Sie legte den Kopf zur Seite und antwortete leise: »Sie sahen so aus, als bräuchten Sie jemanden zum Reden.«

»Reden?«, erwiderte er höhnisch. Das war nicht das, was Frauen ihm normalerweise anboten, und bestimmt nicht das, was er an diesem Abend brauchte. Er schenkte ihr ein anzügliches Lächeln. »Denken Sie wirklich, dass es das ist, was ich brauche?«

Entgegen seiner Erwartung machte sie sich über ihn lustig, anstatt dahinzuschmelzen: »Warten Sie. Sagen Sie nichts. Sie reden nicht.«

Er konnte nicht anders. Er musste lachen. Sie hatte einen trockenen Humor, der genau dem seinen entsprach. Wie lange war es her, dass er eine Frau anders als ermüdend, emotional und anhänglich empfunden hatte? »Sie sind anders als die anderen Frauen, die ich kenne«, sagte er spontan. Als sie gerade etwas erwidern wollte, fiel er ihr ins Wort: »Ich meine das nur positiv.«

Sie seufzte und schaute weg. »Lassen Sie uns nicht wieder damit anfangen.«

Er lehnte sich über den Tisch und hob mit einem Finger sanft ihr Kinn hoch, bis sie ihn wieder ansah. »Mein Charme ist offensichtlich ziemlich eingerostet.« Er strich leicht mit seinem Daumen über ihre Lippen, woraufhin diese sich instinktiv öffneten. Er widerstand dem Verlangen, sie über den kleinen Tisch zu sich zu ziehen. »Ich möchte Ihnen damit nur sagen, dass ich Sie sehr attraktiv finde.«

Sie schluckte nervös und zog ihr Kinn zurück. Mit abschätziger Miene nahm sie ihre Stäbchen in die Hand. »Wenn Sie mehr als ein gemeinsames Essen wollen, dann sind Sie an die falsche Frau geraten«, sagte sie und schob sich etwas Reis in den Mund.

Er lehnte sich zurück, während ihre Worte langsam bei ihm ankamen: »So prüde? Beginnen Sie all Ihre Dates mit einer solchen Ansage?«

Zwischen zwei Happen erwiderte sie: »Das ist kein Date.«

»Es könnte eins sein.«

Sie verschluckte sich und griff nach ihrem Wasserglas. Nach einigen Schlucken stand sie schließlich auf und sagte: »Das war ein Fehler.«

Hastig stand er auf, um ihr den Weg zu versperren. Er spürte, wie ihr Atem schneller ging. »Sagen Sie mir, dass ich nicht verrückt bin. Sagen Sie mir, dass Sie die gleiche Spannung zwischen uns spüren.« Er zog sie langsam zu sich, bis ihr Körper eng an ihn geschmiegt war.

»Ich glaube wirklich nicht, dass das eine gute Idee ist.«

Er streifte mit seinen Lippen sanft über ihre und machte damit jeden Protest zunichte. Einen kurzen Moment verharrte sie wie erstarrt in seinen Armen, bevor sie schließlich ihre Lippen zitternd gegen seine presste. Er küsste sie so lange und intensiv, bis sie sich schließlich entspannte und mit einem tiefen Seufzer ihre vorher noch so starren Arme sanft um seinen Hals schmiegte.

Er wich zurück, sodass sie sich auf die Zehenspitzen stellen musste, um sich an ihn zu lehnen. Mit einem Stöhnen begann sie, sich zu bewegen, und erregte ihn so noch mehr. Nichts war ihm mehr wichtig außer diesem Gefühl, dieser Frau, diesem Abend.

»Bleib heute Nacht hier«, raunte er ihr ins Ohr. »Wenn ich gewusst hätte, wie sexy mein Dienstmädchen ist, wäre ich schon vor langer Zeit zurück nach Boston gekommen.«

Sie schreckte so heftig zurück, dass er seine Arme fallen ließ.

»Mist«, sagte sie und zog sich weiter von ihm zurück.

Er griff nach ihr, doch diesmal wich sie ihm aus. Was auch immer gerade zwischen ihnen passiert war, es wurde durch irgendetwas abrupt unterbrochen. Warum musste er auch gerade jetzt erwähnen, dass sie sein Dienstmädchen war?

»Ich muss gehen.« Sie machte einen großen Bogen um ihn und versuchte, vor ihm an der Tür zu sein.

»Bleib. Ich weiß, es ist verrückt. Ich habe immer vermieden ...«

»Mit Ihren Angestellten zu schlafen?«, erwiderte sie mit der gleichen Voreingenommenheit in ihrer Stimme wie zuvor.

»Ja, aber nur, weil ich niemanden in eine unangenehme Situation bringen wollte ...« Er erkannte die Ironie in seinen Worten und versuchte, sich zwischen sie und die Tür zu stellen. Diesmal war es anders. Sie war anders.

»Wie nett von Ihnen«, fuhr sie ihm ins Wort.

»Es ist mir egal, ob du meine Angestellte bist. Es spielt keine Rolle.«

»Für mich schon.«

Er versperrte ihr den Ausgang. Sie durfte einfach nicht gehen. Nicht so.

»Bleib.«

»Ich kann nicht. Ich muss wirklich gehen.«

»Das ist nicht das, was du wirklich willst.«

»Ich will, dass Sie von der Tür wegtreten«, erklärte sie.

Er ließ seine Hände sinken und schritt zur Seite. Das konnte sie nicht so meinen. »Warum leugnest du es? Du willst mich genauso, wie ich dich will.«

Sie schob ihn zur Seite und eilte in den Flur, ohne ihn auch nur eines weiteren Blickes zu würdigen. Ihre Stimme klang eher nervös als verärgert: »Ich habe gesagt, dass ich mit Ihnen zusammen esse, nicht mehr.«

Dass sie sich von ihm angezogen fühlte, hatte er sich nicht eingebildet. Sie hatte den Kuss genauso genossen wie er. Erst heiß, dann kalt. War das alles nur ein Spiel? Wenn dem so war, hatte er nicht vor, es zu verlieren.

Er wusste, wie er ihre wahren Beweggründe herausfinden konnte.

»Würdest du bleiben, wenn ich dir zehntausend Dollar gebe?«, fragte er.

Er fühlte ihre Enttäuschung, als sie plötzlich stehen blieb und sich zu ihm umdrehte: »Denken Sie etwa, dass ich käuflich bin?«

Er hoffte es nicht.

»Wie wäre es mit einhunderttausend?« Er zwang sich zu diesen Worten.

»Glauben Sie, weil ich Ihr Dienstmädchen bin, können Sie so mit mir reden?« Ihre Hände stemmten sich erneut in die Hüften und ihre Augen blitzten vor Zorn, was sie nur umso schöner machte.

Der letzte Test. »Sie sind eine geschickte Feilscherin. Eine Million. Ich habe noch nie eine Frau getroffen, die diesen Betrag wert war, aber ich denke, ich werde diese Investition nicht bereuen.«

Sie öffnete mit einer Hand die Tür und sagte: »Sie sind ein Schwein, ein egoistisches Schwein. Wenn Sie wirklich eine Million Dollar haben, dann sollten Sie sich das Geld lieber in Ihren ...« Ihre letzten Worte gingen mit dem Geräusch der zuschlagenden Tür unter.

Er konnte sich vorstellen, wohin er sich das Geld ihrer Meinung nach stecken sollte.

Sein Kichern wuchs zu einem vollen, herzlichen Lachen heran, das ihm die Tränen in die Augen trieb. Es fühlte sich gut an, ein wenig Spannung abzulassen. Verdammt, sie war eine unglaubliche Frau. Als er zurück an ihren gemeinsamen Abend dachte, lachte er noch mehr, setzte sich wieder auf eines der Kissen am Couchtisch und füllte seinen Teller mit gebratenem Reis.

Sie würde zurückkommen.

Dafür würde er sorgen.

Kapitel vier

Beim Klang seines hochnäsigen Lachens verspürte Abby den Drang, zurückzukehren und ihm einen Schuh in sein süffisantes Gesicht zu schleudern. Sie tat es nicht, sondern atmete tief durch und stieg schließlich die Steinstufen hinab. Ein Großteil ihrer Arbeit als Lehrerin bestand darin, die Vorteile gewaltfreier Konfliktbewältigung zu predigen. Mister Armani stellte diese Philosophie jedoch hart auf die Probe.

Er hatte ihr wie einer Prostituierten Geld angeboten. Welcher Mann tut so etwas? Ihrer Erfahrung nach meistens die Sorte Mann, die es nach einer durchzechten Nacht nicht mehr nach Hause schafft.

Abby vergewisserte sich, dass er ihr nicht folgte, und versuchte, sich einzureden, dass sie froh darüber war, als er es nicht tat. Dieser Mann war ein arrogantes Arschloch. *Ein umwerfendes, attraktives, arrogantes Arschloch.*

Ein protziges Auto parkte direkt hinter ihrem Saturn Sedan. Hinter dem Wagen war mehr als genug Platz. Wem auch immer dieses Auto gehörte, er oder sie hatte Abby aus reiner Gleichgültigkeit und nicht aus Notwendigkeit eingeparkt. Sie setzte ihren Wagen vor und wieder zurück, doch es war unmöglich, aus der Parklücke zu kommen.

Welcher ... nein, das konnte nicht sein. Das Nummernschild stammte aus New York. Sie verwettete ihren letzten Cent darauf, dass Mister Armani mit seinem Angeberwagen hierher nach Boston gekommen war.

Sie legte den Rückwärtsgang ein und folgte einem Impuls, als sie das Auto langsam zurücksetzte und das andere anstieß. Beide Stoßstangen knirschten und ihre Reifen drehten durch, bevor sich beide Autos schließlich einige Zentimeter bewegten. Als sie auf die Straße fuhr, schaute sie in den Rückspiegel. Seine Stoßstange war zerkratzt und leicht eingebeult. Doch das hatte er mehr als verdient. Es war ihr sogar egal, dass er wusste, wer es getan hatte. Am liebsten hätte sie ihr Meisterwerk eigenhändig signiert.

Wer zuletzt lacht ..., dachte sie und fuhr nach Hause.

Das Triumphgefühl hielt nicht lange an. Was sollte sie Lil sagen? Wenn sie darauf aus gewesen wäre, von ihrer Schwester vor die Tür gesetzt zu werden, hätte sie es nicht besser anstellen können. Selbst wenn er sich nicht wegen ihrer Kleidung oder ihres unangebrachten Verhaltens beschwert hatte, konnte er sie jederzeit wegen Sachbeschädigung anzeigen.

Eigentlich sollte sie sich schlecht deswegen fühlen. Und sie hatte wirklich die feste Absicht, ihre Tat zu bereuen, wenn sie Lil später alles beichten musste. Doch im Moment fühlte es sich noch zu gut an. Sie konnte ein Lächeln nicht unterdrücken, als sie daran dachte, wie er auf ihre Tat reagieren würde – ausrasten würde er!

Der Gedanke, ihn zu verärgern, törnte sie unerwarteterweise an. Ein Mann wie er würde nicht lange verärgert bleiben. Zunächst würde er sie anschreien, dann an sich ziehen und die Leidenschaft würde schließlich den Rest erledigen. Würden sie es bis ins Schlafzimmer schaffen oder müsste die Treppe herhalten?

Abby schaltete die Klimaanlage in ihrem Wagen ein, um ihr Gesicht abzukühlen. Sie musste wirklich aufhören, so an ihn zu denken. Der Mann sah zwar gut aus, aber er hatte die Sozialkompetenz einer Küchenschabe. *Er hat mir Geld für eine Nacht mit ihm angeboten, verdammt noch mal.*

Warum wünschte sie sich dann, dass der Abend anders ausgegangen wäre?

Sie war nicht der Typ Frau, der gefährliche Männer attraktiv fand. Sie ging mit soliden, verlässlichen Männern aus. Das war Teil ihres Plans. Des Plans, den sie für sich und Lil zurechtgestrickt hatte, als sie mit achtzehn der gesetzliche Vormund ihrer Schwester wurde. Was ihrem Leben an Leidenschaft fehlte, machte sie mit Verantwortungsbewusstsein wieder wett. Nur durch ihre wohlüberlegten Entscheidungen hatte sie das College-Leben mit ihrer Aufgabe als Ersatzmutter vereinbaren können. Das Haus, in das sie jetzt zurückkehrte, war der Beweis dafür, dass sie bisher alles richtig gemacht hatte.

Was auch immer Mister Armani in ihr auslöste, es passte einfach nicht in ihr Leben. Es fühlte sich zwar gut an, aber solche Geschichten nahmen immer ein schlechtes Ende. Doch auch diese unwiderlegbaren Fakten hinderten sie nicht daran, sich zum ersten Mal seit vielen Jahren jung, leichtfertig und lebendig zu fühlen.

Als sie in die fein säuberlich angelegte Einfahrt ihres Vorstadthäuschens fuhr, schwelgte Abby noch einmal in den Erinnerungen an ihren kurzen Kuss und erschauderte trotz des warmen Junitages am ganzen Körper. Als sie die Autotür öffnete, spiegelte sich ihr Lächeln im Seitenfenster wider.

Los jetzt, Abby, sprach sie zu sich selbst. *Vergiss ihn endlich. Nichts Gutes kommt dabei herum, wenn du mit Mister Armani ins Bett steigst.*

Nichts außer überwältigendem Sex.

Abby stöhnte vor Erregung, die sich immer noch in ihrem Gesicht abzeichnete. Wie konnte sie Lil von ihrer ehrlichen Reue über den Verlust ihres Jobs überzeugen, wenn sie dieses dumme Lächeln nicht aus ihrem Gesicht bekam?

Dominic legte die Füße auf den Schreibtisch seines kleinen Büros. Das abgenutzte Leder des Drehstuhls erinnerte ihn an lang vergessene Zeiten, in denen er sich aus Geldnot für diese eher schlichte Büroausstattung entschieden hatte. Jeder Tag hielt seitdem eine neue Herausforderung für ihn bereit – einen Grund aufzustehen.

Er goss sich ein Glas Jack Daniel's ein, stellte es jedoch vor sich hin, ohne daran zu nippen. Dominic trank nicht sehr oft und hatte nur kurzfristig Trost in dem Gefühl der Benommenheit gesucht, das der Alkohol ihm gab. Doch selbst in diesem Zustand konnte er seine Selbstbeschuldigungen und seinen Zorn nicht zum Schweigen bringen – bis heute.

Heute Abend wollte er nicht an seinen Vater denken, der ihn in dem Moment enterbt hatte, als er sich auf die Suche nach seiner Mutter begab. Auch nicht an die Bitterkeit, die ihn überkam, als er die Suche schließlich aufgegeben hatte. Er wollte heute auch nicht über seine Karriere nachdenken und schon gar nicht über die Tatsache, dass sie ihm nicht viele Freunde bescherte.

Nein, heute ging es nicht um die Vergangenheit. Ausnahmsweise kreisten seine Gedanken einmal nicht um Geld oder Rache. Heute ging es darum, etwas zu bekommen, das er unbedingt haben wollte. Er hatte sich an diesem Abend dumm angestellt und es würde viel Verhandlungsgeschick und einen klaren Kopf benötigen, um die Situation wieder ins Reine zu bringen.

Er zog sein Handy aus der Tasche und sagte: »Jake.«

Jake hob beim zweiten Klingeln ab. »Dom, was kann ich für dich tun?«

»Ich muss dich um einen Gefallen bitten. Einen persönlichen Gefallen.«

Wie er Jake kannte, lehnte sich dieser bei seiner Antwort brüskiert nach vorn: »Ich werde niemanden für dich töten.« Obwohl er leise sprach, hörte Dominic den ernsten Unterton in seiner Stimme.

»Glaubst du wirklich, ich würde mein Handy benutzen, um dich für einen Mord anzuheuern?«, scherzte er, doch Jake war anscheinend nicht nach Lachen zumute. »Jake, das war ein Scherz.«

»Ich scherze nicht über Dinge, für die ich in ein Dritte-Welt-Land fliehen muss, um einer Auslieferung zu entkommen.«

Der Ernst in Jakes Stimme traf ihn schmerzlich. Als sie damals in diesem kleinen Büro saßen, um für ihr Examen zu pauken und gemeinsam Pläne zu schmieden, konnte noch keiner von beiden wissen, wie sehr sie ihre ursprünglichen Ziele verraten würden und wie gnadenlos Dominic dabei vorginge. Doch ein Mord? Wie verdorben musste er in Jakes Augen geworden sein? Natürlich hatten sie auf ihrem Weg einige Opfer hinterlassen, doch dabei ging es immer nur ums Geschäft. Moral war, genau wie das internationale Recht, sehr subjektiv. Sein Erfolg hatte schon immer Gerüchte über mögliche Straftaten genährt, doch bisher glaubte er, dass Jake die Wahrheit kannte. »Ich will lediglich, dass du unsere Sicherheitsfirma vor Ort kontaktierst.«

Jake wurde sofort aufmerksam. »Was ist passiert?«

»Nichts ist passiert. Ich muss jemanden überprüfen. Sofort. Heute Abend noch.«

»Kein Problem. Wir arbeiten in Boston mit Luros Systems zusammen. Ich bitte Duhamel, sie zu kontaktieren. Wen willst du überprüfen?«

Er zögerte und Dominic war normalerweise kein Mann, der lange nachdachte. »Ich kenne ihren Namen nicht, doch sie ist Dienstmädchen in meinem Stadthaus.«

»Du möchtest dein Dienstmädchen überprüfen lassen?«, fragte Jake ungläubig. »Hat sie dich bestohlen?«

»Nein. Es ist kompliziert, aber ich will den kompletten Bericht – wo sie wohnt, mit wem sie sich trifft und wie ernst es ist.«

»Oh ...«, sagte Jake. »Diese Art von Überprüfung also. Das wird ein wenig Lauferei erfordern. Es ist bereits sechs Uhr abends.«

»Ich will die Informationen noch heute Abend.«

Jake seufzte: »Ich bin sicher, dass Luros jemanden schicken kann.«

»Es ist mir egal, wie viel es kostet. Ich will die Informationen noch vor acht«, erwiderte Dominic.

»Kein Problem. Für den richtigen Preis bekommt man alles.«

»Da wäre ich mir nicht so sicher«, murmelte Dominic und legte auf.

Um Viertel vor acht erfuhr Dominic, dass Abigail Dartley etwas zu verbergen hatte. Die Beweise, die erst wenige Minuten zuvor eingetroffen waren, lagen in Form von Dokumenten und Fotos auf seinem Schreibtisch verteilt. Luros Systems waren ihr Geld wert. Anhand seiner Beschreibung hatten sie herausgefunden, dass sie nicht das Dienstmädchen Lillian Dartley war, sondern deren Schwester.

Kurz nach dem ersten Gespräch mit dem Privatdetektiv hatte Dominic Abbys Führerscheinfoto auf seinem Handy, um ihre Identität zu bestätigen.

Die restlichen Informationen kamen knapp eine Stunde später per Kurier. Finanzdokumente, Befragungen von Nachbarn und Freunden sowie eine faszinierende Beschreibung von Abbys letztem Freund: ein Bankmanager, gut aussehend, höflich, zuverlässig. Seine erste Einschätzung von Abby war also richtig gewesen. Sie ging lieber auf Nummer sicher.

Er hielt die Fotos der beiden Schwestern nebeneinander und war erneut von der Sicherheitsfirma beeindruckt. Auf den ersten Blick hatten die beiden Frauen große Ähnlichkeiten. Beide hatten lange, dunkelbraune Locken und hellbraune Augen. Dominic war sich sicher, dass viele Männer auch Abbys Schwester höchst attraktiv finden würden. Lillian war jedoch eher dünn, wo Abby üppig war, hart, wo Abby weich war. Der größte Unterschied zwischen den beiden lag jedoch in ihrer Körpersprache. Abby stand aufrecht wie jemand, der sich stolz an die Geschwindigkeitsbegrenzung hielt. Ihre Schwester hingegen war steif vor Trotz. Dies schien auch die eigenartige Distanz zwischen den beiden zu erklären.

Er untersuchte Abbys Lebensgeschichte mit wachsendem Interesse. Ihr mustergültiges Gehabe war vielleicht gar kein Gehabe. Die Frau, die alle einfach Abby nannten, hatte nach dem Tod ihrer Eltern die Verantwortung für ihre Schwester übernommen. Sie war ein respektiertes Mitglied der Gemeinde, hatte viele Freunde und ihre Nachbarn schätzten sie sehr. In drei Seiten Befragung wurde nicht ein unfreundliches Wort über sie verloren.

Nichts in ihrem Profil wies darauf hin, dass sie etwas anderes war als eine einfache Lehrerin, die einen Abend für ihre Schwester eingesprungen war. Eine Lehrerin, deren Sommerferien gerade begonnen hatten.

Perfekt.

Eine süße kleine Lehrerin, die ihren Nachbarn unschuldig erzählte, welche Schwierigkeiten ihre Schwester bekommen würde, wenn das Geheimnis aufflöge.

Noch besser.

Fast schon zu einfach.

Nach der Testamentseröffnung morgen Nachmittag würde er freihaben.

Ein plötzlicher Gedanke überkam ihn. Warum sie nicht einfach mitnehmen? Abby wäre die perfekte Ablenkung. Mit ihr an seiner Seite würde es an ihm abprallen, welche Bedingungen sein Vater in das Testament aufgenommen hatte und wie explosiv seine Schwester sich ihm gegenüber verhalten würde.

Allein der Gedanke an sie brachte sein Blut in Wallung. Es würde auch nicht schaden, wenn sie sehen könnte, dass er zu reich war, um in der Nichtbeachtung im Testament seines Vaters mehr als ein kleines Ärgernis zu sehen. Ja, er würde sie mitnehmen und die unerträgliche Situation so etwas erträglicher machen. Dann würde er sie in ein überteuertes Penthouse in der Stadt entführen und der kleinen Frau Lehrerin zeigen, was sie bisher vermisst hatte.

Er wählte die Festnetznummer, die neben ihrem Foto stand, und wartete atemlos auf ihre Antwort.

»Hallo«, antwortete sie nach dem vierten Klingeln.

»Dominic Corisi hier. Ich möchte mit Abby Dartley sprechen«, sagte er.

Er hörte unterdrückte, an eine andere Person gerichtete Worte. Sie hatte den Hörer offenbar mit der Hand abgedeckt. Eine weibliche Stimme antwortete ihr. Wahrscheinlich ihre Schwester. Sie schienen sich uneinig darüber zu sein, was als Nächstes zu tun sei. Ihre Konversation erhitzte sich so lange, bis sie schließlich nicht länger zu überhören war.

Er unterbrach sie: »Auch wenn Ihr Vorschlag interessant klingt, sollte sich Ihre Schwester nicht für Sie ausgeben, Abby. Ich weiß über Ihren Täuschungsversuch Bescheid.«

»Mist«, sagte sie. »Haben Sie etwa mitgehört?«

Unvermittelt begann er zu kichern. Er stellte seine Füße auf den Boden und stützte die Ellbogen auf dem Schreibtisch ab. »Sagen wir einfach, Sie haben eine gute Berufswahl getroffen, als Sie sich für Bildung anstatt für Spionage entschieden haben.«

»Wie haben Sie mich gefunden?«, fragte sie. »Und woher wissen Sie, dass ich Lehrerin bin?«

»Das ist unwichtig. Ich rufe an, weil ...«

Sie unterbrach ihn. »Oh Gott, Sie haben jemanden dafür bezahlt, Informationen über mich einzuholen. Meine Nachbarin hat mir erzählt, dass ihr jemand Fragen über mich gestellt hat und dass diese Fragen äußerst seltsam waren.«

So viel zur Diskretion von Luros. Bei der nächsten Gelegenheit musste er das ansprechen. Doch wahrscheinlich hatten sie einfach nicht oft so wenig Zeit, um Informationen über jemanden herauszufinden.

»Sie sind gegangen, ohne mir Ihren Namen zu nennen. Nehmen Sie mir übel, dass ich wissen möchte, mit wem ich zu Abend gegessen habe?«, fragte er.

»Und dafür mussten Sie meine Nachbarn in die Zange nehmen? Hätte ein Blick in das Telefonbuch nicht gereicht?«, konterte sie.

»Ich glaube, wir wissen beide, dass zwischen uns noch nicht alles geklärt ist«, sagte er und fuhr mit seinem Finger über den Rand des noch vollen Whiskeyglases.

»Das hört sich fast so an, als wäre etwas Besonderes passiert. Es ist rein gar nichts passiert«, behauptete sie.

»Weil Sie weggelaufen sind«, sagte er.

»Ich bin nicht weggelaufen.«

»Oh, doch, das sind Sie. Glauben Sie wirklich, dass es einen Unterschied für mich macht, ob Sie irgendeine Lehrerin oder mein Dienstmädchen sind?«

»Glauben Sie wirklich, dass ich für Geld mit Ihnen geschlafen hätte?«, fragte sie ihn in scharfem Tonfall.

»Ich war mir nicht sicher«, antwortete er ehrlich und bemerkte seine Taktlosigkeit erst, als er sie laut nach Luft schnappen hörte.

»Nachdem ich Ihre Lebensgeschichte gelesen habe, kann ich mir vorstellen, dass Sie meine Worte sehr verletzt haben müssen.«

»Meine Lebensgeschichte gelesen? Nichts an unserem Gespräch ändert etwas an meinem ersten Eindruck von Ihnen. Sie sind ein arrogantes Arschloch.«

»Und trotzdem haben Sie mich geküsst.« Beim Aussprechen dieser Worte strömte Blut in seine Lendengegend. Er konnte es nicht erwarten, dieses Vergnügen bald zu wiederholen.

»*Sie* haben *mich* geküsst«, korrigierte sie ihn.

»Ich kann mich nicht daran erinnern, dass Sie sich gewehrt haben. Ich kann mich sogar an ein sanftes Stöhnen erinnern, als Sie schließlich von mir abgelassen haben. Ich frage mich, welche Geräusche Sie sonst noch für mich machen würden.«

Er wünschte, er könnte ihren Gesichtsausdruck sehen. An ihrem verhaltenen Atem erkannte er, dass er mit seiner Bemerkung ins Schwarze getroffen hatte. Sie war zornig auf ihn. Doch ihr Zorn machte sie nur noch attraktiver. Er konnte sich kaum auf das Gespräch konzentrieren und dachte unaufhörlich daran, wie er seine Gefühle in die Tat umsetzen würde, sobald sie bei ihm war.

Bevor sie seinen schweren Atem bemerken konnte, sagte er: »Morgen früh um elf wird meine Limousine Sie zu Hause abholen. Ziehen Sie sich etwas Nettes an.«

Sie kochte vor Wut. »Sind Sie verrückt? Ich gehe nirgendwo mit Ihnen hin.«

»Sie wissen genau, dass Sie mich wiedersehen wollen«, forderte er sie heraus.

In einem letzten, verzweifelten Versuch, ihm zu entkommen, sagte sie: »Was, wenn ich einen Freund habe?«

»Sie haben mit Ihrem letzten Freund bereits vor Monaten Schluss gemacht«, antwortete er süffisant.

Sie rang empört nach Luft und klang nun mehr als nervös: »Sie glauben, Sie haben die Weisheit mit Löffeln gefressen, nicht wahr?«

So amüsant dies alles auch war, er verlor langsam seine Geduld. »Die Limo wird um elf bei Ihnen sein ...«

»Sie können von mir aus eine ganze Flotte von Limousinen schicken. Ich gehe nirgendwo mit Ihnen hin. Ihr Detektiv soll morgen eine Kamera mitbringen. Dann kann er ein paar gelungene Fotos von meiner verschlossenen Tür schießen.«

Genug. »Sie werden in die Limo einsteigen.«

»Wetten nicht?«

Seine Laune änderte sich schlagartig. Es war ihm nicht eine Sekunde in den Sinn gekommen, dass sie ablehnen könnte, und es stand für ihn auch jetzt nicht zur Debatte. »Sie werden mitkommen – oder ist Ihnen der Job Ihrer Schwester so egal?«

»Sie glauben doch nicht wirklich, dass Sie mich erpressen können? Bekommen reiche Männer immer so ihre Dates? Meinen Sie nicht, dass das ein wenig übertrieben ist?«

Anders als jede andere Person, die er kannte, ließ sie sich nicht von ihm oder seinen Drohungen beeindrucken. Das machte sie nur noch anziehender.

Sie hielt inne und schien über etwas nachzudenken. »Oder geht es hier um Ihr Auto?«

Was zum Teufel? Er ging zum Fenster und schaute auf sein Auto. »Was ist mit meinem Auto?«

»Ach nichts. Nichts. Vergessen Sie, was ich gesagt habe«, sagte sie nervös.

Schon wieder hatte Luros versagt. Im Bericht wurde dieser klare Fall von Vandalismus nicht mit einem Wort erwähnt. Selbst im trüben Licht der Straßenlaterne konnte er die Beule an der Stoßstange sehen. Erstaunt schüttelte er den Kopf.

Dieses Gespräch verlief eindeutig nicht so, wie er sich das vorgestellt hatte. Er wollte sie eigentlich höflich darum bitten, ihn zu begleiten, und hatte eine begeisterte Zusage erwartet.

Sie war herrlich schwer zu kontrollieren. Ihr Widerstand würde den Sieg später umso süßer machen. Er musste es nun über ihre Schuldgefühle versuchen.

»Wissen Sie eigentlich, wie teuer dieses Auto war?«, fragte er und nutzte schamlos ihr Unbehagen aus.

»Ich weiß nicht, wovon Sie sprechen«, wich sie ihm aus.

Seine Abby war eine schlechte Lügnerin. Überzeugt, endlich seinen Willen zu bekommen, befahl er: »Seien Sie um elf fertig.«

»Scheren Sie sich zum Teufel!«, erwiderte sie und legte auf.

Teuflisch beschrieb den nächsten Tag ziemlich passend, doch er hatte nicht vor, dort alleine zu schmoren. Wenn sie glaubte, ihn besiegt zu haben, hatte sie ihn grob unterschätzt. Er würde alles tun, um zu bekommen, was er wollte.

Ein Anruf würde ausreichen. »Duhamel!«, rief er in sein Telefon. Es klingelte exakt zwei Mal, bevor seine persönliche Assistentin abhob. Ohne auf ihre Antwort zu warten, sagte er: »Sie müssen etwas für mich tun. Betrachten Sie es als einen persönlichen Gefallen.«

Kapitel fünf

Nachdem sie aufgelegt hatte, blickte Abby auf und sah Lil, die sanft ihr Baby auf dem Arm wiegte, amüsiert den Kopf schütteln.

Lil sagte: »Ich glaube es einfach nicht. Abby Dartley verhält sich rücksichtslos.«

Das habe ich verdient, dachte Abby. Sie hatte ihrer Schwester in den letzten Jahren unzählige Male Vorhaltungen darüber gemacht, was der richtige und was der falsche Typ Mann war. Bis jetzt hatte Abby noch fest daran geglaubt, dass man sich aussuchen konnte, zu wem man sich hingezogen fühlte.

Doch das war, bevor sie Dominic getroffen hatte.

Diesen unhöflichen, rechthaberischen Erpresser. Allein der Gedanke an ihn ließ sie vor sexueller Lust erschaudern. Was auch immer er morgen Illegales mit ihr tun wollte, sie hatte nicht vor, seiner Einladung zu folgen. Doch das hieß nicht, dass sie sich nicht für einen Moment dieser Fantasievorstellung hingeben konnte.

Lil setzte Colby auf ihre andere Hüfte. »War das wirklich Dominic Corisi?«

Abby ging an ihrer Schwester vorbei und begann, das Chaos im Zimmer zu ordnen. Lils Fieber war endlich abgeklungen. Jetzt musste das Zimmer also nicht mehr wie eine Krankenstation aussehen. »Ja, das war er. Ich habe dir doch erzählt, dass ich ihn getroffen habe.«

Lil folgte ihr in die Küche. »Das hast du, aber du hast dabei wohl ein paar Dinge verheimlicht.«

Abby wurde rot.

Ihre Schwester bemerkte die ungewollte Reaktion sofort. »Anscheinend hast du einen guten Eindruck auf ihn gemacht, wenn er dir gleich eine Limousine schickt. Du willst mir also weismachen, dass du nicht mitgehen willst? Dafür siehst du aber ziemlich verknallt aus.«

Abby spülte ein paar Gläser aus, bevor sie sie in die Spülmaschine stellte. Sie hoffte, dass ihr Schweigen Lil davon abhalten würde, weiter nachzuhaken. Doch ihre Schwester wartete geduldig, ohne ihre Erheiterung zu verbergen.

»Na los, lach mich aus. Ich habe es verdient. Der Typ ist ein totales Arschloch, aber ...«

»Aber du magst ihn«, warf ihre Schwester ein.

»Dumm, oder?«

In Lils Lächeln lag ein Hauch von Verständnis. »Nein. Überraschend menschlich für deine Verhältnisse.«

»Was soll das denn bitte heißen?«

»Seit Mom und Dad gestorben sind, warst du immer so perfekt.« Lil trat näher und wiegte Colby sanft auf ihrem Arm. »Versteh mich nicht falsch, ich bin dir dankbar dafür, dass du immer für mich gesorgt hast. Es war nur schwer, deinen hohen Erwartungen gerecht zu werden. Es ist einfach erfrischend, dich jetzt so zu sehen.«

»Ich werde nirgendwo mit ihm hingehen.« Abby drehte sich um, verschränkte ihre Arme vor der Brust und lehnte sich gegen die Spülmaschine.

»Weil reiche Männer täglich an unsere Tür klopfen?«

»Mir ist sein Geld egal.«

Lil nickte. »Okay, aber schau mich jetzt bitte an und sag mir, dass du wirklich nicht gehen willst.«

Abby setzte sich auf die Arbeitsplatte, lehnte ihren Rücken gegen den Küchenschrank und schloss die Augen. Das hatte sie seit ihrer Kindheit nicht mehr getan. Sie wusste, dass sie wieder ihr dummes Lächeln im Gesicht hatte. »Du hättest ihn sehen sollen. Er hat so eine raue Hülle. Doch in seinen Augen war diese tiefe Traurigkeit. Ich wollte ihn einfach trösten. Dann hat er mich angesehen und – ich war hin und weg. Ich habe noch nie so etwas gefühlt. Es macht mir noch nicht einmal etwas aus, dass ich ihn gar nicht kenne.« Sie biss sich auf die Lippen und öffnete ihre Augen. »Das ergibt alles keinen Sinn.«

»Wer sagt, dass Beziehungen Sinn ergeben? Ich meine, außer dir. Egal wie gut du alles planst, du kannst dir nicht aussuchen, zu wem du dich hingezogen fühlst. Warum gibst du dem Mann nicht einfach eine Chance?« Lil hob drohend ihren Finger, als Abby gerade etwas einwenden wollte.

»Versuch gar nicht erst, von meinem Job anzufangen.«

Abby sah betreten drein. »Es tut mir so leid, Lil. Ich werde dir dabei helfen, einen neuen zu finden.«

Lil sah darüber längst nicht mehr so verärgert aus wie noch vor einigen Minuten. »Wechsle nicht das Thema. Was hast du gegen den Typen?«

»Außer, dass er einen Detektiv auf mich angesetzt hat?«

Lil zuckte die Achseln. »Reiche Menschen sind eigenartig. Ich habe einmal in einem dieser Finanzmagazine gelesen, dass er zu den fünfzig einflussreichsten Männern der Welt gehört. Sei also ein wenig nachsichtig mit ihm. Er ist wahrscheinlich einfach nur vorsichtig.« Lil lächelte, als sie bemerkte, dass sie offensichtlich gerade ihre Rollen tauschten.

Einer der einflussreichsten Männer? Abby schluckte nervös. »Ich habe einfach Angst, okay?« Wenn du schon dir selbst nicht ehrlich gegenüber sein kannst, dann sei wenigstens ehrlich zu deiner Schwester.

»Ach, wirklich?« Lil verdrehte die Augen.

»Ach, halt den Mund«, erwiderte Abby und war erstaunt, dass die Spannung, die sonst jedes ihrer Gespräche beherrschte, komplett verschwunden war. Abby erinnerte sich an lang vergangene Zeiten, als sie als junge Mädchen auf diese Art und Weise über Jungs geredet hatten.

»Einer der reichsten Männer der Welt schickt dir also morgen früh eine Limousine und du willst nicht einsteigen?«, forderte Lil sie heraus.

Abby sprang von der Arbeitsplatte und räumte weiter die Spülmaschine ein. »Genau so ist es. Ich werde ...«

»... mich verstecken«, beendete Lil ihren Satz. Sie hob Colby vor ihr Gesicht und sagte zu ihrer Tochter: »Colby, Tante Abby hat so lange auf mich aufgepasst, dass sie Angst hat, endlich mal etwas für sich selbst zu tun. Wir müssen damit aufhören, uns immer auf sie zu verlassen, sonst wird sie nie wieder Sex haben.«

Abby rang nach Luft. »Das kannst du doch nicht zu Colby sagen.«

Lil lachte. »Sie ist fünf Monate alt. Sie versteht nicht, was ich sage, aber ich hoffe, du tust es.« Lil lehnte sich neben Abby an die Arbeitsplatte. »Ich mache mir wirklich keine Sorgen um den Job. Ich finde leicht einen anderen und bald habe ich meinen Abschluss in der Tasche. Du hast bereits mehr für mich getan, als ich es je erhofft hatte. Jetzt wird es Zeit, dass du dein Leben genießt. Dieser Typ hört sich so an, als wäre er genau der Richtige dafür.«

Abby hielt ihre zitternden Hände unter den Wasserhahn und fragte: »Wofür?«

Lil legte einen Arm um ihre Schulter. »Dafür, dass du endlich aufhörst, meine Mutter zu sein, und wieder meine Schwester wirst.«

Abbys Augen füllten sich mit Tränen. »War ich so schlimm?«

Lil drückte sie fester an sich. »Nein, aber es ist schön, dich wiederzuhaben.«

Zwanzig Minuten später blätterte Abby gedankenlos durch ein Lehrermagazin, als Lil mit dem schnurlosen Telefon in der Hand den Raum betrat. Sie war so in Gedanken versunken, dass sie das Klingeln nicht gehört hatte.

»Für dich, Abby«, sagte Lil mit einem boshaften Grinsen und hielt ihr den Hörer hin.

»Corisis persönliche Assistentin. Hmm, ich frage mich, was sie wohl will.«

»Sag ihr, dass ich keine Zeit habe«, sagte Abby, obwohl sie eine Welle der Erregung durchfuhr. Er hatte nicht aufgegeben.

Lil, die niemals tat, was man ihr sagte, gab ihr das Telefon. »Sag es ihr doch selbst.«

Abby starrte ihre Schwester genervt an. »Du scheinst dich ja prächtig zu amüsieren.«

»Rache ist so süß.« Lil kicherte und setzte sich neben Abby auf die Couch – als aufmerksame und unausweichliche Zuhörerin.

»Muss Colby nicht zufällig mal wieder gebadet werden?«

»Sie hatte bereits ein Bad, bevor du nach Hause gekommen bist. Sie schläft«, antwortete Lil frech und ignorierte Abbys Anspielung.

Was soll's.

»Hallo«, sagte Abby kühl.

»Hallo. Vielen Dank, dass Sie meinen Anruf entgegengenommen haben, Miss Dartley. Ich bin Marie Duhamel, Mister Corisis persönliche Assistentin.«

»Ja, ich weiß.« Abby seufzte. »Ich möchte nicht unhöflich sein, aber warum glaubt er, dass ein Anruf seiner Sekretärin meine Meinung ändern könnte?«

»Persönliche Assistentin«, korrigierte sie die Frau freundlich und fuhr in vertrautem Ton fort: »Entschuldigen Sie bitte die Störung, doch nach allem, was Dominic diese Woche durchgemacht hat, musste ich ihm einfach helfen.«

»Nach allem, was er durchgemacht hat?« Abbys Aufmerksamkeit war geweckt. Sie lehnte sich vor und kümmerte sich nicht darum, dass Lil ihr Ohr praktisch an die andere Seite des Hörers presste. Resigniert drehte Abby das Telefon so, dass Lil besser hören konnte.

»Hat er es Ihnen nicht erzählt? Das hätte ich mir denken können. Er ist nicht gut darin, um Hilfe zu bitten.«

»Ich weiß nicht, wovon Sie sprechen«, sagte Abby mit wachsendem Interesse.

Für kurze Zeit herrschte Stille. »Miss Dartley, Dominics Vater ist vor ein paar Tagen gestorben. Er ist für die Testamentseröffnung zurück nach Boston gekommen.«

»Oh mein Gott«, sagten Abby und Lil gleichzeitig. Abby brachte ihre Schwester mit erhobenem Finger zum Schweigen. »Morgen wollte er also …« Sie traute sich fast nicht, die Frage zu stellen. Sie war davon ausgegangen, dass er die Limousine schicken wollte, um sie in irgendeiner lauschigen Hotelsuite zu verführen. Nun schien es jedoch so, als ob ihr erster Instinkt sie doch nicht getäuscht hätte.

»Er hatte gehofft, Sie würden ihn zur Testamentseröffnung seines Vaters begleiten«, sagte Mrs Duhamel und bestätigte damit Abbys Vermutung. Hatte sie den ganzen Abend komplett danebengelegen? Sie hatte sich anscheinend von seiner Anziehungskraft blenden lassen und nicht gesehen, dass Dominic aufgrund eines schweren Verlusts einfach nicht allein sein wollte.

Diese Erkenntnis versetzte ihr einen Stich.

So viel zum Thema unwiderstehlich.

Ihre fürsorgliche Ausstrahlung musste ihn fasziniert haben. Menschen hatten sich in Krisenzeiten schon immer an sie gewandt. Sie sollte es eigentlich inzwischen gewohnt sein. »Nimmt er … ich meine, sollte er nicht jemanden mitnehmen, den er besser kennt als mich?«

»Meine Liebe«, die Stimme der älteren Frau war voller Emotionen, die eine Mutter normalerweise ihrem eigenen Sohn entgegenbrachte. »Dominic ist ein sehr beschäftigter Mann. Er hat keine Zeit für Freunde. Geschäftspartner, ja. Leute, die in seinen sozialen Kreisen verkehren, ja. Doch es gibt niemanden, den er zu so etwas mitnehmen könnte.«

Abby und Lil tauschten einen ernsten Blick aus. Alles und gleichzeitig gar nichts zu haben war so traurig. Egal wie schlimm der Tod ihrer Eltern war, sie hatten zumindest einander. »Ich verstehe, Misses Duhamel, aber ich habe ihn heute zum ersten Mal getroffen. Ich weiß nicht, was er Ihnen erzählt hat, aber wir kennen uns kaum.«

»Er hat mir gesagt, dass er Sie dort braucht. Das hat mir gereicht.«

»Das hat er gesagt?« Abbys Herz zog sich zusammen. Lil klatschte beinahe vor Aufregung in die Hände und formte mit den Händen ein Herz vor ihrer Brust. Abby schlug nach ihr.

Er braucht mich? War sein ganzes hartes Getue nichts weiter als ein Hilfeschrei? Er hatte seinen Vater verloren und wollte in dieser schwierigen Situation einfach nicht allein sein. Sie verstand nur zu gut, wie sehr der Tod eines Elternteils einen in den Grundfesten erschüttern konnte.

Mrs Duhamel sagte: »Ja, und Sie sollten wissen, dass ich in den ganzen Jahren, seit ich für ihn arbeite, noch nie einen persönlichen Anruf für ihn getätigt habe.«

Er wollte sie also so sehr, dass er sogar seine Assistentin einschaltete. Was hatte das zu bedeuten?

»Hat er Sie gebeten, mir von seinem Vater zu erzählen?«, fragte Abby.

Mrs Duhamel wies diesen Einfall mit einem kurzen Auflachen ab. »Oh, nein. Ich glaube, ich sollte Sie bedrohen oder irgendeinen Zauberspruch aufsagen, damit Sie ihn begleiten. Er sagte mir lediglich, dass ich die einzige Person sei, die Sie dazu bringen könnte, mit ihm zu kommen. Sein Vertrauen schmeichelt mir, aber Ihre Entscheidung wird wohl eher von Ihrem Mitleid als von meiner Überzeugungskunst abhängen.«

»Seien Sie sich da nicht so sicher«, murmelte Lil.

Abby gab ihr ein Zeichen, still zu sein.

Lil zuckte die Schultern und flüsterte: »Komm schon, sie ist wirklich gut!«

Wie wahr. Die beruhigende Stimme der älteren Frau ließ Dominics unverschämtes Angebot eher wie eine liebenswürdige Geste als wie eine rücksichtslose Frechheit aussehen.

Mrs Duhamel fügte hinzu: »Dominic wollte Ihnen die Limo zwar erst um elf schicken, doch ich würde Sie gerne um sieben Uhr für eine Massage und eine kleine Shoppingtour abholen.«

Zuerst bin ich also zu fett und jetzt muss ich auch noch umgestylt werden? »Wenn ich so, wie ich bin, nicht gut genug für Ihren Chef bin ...«

Mrs Duhamel unterbrach sie hastig: »Oh, nein, das war nicht Dominics Idee. Ich dachte nur, dass Sie sich für eine Testamentseröffnung, bei der es um mehrere Millionen geht, vorher vielleicht ein wenig chic machen wollen.«

Wow. Wenn man es so sah, war nichts dagegen einzuwenden. »Misses Duhamel, ich glaube, ich liebe Sie.«

Die Frau lachte amüsiert. »Ich mache hier nur meine Arbeit. Und nennen Sie mich Marie.«

Abby vermutete, dass es mehr als das war. Die Frau machte sich offensichtlich Sorgen um Dominic. »Dann nennen Sie mich bitte Abby. Verstehen Sie mich bitte nicht falsch, aber Sie hören sich nicht so an, als wären Sie Dominics Assistentin. Sie sind so ... nett.«

Der mütterliche Ton in ihrer Stimme kehrte zurück. »Lassen Sie sich von Ihrem ersten Eindruck von Dominic nicht blenden. Er ist so viel mehr, als was er über sich preisgibt. Mein Mann hat seit der Gründung seines Unternehmens für ihn gearbeitet, es jedoch verlassen, bevor der große Erfolg kam. Stan war ein guter Ehemann, aber ein mieser Geschäftsmann. Er ist vor sieben Jahren gestorben und hat mir nichts als Schulden hinterlassen. So stand ich da, Ende fünfzig, pleite und ohne Chance auf einen Job. Aus purer Verzweiflung habe ich schließlich Dominic angerufen und ihn gefragt, ob er sich an meinen Mann erinnert. Das hat er. Er sagte, dass Stan ein guter Mensch gewesen sei, und hat mich noch am selben Tag als seine Assistentin eingestellt. Seitdem arbeite ich für ihn.«

Abby und ihre Schwester tauschten einen Blick aus. Dominic konnte nicht so schlecht sein, wenn er die Frau eines früheren Mitarbeiters unter seine Fittiche nahm. Was hielt sie also noch zurück? Sie wollte genauso gerne mit ihm gehen, wie er sie dabeihaben wollte. Hatte ihre Schwester etwa recht? War es Zeit, ihre pflichtbewusste Rolle aufzugeben, die sie aus purer Notwendigkeit eingenommen hatte, und sich in dieses verrückte Abenteuer zu stürzen?

»Okay«, sagte Abby schließlich mit zittriger Stimme, »ich komme mit.«

»Fantastisch«, sagte Mrs Duhamel. »Ruhen Sie sich jetzt ein wenig aus, meine Liebe. Ich hole Sie um sieben Uhr ab.«

Bevor sie auflegte, fragte Abby: »Sind Sie sich denn wirklich sicher? Es muss doch jemand anderen geben, den er ...«

Die alte Frau beruhigte sie schnell. »Zweifeln Sie nicht an sich. Machen Sie einen Schritt nach dem anderen. Fürs Erste sollten Sie sich darauf freuen, dass Sie morgen mehr verwöhnt werden, als Sie es sich jemals hätten träumen lassen.«

»Das hört sich gut an.«

»Sie werden überrascht sein, Abby. Wie sehen uns um sieben.«

Lil lehnte sich entspannt zurück, während Abby verwirrt das Telefon in die Ladestation zurücklegte. »Wenn es dir irgendwie weiterhilft, Abby – ich glaube, du hast die richtige Entscheidung getroffen.«

Abby antwortete mit einem zurückhaltenden Lächeln: »Genau das macht mir so Angst.«

Lil schmiss eines der Sofakissen nach ihr, dem Abby kichernd auswich. Egal wie die Geschichte morgen ausgehen würde, es ging Abby bereits jetzt viel besser als in all den vielen Jahren zuvor.

Kapitel sechs

Später am nächsten Morgen stand Abby vor einem Spiegel in der Umkleidekabine einer teuren Edelboutique, die nach ihrer Ankunft sofort für weitere Kunden geschlossen wurde. Sie erkannte sich kaum wieder. Ihre dunkelbraunen Locken waren zu geschwungenen Wellen gebändigt worden, die perfekt um ihr makellos geschminktes Gesicht fielen. Ihre Augen hatten noch nie so groß und ihre Nase noch nie so winzig ausgesehen. Sie fand ihr Aussehen immer eher durchschnittlich, doch Marie hatte recht. Die Wachsbehandlungen und das Styling hatten ihr eine gehörige Portion Selbstvertrauen verpasst. Sie fühlte sich wunderschön.

Wenn sie ehrlich zu sich selbst war, erkannte sie sogar eine Spur von Vorfreude in diesen Augen, die sie ungläubig aus dem Spiegel anstarrten. Sie konnte sich noch so sehr einreden, dass sie sich allein für die Testamentseröffnung so herausgeputzt hatte. Tief im Innern hoffte sie, dass das Verlangen in Dominics Augen keine Einbildung gewesen war. Ihr Blut geriet erneut in Wallung, als sie daran dachte, wie er sie gestern angesehen hatte. Würden seine Berührungen die gleiche ungebremste, wilde Lust verheißen?

Konnte etwas so Gutes wirklich wahr sein?

Das schulterfreie schwarze Kleid schmiegte sich perfekt um ihre Kurven und überließ nichts der Einbildung. Während es auf dem Bügel noch züchtig und gesittet aussah, ließ es nun tiefer in ihr üppiges Dekolleté blicken, als es für die Öffentlichkeit angemessen war. »Marie, dieses Kleid ist zu sexy für mich. Wie wäre es mit etwas Weiterem, mit Ärmeln?«

»Zeig her«, antwortete eine männliche Stimme, die definitiv nicht zu Marie gehörte.

Dominic! Abby schnappte nach Luft, bedeckte mit einer Hand ihren Ausschnitt und hielt mit der anderen den Türknauf fest.

»Öffnen Sie ja nicht die Tür«, befahl Abby. »Was machen Sie hier?«

Sie hörte Stimmen im Raum und die Eingangstür wurde geschlossen. »Ich sehe nach, wie es bei Ihnen läuft. Wenn Sie sich beeilen, können wir vor dem Termin noch zusammen Mittag essen.«

»Das Kleid passt mir nicht«, log Abby. Sie wollte, dass er sie attraktiv fand und nicht wieder auf die Idee kam, ihr Geld anzubieten. »Marie muss mir ein anderes bringen.«

»Zeig es mir.«

»Nein.«

»Ich warne dich.«

»Glauben Sie, dass ich auf Ihre kindlichen Erpressungsversuche hereinfalle?«

»Zeig es mir.«

»Es passt nicht zu dem Anlass. Bitten Sie Marie, mir das dunkelblaue zu holen, das wir vorhin gesehen haben.«

»Das werde ich. Nachdem du es mir gezeigt hast.«

Abby hörte, wie Dominic einen Stuhl direkt vor die Umkleidekabine stellte. Er machte nicht den Eindruck, als würde er sich von der Stelle bewegen wollen. Abby drehte den Türgriff und straffte ihre Schultern, wodurch der Ausschnitt nur noch tiefer rutschte. Das Kleid war alles andere als dezent. Wenn er jedoch nicht gehen würde, ohne es gesehen zu haben, dann musste sie ihm wohl oder übel einen Blick darauf gestatten.

Ihr Selbstbewusstsein hätte sich eigentlich verdoppeln müssen, als sie seine Reaktion auf ihren Anblick sah. Seine verschränkten Arme fielen herunter, genau wie seine Kinnlade. Der zerzauste Mann von gestern war nicht wiederzuerkennen. Sein frischer dunkelgrauer Anzug sah aus, als sei er eigens für ihn gemacht worden, und sein Haar war perfekt gestylt. Alles an ihm strahlte Reichtum und Macht aus.

Er ist mindestens eine Nummer zu groß für mich. Abby war die Lust vergangen, sich für ihn zu präsentieren. Stattdessen hob sie ungeschickt ihre Arme und sagte: »Sehen Sie? Ich habe Ihnen doch gesagt, dass es nicht angemessen ist.«

»Du hast recht«, sagte er mit belegter Stimme und stand schnell wie ein Raubtier von seinem Stuhl auf. Sein Blick heftete sich erneut an sie, wurde jedoch ungewöhnlich kritisch. »Du hast deine Sommersprossen verdeckt«, sagte er beinahe vorwurfsvoll.

Sie richtete sich irritiert auf und stemmte ihre Hände in die Hüften. »Dies ist eigentlich der Moment, an dem Sie mir sagen sollten, wie hübsch ich aussehe.«

Er zog sie an sich und zwang sie dazu, aufzuschauen und ihn anzusehen. »Du weißt selbst, dass du gut aussiehst.« Er berührte ihre Lippen flüchtig mit seinen und murmelte: »Aber ich freue mich jetzt schon darauf, das ganze Make-up später von dir abzuschrubben.«

Sie versteifte sich am ganzen Körper: »Mister Corisi ...«

Er küsste sie sanft im Nacken. »Sag meinen Namen.«

»Dominic, deswegen bin ich nicht hier.«

»Nur meinen Namen«, befahl er ihr erneut, während er ihr Ohrläppchen sanft zwischen seine Zähne nahm. »Sag ihn.«

»Dominic«, hauchte sie. Na gut, vielleicht war sie doch deswegen hier.

»Mmmh...«, stöhnte er und wanderte mit den Lippen ihren Nacken hinunter, um ihre freigelegte Schulterpartie zu küssen. Eine Hand glitt dabei unter den kurzen Saum ihres Kleides, umfasste ihren Po und zog sie näher zu sich heran.

Sie schmiegte sich an ihn und vergaß sofort, wo sie sich gerade befanden. Sie legte beide Hände auf seine Schultern, während er immer weiter hinabsank, bis er schließlich den Saum ihres Kleides erreichte. Er drückte sie sanft gegen die Wand und schob das Kleid nach oben. Dann berührte er den feuchten Stoff, der ihn am sofortigen Eindringen hinderte. Es schien ihm egal zu sein, denn er streichelte sie weiter durch das Material hindurch, bis sie sich vor Lust nach hinten lehnte und dabei einen ihrer Nippel enthüllte, auf den er sich sofort stürzte.

Dieser Mann machte keine halben Sachen. Seine Berührungen ließen auf eine Geschicklichkeit schließen, die Erfüllung für sie beide versprach.

Ein Klopfen unterbrach sie. Maries Stimme erklang durch die Tür. »Passt das Kleid? Soll ich Ihnen das blaue holen?«

Dominic stöhnte leise auf, als er den Saum des Kleides langsam wieder zurechtrückte und ihren Ausschnitt nach oben zog. »Nicht jetzt«, knurrte er.

Mrs Duhamel tat so, als hätte sie ihn nicht gehört: »Wenn Sie beide noch etwas essen wollen, müssen wir uns beeilen. Abby muss noch ein paar Kleider anprobieren.«

Abby errötete vor Scham. »Oh mein Gott, sie weiß, was wir hier machen.«

Dominic umfasste mit beiden Händen ihr Gesicht und hob ihren Kopf nach oben: »Und ist davon überzeugt, dass wir eine Anstandsdame brauchen.« Er küsste sie leidenschaftlich, bis sie erneut vor Verlangen zu zittern begann. Er beendete seinen Kuss, indem er sanft mit seinen Lippen über die ihren strich und seine Wange an ihre Locken schmiegte. Diese zärtliche Geste täuschte erfolgreich darüber hinweg, dass sie sich erst so kurz kannten. Für einen Moment hörte man in dem kleinen Raum nur ihren abgehackten Atem und sein Herz, das heftig in seiner Brust schlug. Mit einem letzten entschlossenen Atemzug trat Dominic schließlich einen Schritt zurück und sagte: »Vielleicht hat sie recht. Vorläufig zumindest.«

Er öffnete die Tür für seine Assistentin und schenkte ihr ein verlegenes Lächeln. Wie ein Sohn, der bei einer Übeltat erwischt wurde. »Sie gehört Ihnen, Misses Duhamel. Sie haben recht. Wir haben nur noch zehn Minuten Zeit und sie kann dieses Kleid heute nicht tragen.«

Die ältere Frau kam in die Umkleidekabine und war diskret genug, um sich die offensichtliche Störung nicht anmerken zu lassen.

Bevor Dominic die Tür hinter sich zumachte, sagte er: »Sorgen Sie bitte trotzdem dafür, dass es eingepackt und mitgenommen wird.«

Sein Zwinkern war mit Abstand das Attraktivste, was Abby jemals gesehen hatte. Sie lehnte sich gegen die Spiegelwand.

Marie kam mit ein paar Kleidern über ihrem Arm in den Raum und Abby stammelte: »Wir haben nur ... Ich meine, ach nichts ...«

Marie winkte ab und lächelte. »Sie müssen mir nichts erklären, meine Liebe.«

»Ich möchte nur nicht, dass Sie denken ...«

»Ich denke lediglich, dass Sie gut für Dominic sind.«

Abby hatte nicht geglaubt, dass sie noch mehr erröten könnte.

»Ich weiß, ich weiß«, kam ihr Marie kurzerhand zuvor. »Ich hätte nichts sagen sollen. Es geht mich nichts an, aber ich mag Sie.« Sie hielt das blaue, eindeutig konservativere Kleid in die Höhe. »Ziehen Sie jetzt das Kleid hier an, bevor Dominic vor Anspannung noch ein Loch in den Teppich läuft.«

Abby fragte sich, ob Dominic wusste, wie glücklich er sich schätzen konnte, dass er Marie hatte. Sie umarmte sie spontan, bevor sie ihr das Kleid abnahm. Die ältere Dame zupfte ihre Bluse zurecht und sagte: »Werden Sie jetzt nur nicht sentimental.« Ihre barschen Worte standen jedoch in eindeutigem Widerspruch zu ihrem erfreuten Gesichtsausdruck.

Kapitel sieben

Die ausgelassene Stimmung des Morgens war versiegt. Abby saß neben Dominic auf einer dunklen Ledercouch in der Ecke eines riesigen, mit Büchern vollgestopften Anwaltsbüros. Sie wollte eigentlich nach seiner Hand greifen, faltete jedoch stattdessen die Hände auf ihrem Schoß. Abby hatte nicht viel Ahnung von Antiquitäten, doch die Vase neben ihr war offensichtlich sehr alt und mindestens das Zehnfache ihres Jahresgehalts wert. Sie hatte verstanden, was Dominic in der Boutique von ihr wollte. Doch hier, in seiner Welt, war sie sich nicht mehr sicher, welche Rolle sie eigentlich spielte.

Ein älterer, fast glatzköpfiger Mann kam herein. Er hielt abrupt inne und konnte so für einen kurzen Moment nicht verbergen, wie überrascht er war, dass Dominic in Begleitung erschienen war. Mit einem Nicken, das eher ihm selbst galt, begrüßte er sie, während er auf sie zukam.

Dominic stand auf, reichte dem Mann jedoch nicht die Hand.

»Dominic«, sagte der Mann, ohne sich das unterkühlte Verhalten seines Gegenübers anmerken zu lassen.

Dominic nahm eine drohende Haltung ein. »Thomas.«

»Es ist lange her«, sagte der ältere Mann und nahm ein paar Dokumente von seinem Tisch, bevor er sich auf den Lederstuhl vor ihnen setzte.

»Nicht lange genug.«

»Immer noch wütend also«, sagte Thomas mit Bedauern in seiner Stimme.

»Ich bin nicht hier, um die Vergangenheit wieder aufzuwärmen. Wo ist meine Schwester?« Dominic ging vor der Couch auf und ab. Seine Angespanntheit erfüllte den ganzen Raum.

»Ihr Auto ist soeben vorgefahren.« Sein Blick wanderte von Dominic zu Abby.

Sie stand auf und akzeptierte seine dargebotene Hand.

Er sagte: »Thomas Brogos. Langjähriger Familienanwalt.«

»Abby Dartley.« Da sie nicht wusste, wie sie sich bezeichnen sollte, beließ sie es dabei.

Er hielt ihre Hand fest, als ob er weitere Informationen erwartete.

»Sekretärin?«, fragte er schließlich.

»Lehrerin«, antwortete sie, ließ seine Hand los und schaute in Dominics erstarrtes Gesicht. Seine Muskeln waren bis zum Zerbersten angespannt. Seine Lippen, die sie noch vor einer Stunde sanft liebkost und erregt hatten, waren vor Zorn eng zusammengepresst.

»Interessant«, sagte Thomas und schaute zu Dominic und wieder zurück zu Abby. Er war im Begriff, weitere Fragen zu stellen, doch Dominic blieb stehen und brachte den Mann durch eine einzige hochgezogene Augenbraue zum Schweigen. Eine recht zurückhaltende Geste für jemanden, der so aussah, als würde er den Mann vor sich am liebsten umbringen wollen.

»Setz dich, bitte«, wies Thomas ihn an.

Dominic setzte sich neben Abby und legte seine Hand auf ihr Knie. Damit sendete er eine eindeutige Botschaft und vermied erfolgreich weitere Fragen.

Der Anwalt nickte, öffnete die Akte und begann damit, die einzelnen Blätter säuberlich gestapelt auf den kleinen Tisch zu legen.

Eine große dünne Frau betrat verärgert den Raum. Beide Männer standen sofort auf. Abby folgte ihnen eine Sekunde später und fühlte sich immer noch unwohl in ihrer Rolle.

Die Frau begrüßte den Anwalt herzlich und setzte sich dann steif auf den letzten freien Stuhl. Der Blick, den sie Dominic zuwarf, ließ die Zimmertemperatur sofort um zehn Grad sinken. Die Ähnlichkeit zwischen den beiden war frappierend und ließ keinen Zweifel an ihrem Verwandtschaftsverhältnis. Dominics Schwester trug ihr schwarzes Haar streng nach hinten gebunden, was die größte und gleichzeitig beeindruckendste Gemeinsamkeit der beiden beeindruckend betonte: ihre stechend grauen Augen. Sie trug die weibliche Version seines teuren Anzugs, dazu einfache, jedoch extrem kostspielige Schuhe und einen Hauch von Make-up. Sie war eine wunderschöne Frau, die jedoch eher mit ihren Ideen als ihrem Aussehen beeindrucken wollte.

»Nicole«, sagte er. Ohne die Augen von seiner Schwester zu lassen, gab Dominic Abby ein Zeichen, sich wieder hinzusetzen. Obwohl er neben ihr saß, fühlte er sich Welten entfernt an. Erneut fragte sich Abby, wie ihre Anwesenheit ihm auch nur ansatzweise helfen könnte. Ein Mann wie er brauchte keine seelische Unterstützung. Er sah nicht so aus, als würde er überhaupt irgendjemanden oder irgendetwas brauchen.

»Können wir es einfach hinter uns bringen?«, fauchte die junge Frau und Abby spürte, wie Dominic neben ihr erneut erstarrte.

Thomas räusperte sich. Er legte zwei Dokumente vor ihnen auf den Tisch. »Das Testament eures Vaters wird euch beide überraschen.«

Dominic gab ein zweifelndes Geräusch von sich. Er lehnte sich zurück, schlug die Beine übereinander und verschränkte die Arme. Eine entspannte Haltung, die jedoch seine innere Anspannung nicht verbergen konnte. Als dies niemanden zu beeindrucken schien, sagte er barsch: »Kommen wir einfach zum Punkt.«

Nicole sprang auf und fauchte: »Ja, mach schnell, damit der große Dominic Corisi zurück zu seinem Imperium kann. Da du es bei deinem engen Terminplan nicht einmal zur Beerdigung geschafft hast, wundert es mich, dass du heute überhaupt hier aufgetaucht bist.«

»Ich war außer Landes«, antwortete Dominic, sah jedoch inzwischen deutlich weniger gelassen aus.

Thomas klopfte mit seinem Stift auf das Testament. »Könnt ihr bitte aufhören, euch anzufahren? Ich möchte euch das Testament erklären.«

Dominic lehnte sich vor und seine Muskeln spannten sich, als er den herrischen Ton in der Stimme des älteren Mannes hörte, sagte jedoch nichts. Nicole rutschte auf ihrem Stuhl hin und her wie ein kleines Kind, das man zur Ruhe ermahnt hatte, blieb jedoch ebenfalls still. Sie richteten nun beide ihre Aufmerksamkeit auf Thomas. Abby war erstaunt über ihr Verhältnis zu ihm. Er schien mehr zu sein als nur der Anwalt der Familie.

»Euer Vater hat sein Testament letztes Jahr nach seinem ersten Herzinfarkt geändert«, begann Thomas vage.

»Seinem ersten?«, fragte Dominic. »Ich wusste gar nicht, dass er überhaupt krank war.«

»Woher auch«, zischte Nicole.

Der Anwalt fuhr mit ruhiger Stimme fort. »Er hat sich dazu entschlossen, seinen gesamten Besitz sowie seine Firma, Corisi Limited, mit einem Nettogesamtwert von circa dreißig Millionen Dollar, allein Nicole zu hinterlassen.«

»Für diese Neuigkeit hätte ich nicht extra hierherkommen müssen«, mokierte sich Dominic.

Thomas rückte nervös seine Krawatte zurecht. »Der Nachlass ist an die Bedingung geknüpft, dass du die Position des Geschäftsführers übernimmst. Für mindestens ein Jahr, Dominic. Wenn du ablehnst, geht das Erbe deiner Schwester in einen Treuhandfonds für mehrere Wohltätigkeitsorganisationen über.«

Nicole sprang auf. »Das ist nicht dein Ernst. Papa und Dominic haben seit über zehn Jahren nicht mehr miteinander gesprochen. Warum sollte er ihn an die Spitze des Unternehmens setzen?«

Der Anwalt wurde blass. »Corisi Limited steht vor dem Konkurs. Dein Vater hat nicht daran geglaubt, dass du das Ruder herumreißen kannst, Nicole. Du warst nie Teil des Unternehmens.«

Nicole sah so aus, als ob sie in Ohnmacht fallen würde. Sie hielt sich an der Lehne eines der Stühle fest. Fast flüsternd erwiderte sie:

»Weil er mich nie gelassen hat.« Sie wischte sich eine trotzige Träne aus dem Gesicht. »Wie konnte er mir das nur antun? Er wusste, dass ich nur meinen MBA-Abschluss gemacht habe und immer in der gleichen Branche geblieben bin, um auf diesen Tag vorbereitet zu sein. Ich weiß mehr über die Konkurrenz, als er es jemals getan hat.«

Dominic stand auf. »Nicole ...«

Nicole tippte mit dem Finger kräftig auf seine Brust: »Das gefällt dir, oder? Erst zerstörst du die Firma und jetzt kannst du den Helden spielen. Nur über meine Leiche. Ich habe nicht einen Diktator überlebt, nur damit ich gleich vom nächsten unterdrückt werde.«

Zu Thomas gewandt sagte sie: »Du wirst von meinen Anwälten hören.«

Abby stand auf, als sie sah, wie das Blut langsam aus Dominics Gesicht wich. Sie griff nach seiner Hand und diese Geste schien Nicole noch wütender zu machen. Sie drehte sich zu Abby und sagte: »Ich weiß nicht, wer Sie sind, aber ich wünsche Ihnen, dass mein Bruder Sie sitzen lässt. Corisi-Männer lieben nicht, sie besitzen. Gehen Sie, solange Sie noch einen Hauch von Selbstachtung haben. Laufen Sie weg, bevor er Ihnen die Luft zum Atmen nimmt.«

Dominic erstarrte, doch Abby hielt seine Hand nur noch fester. Sie konnte all die Jahre voller Schmerz sehen und war traurig darüber, dass sie anscheinend keinem der beiden dabei helfen konnte, ihn hinter sich zu lassen.

»Ich lasse meine Anwälte über das Testament schauen, Nicole«, sagte Dominic knapp.

Zitternd vor Wut hängte sich Nicole ihre Handtasche über die Schulter und war im Begriff, den Raum zu verlassen. »Zu wenig, zu spät. Du bist nicht der Einzige, der mächtige Freunde hat, Dominic. Meine Anwälte werden sich morgen bei dir melden, Thomas.« Mit diesen Worten schlug sie die Tür hinter sich zu.

Nachdem sie gegangen war, scherzte Dominic: »Abby, das ist meine Schwester Nicole. Nicole, das ist Abby.«

Abby schaute Dominic traurig an, ihr Herz voller Mitgefühl. »Du solltest ihr hinterhergehen.«

»Dazu ist es fünfzehn Jahre zu spät«, erwiderte er mehr zu sich selbst.

Thomas sagte: »Sie wird keine Hintertür finden, Dominic. Du solltest ihr dabei helfen, die Firma deines Vaters zu stabilisieren. Es ist immerhin deine Schuld, dass sie kurz vor der Insolvenz steht. Das bist du ihr schuldig.«

»Du hast sie gehört, sie will meine Hilfe nicht.« Er hielt Abbys Hand noch fester gedrückt, doch sie protestierte nicht. Auch deshalb war sie hier.

»Willst du, dass sie alles verliert?«, sagte Thomas und klang dabei so, als würde er dies nur den unwürdigsten aller Kreaturen zutrauen.

»Ich werde das Unternehmen meines Vaters nicht retten. Wenn wir das Testament nicht anfechten können, werde ich Nicole einfach etwas Geld geben. Mein Vater wird nicht gewinnen, nur weil ...«

Thomas sammelte die Unterlagen ein und schüttelte den Kopf. »Ich glaube, so kommen wir nicht weiter. Mach, was du willst, Dominic, aber dein Vater hatte nur die besten Absichten, als er diese Bedingung in sein Testament aufgenommen hat.«

Er nickte Abby freundlich zu, öffnete die Tür seines Büros und übergab Dominic eine Ausfertigung des Testaments. »Zeig es deinen Anwälten, mein Sohn, und komm dann zurück.«

Dominic nahm die Unterlagen an, obwohl er sich sichtlich dagegen sträubte. Er zog Abby hinter sich her, als er den Raum verließ. Sie musste sich beeilen, um ihm folgen zu können. »Ich werde nicht zurückkommen«, sagte er über seine Schulter hinweg.

»Wenn du nicht zurückkommst, kann ich dir eine Sache garantieren!«, rief ihm Thomas hinterher.

Dominic blieb kochend vor Wut stehen und schaute den älteren Mann verächtlich an. Durch seine abrupte Bewegung knallte Abby beinahe mit voller Wucht in seinen Rücken. Sie wollte ihre Hand seinem festen Griff entziehen, doch Dominics Aufmerksamkeit war starr auf den Anwalt gerichtet und er ließ trotz Drehen und Winden nicht locker. »Und was wäre das?«, brachte Dominic zornig hervor.

Thomas schob seine Brille an den Rand seiner Nase und sagte: »Du bist letztendlich doch zu deinem Vater geworden.«

Kapitel acht

Erst als sie wieder in der Limousine saßen, bemerkte Dominic, dass er Abbys Hand immer noch fest zusammendrückte. Arme Frau, er musste sie durch den ganzen Flur bis zum Ausgang hinter sich hergezogen haben. Schließlich ließ er ihre Hand los, widerwilliger, als es ihm lieb war.

Er machte sich für den verbalen Angriff bereit, der unvermeidlich auf ihn einprasseln würde. Er hatte nichts anderes verdient. Welcher Idiot lädt eine fast unbekannte Frau dazu ein, den hässlichsten Moment seines Lebens mit ihm zu teilen?

Es war ihr gutes Recht, ihr gesamtes Repertoire an Beleidigungen auf ihn loszulassen.

Ihre Stille war schmerzlicher als eine Tracht Prügel.

Er wünschte, sie würde es einfach sagen und es dann gut sein lassen. Er war ein grausamer Mensch, und er wusste es. *Ein schlechter Sohn, eine Enttäuschung als Bruder und ein geldgieriges Monster im Allgemeinen.*

Abby war heute nur an seiner Seite, weil der Job ihrer Schwester auf dem Spiel stand. Er war ein Multimilliardär, der nichts anderes zu tun hatte, als eine Lehrerin zu erpressen. *Sagte das nicht alles über ihn aus?*

Warum sagte sie nichts? Suchte sie nach einer Möglichkeit, aus dem Auto zu fliehen, ohne seinen Zorn auf sich zu ziehen? Im Laufe seiner Karriere hatte er seinen Moralkodex öfter verraten, als er zugeben wollte. Doch an heute kamen all seine bisherigen Missetaten nicht annähernd heran.

Wenn sie es doch endlich sagen würde.

»Wohin geht es, Sir?«, fragte der Fahrer.

Abby antwortete, bevor Dominic die Möglichkeit hatte. »Wir brauchen neue Klamotten«, sagte sie. »In North Attleboro auf der Route One ist ein Einkaufszentrum.«

Dominic sah Abby erstaunt an. Wenn sie jemand anderes gewesen wäre, hätte er vermutet, dass ihre Geldgier stärker war als die Erinnerung an die Demütigungen der letzten Stunde. Doch ihre bernsteinfarbenen Augen schauten ihn mit einem Mitgefühl an, das er weder verdiente noch wollte.

»Ich muss zurück nach New York«, sagte er zum Fahrer. »Bringen Sie Miss Dartley nach Hause. Halten Sie vorher am Einkaufszentrum, wenn sie es so will. Lassen Sie alles auf meine Rechnung schreiben und rufen Sie eine zweite Limousine, die mich zum Flughafen bringt.«

»Warte«, sagte Abby.

Der Fahrer zögerte und zog somit die Wut Dominics auf sich. »Wenn Sie Ihren Job behalten wollen, machen Sie jetzt sofort, was ich sage.«

Der Fahrer holte sein Telefon hervor, um eine zweite Limousine zu bestellen.

»Es ist nur ein Einkaufszentrum«, fuhr Abby mutig dazwischen.

Dominic lehnte sich zurück und straffte die Schultern. »Mir ist nicht nach Shopping zumute.«

»Angst?«, fragte sie leise. So leise, dass er es fast nicht hörte. Er fuhr herum. Seine süße kleine Lehrerin hatte einen schelmischen Ausdruck in den Augen.

»Kein Interesse«, log er. Dabei war er mit jeder Überraschung von ihr mehr an ihr interessiert.

Sie schlug langsam die Beine übereinander und faltete die Hände über ihrem entblößten Knie. Sie war sich seiner vollen Aufmerksamkeit bewusst. Sie seufzte dramatisch: »Dann wirst du nie erfahren, wohin ich danach mit dir hingehen würde.«

Kein Mann auf der Welt hätte ihr in diesem Moment widerstehen können. Sie war die reinste Versuchung. Er lehnte sich zu ihr hinüber und brummte: »Und warum gehen wir dann nicht sofort dorthin?«

Sie zuckte mit den Schultern, als ob er den richtigen Moment verpasst hätte. Er griff nach ihr, um sie zu sich zu ziehen, doch sie rückte weiter von ihm weg und sagte: »Wir sind dafür nicht angemessen gekleidet.«

Er rutschte näher zu ihr. »Bist du sicher, dass wir überhaupt Kleidung brauchen?«

»Definitiv«, sagte sie. Ihr Lachen ließ seinen Blutdruck über das Limousinendach hinaus ansteigen.

Vergiss den Flug. Er wies den Fahrer an, die andere Limousine abzubestellen und nach North Attleboro zu fahren. Diese Übernahme würde er ganz bestimmt nicht verpassen.

Abby wehrte sich innerlich dagegen, ihre Entscheidung zu bereuen. Sie wollte nicht, dass diese pulsierende, fast sichtbare sexuelle Spannung zurückkehrte. Sie hätte sein Angebot annehmen und den Tag frühzeitig beenden können. Er hätte sie gehen lassen und es wäre wahrscheinlich das letzte Mal gewesen, dass sie sich gesehen hätten.

Das Problem war, sie wollte nicht, dass der Tag endete. Gestern war er noch eine zweidimensionale, umwerfende, wenn auch unfassbar arrogante sexuelle Fantasie gewesen.

Heute war er auch ein Mann. Ein komplizierter Mann, der dem Elend eines herrschsüchtigen Vaters entflohen war, nur um in einem noch viel schmerzhafteren Gefängnis voller Schuldgefühle zu landen.

Er war auf der Flucht. Sie kannte dieses Gefühl nur zu gut. Sie hatte einen Großteil ihres Lebens damit verbracht, vor der Trauer um den Verlust ihrer Eltern zu fliehen. Sie war zwar nicht in ein Flugzeug gestiegen und fortgeflogen, doch sie hatte sich emotional so sehr von sich distanziert, dass sie sich selbst fast nicht mehr kannte.

Sie war einfach nicht die strenge, sich an Regeln haltende, geizige Frau in gestärkten Blusen, hinter der sie sich jahrelang versteckt hatte. Kein Wunder, dass Lil rebelliert hatte. Abby wollte ihre Schwester dazu zwingen, sich mit ihr vor dem Leben zu verstecken. Sie hatte Angst, dass jeder Schritt aus dieser strikten und engen Welt zu einer weiteren Tragödie führen würde.

Dominic hatte mit seinen eigenen Dämonen zu kämpfen. Nach außen hin sah er wie ein Mann aus, der niemanden und nichts brauchte, doch als er sich an ihrer Hand festklammerte, hatte er sie hinter diese Fassade blicken lassen.

Ihre Verbindung war gleichzeitig erregend und Furcht einflößend. Dominic hatte ihr angeboten, das Abenteuer hier und jetzt zu beenden, doch irgendetwas sagte ihr, dass ihre Begegnung kein Zufall war. Wenn sie bei ihm war, lernte sie viel über sich selbst, und sie hoffte insgeheim, dass sie ihm das gleiche Geschenk machen konnte.

Abby malte sich aus, wie sie den Tag zusammen verbringen würden. Ein rein impulsiver Plan, den sie noch vor einer Woche sofort über den Haufen geworfen hätte. Heute gab sie sich den Möglichkeiten hin, die sich ihr boten. Lil hatte recht, es wurde Zeit, endlich wieder zu leben.

Als sie auf den Parkplatz des Einkaufszentrums einbogen, nahm Abby ihr Portemonnaie aus der Tasche und rief: »Wir machen ein Wettrennen! Der Erste, der in Jeans, T-Shirt und Turnschuhen wieder in der Limousine ist, hat gewonnen.«

Die Ernsthaftigkeit des Tages war verflogen und Dominic setzte sein raubtierhaftes Lächeln auf: »Und was genau werde ich gewinnen?«

Überheblicher Milliardär, dachte Abby süffisant. Er mochte zwar die Geschäftswelt beherrschen, doch sie bezweifelte, dass er sich seine Kleidung selbst kaufte. Das allein würde ihn den Sieg kosten.

»Der Gewinner darf entscheiden, was wir mit dem Rest des Tages anfangen!«, rief sie aus.

Seine Augen weiteten sich interessiert: »Das hört sich gut an. Ich weiß bereits genau, wohin ich dich mitnehmen werde.«

Ohne ihm Zeit zu lassen, seine Strategie weiter auszuführen, öffnete Abby ihre Tür und sprintete los. »Ich auch!«, rief sie über ihre Schulter hinweg.

Als Dominic zurückkam, riss er die Tür der Limousine auf, bevor sein Fahrer die Chance hatte, sie ihm aufzuhalten. Er stöhnte, als er Abbys triumphierendes Lächeln erblickte. Sie hatte dem Fahrer bereits den Weg genannt und genoss sichtlich jede einzelne Sekunde ihres errungenen Sieges.

Wie der Zufall es wollte, war sie erst vor wenigen Tagen genau in diesem Einkaufszentrum gewesen, um ein Paar Designerjeans anzuprobieren, die ihre Kurven umschmiegten, als wären sie für sie gemacht. Da die Jeans aber alles andere als praktisch waren, hatte sie sie schließlich doch nicht gekauft. Doch heute schnappte sie sie sich, ohne zu zögern, aus dem Regal. Dazu kaufte sie ein kastanienbraunes T-Shirt mit V-Ausschnitt, das gerade so viel Dekolleté preisgab, dass die meisten Männer einen zweiten Blick riskieren würden. Sie rundete ihren Look mit einem Paar Sneakers ihrer Lieblingsmarke ab, fest entschlossen, nicht nur das Rennen zu gewinnen, sondern dabei auch noch verdammt gut auszusehen.

Dominic stieg in das Auto und rutschte neben sie auf den Sitz. Er war mit dem Ergebnis alles andere als zufrieden. »Wusstest du schon, dass man den IQ eines Verkäufers im Teenageralter mit keinem Geld der Welt steigern kann? Warum stellen Kaufhäuser niemanden ein, der älter als zwanzig ist?«

»Sei nicht so ein schlechter Verlierer, Dominic. Du hattest von Anfang an keine Chance.« Abby tätschelte mit vorgetäuschter Sympathie sein Knie und zog sofort ihre Hand zurück, als sie die unmittelbare Anziehungskraft spürte, die von dieser kurzen Berührung ausging. Sie hatte gehofft, dass er in Freizeitbekleidung weniger attraktiv aussehen würde, doch sie hätte sich nicht mehr irren können. Seine Jeans und das dunkelblaue T-Shirt enthüllten eindrucksvoll seine athletische Statur und seinen flachen Bauch.

Er griff nach ihrer Hand, legte sie zurück auf seine Schenkel und hielt sie fest umschlungen. »Wieso werde ich das Gefühl nicht los, dass du gemogelt hast?«

Sie atmete laut ein. Es war schwierig, sich an ihre uneigennützigen Beweggründe für den weiteren Verlauf des Tages zu erinnern, wenn ihre Gedanken vollkommen von der Reaktion ihres Körpers auf seine Berührung eingenommen waren. Ihr Magen zitterte vor Erregung, die sie jedes Mal spürte, wenn sie in Dominics Nähe war. »Du bist Geschäftsmann. Würdest du nicht auch deine natürlichen Vorteile ausnutzen, um zu gewinnen?«

Er schob ihre Hand einige Zentimeter nach oben und sein Atem beschleunigte sich gleichzeitig mit ihrem. »Wenn es ums Gewinnen geht, gibt es fast nichts, was ich nicht tun würde.« Er lehnte sich zu ihr hinüber, nah genug, um sie zu küssen, hielt jedoch inne, bevor sich ihre Lippen trafen.

Sie sagte: »Das hört sich wie eine Warnung an.«

Er ließ Abbys Hand los und hob sie ohne Mühe auf seinen Schoß, sodass sie ihm direkt in die Augen blicken konnte. »Du hast dich bereits vor einer Stunde entschieden. Ich will nur nicht, dass du denkst, dass mehr dahintersteckt.« Er hielt mit seinen Händen ihre Hüften fest. »Oder dass du deine Meinung jetzt noch ändern könntest.«

Sie lehnte sich zurück und warf ihr Haar über die Schultern: »So viele Drohungen. Hast du noch nie vom Sprichwort mit dem Löffel Honig und dem Fass Essig gehört?«

»Das war noch nie mein Motto. Damals nicht und heute auch nicht. Du bist nur hier, weil du sonst die Existenz deiner Schwester aufs Spiel setzen würdest.« Seine rechte Hand wanderte langsam ihren Oberkörper hinauf, bis sein Daumen direkt unter ihrer Brust innehielt.

Abby wollte lachen, doch als sie ihn anblickte, sah sie, dass er es ernst meinte. Sie legte ihre Hand ermutigend auf seine muskulöse Schulter. »Sehe ich aus wie eine Frau, die erpresst werden muss, um den Tag mit dir zu verbringen?«

Seine grauen Augen verdunkelten sich schlagartig. »Nein, aber du siehst aus wie eine Frau, die vor einem Mann wie mir weglaufen sollte.«

Es lag so viel Schmerz in diesen Worten, dass sie sich nach vorne beugte und ihn auf die Stirn anstatt auf seine Lippen küsste. Sie flüsterte: »Ich habe keine Angst vor dir.«

Er schob sie mit beiden Händen sanft zurück, um ihr ins Gesicht blicken zu können. »Das solltest du aber.« Dann zog er ihre Hüften zu sich heran, sodass sie seine Erregung spüren konnte.

Unverfroren rieb sich Abby gegen ihn und genoss, wie seine Schenkel sich spannten und seine Hände ihre Hüften festhielten, als wüsste er genau, was passieren würde, wenn Abby jetzt nicht aufhörte. Sie sagte: »Vielleicht solltest eher du vor mir Angst haben.«

Er legte seine Hand um ihren Nacken und zog sie an sich, um sie zu küssen. Abby kostete gierig seine Lippen. Jeder Mensch sollte im Leben einmal eine so schöne Nacht verbringen, dass die Erinnerung daran auch noch Jahrzehnte später ein Lächeln auf die Lippen zaubert. Sie hoffte nur, dass das Ziel ihrer Fahrt die Stimmung nicht verderben würde.

»Warum lächelst du?«, fragte er zwischen zwei Küssen.

Abby legte ihren Kopf auf seine Schulter und versuchte, ihre Selbstbeherrschung zurückzugewinnen. »Ich frage mich, ob dir gefallen wird, wo wir hingehen.«

Er schob seinen Daumen unter den Rand ihres Spitzen-BH. »Oh, ganz bestimmt.«

»Das habe ich nicht gemeint«, sagte Abby und schob scherzhaft seine Hand weg. »Hör auf. Ich kann nicht klar denken, wenn du das tust.« Die Schilder am Straßenrand verrieten, dass sie ihrem Ziel immer näher kamen. Noch vor einer Stunde war sie sich vollkommen sicher gewesen. Jetzt dachte sie nur noch daran, wie sehr sie ihn wollte und dass die ganze Idee eigentlich ziemlich albern gewesen war.

Dominic kicherte und schob seinen Daumen immer höher. »Und? Hast du ein Problem damit?«

»Nein ... Ja.« Abby schüttelte den Kopf und ergriff seine Hände. »Es ist bestimmt nicht der Ort, den du dir vorgestellt hast.«

Er zog sie erneut zu sich und sie spürte seinen Atem heiß an ihrem Nacken entlangfahren. »Es ist mir egal, wo wir den Tag verbringen. Was zählt, ist heute Nacht.«

Das Trennfenster öffnete sich und die amüsierte Stimme des Fahrers verhinderte jede weitere Erklärung. »Wir sind da, Sir. Der Southwick-Zoo.«

Dominic schaute auf den Parkplatz wie jemand, der in Hundekot getreten war. *Oh mein Gott!* Zwischen den unzähligen Minivans parkte tatsächlich ein Schulbus. Als er sich dazu entschlossen hatte, Abbys Spiel mitzumachen, hatte er sich eine etwas intimere Atmosphäre erhofft. *Was zum Teufel machen wir in einem Zoo?*

Abby nahm ihn bei der Hand, als könnte sie seine Gedanken lesen. »Vertraust du mir?«, fragte sie.

Er schüttelte den Kopf. Jeder Mann hatte seine Grenzen und er konnte sich tausend bessere Orte für das vorstellen, was er im Kopf hatte. »Mir ist nicht nach Menschenmengen und kleinen Kindern.« Ihr gewähltes Ziel brachte deutlich die Unterschiede zwischen den beiden zum Vorschein. Er fragte sich ein weiteres Mal, ob sie den Tag hier nicht lieber beenden sollten.

Sie hielt seine Hand so lange fest, bis er sie ansah. Der sture Ausdruck in ihrem Gesicht war zurückgekehrt. »Ich habe gewonnen und das hier ist mein Gewinn. Also, ertrag es wie ein Mann«, sagte sie herausfordernd.

Er richtete sich auf, eine unweigerliche Reaktion auf ihren Ton, seine Augenbrauen zogen sich kampfeslustig nach oben, doch er hielt sich in letzter Sekunde zurück. Sie würde seinen Humor nicht zu schätzen wissen.

»Jawohl, gnädige Frau«, scherzte er und hakte sich bei ihr ein. Immer wenn er dachte, dass er aus ihr schlau geworden war, überraschte sie ihn erneut. Er konnte sich immer weniger vorstellen, jemals wieder mit einer dieser sorgfältig gestylten, geistlosen Frauen zusammen zu sein, mit denen er sich normalerweise traf. Wenn nur ein kleiner Teil ihrer verwegenen Art in ihrem Liebesspiel auftauchte, würde es extrem schwer für ihn werden, sie am nächsten Morgen überhaupt wieder zu verlassen.

»Los jetzt.« Sie zog ihn in Richtung Eingang, schaffte es jedoch nicht, die Gedanken aus seinem Kopf zu verbannen, die allein darum kreisten, wie genau er sie an diesem Abend verführen würde.

Nachdem sie ihm gnädigerweise erlaubt hatte, den Eintritt zu bezahlen, eskortierte sie ihn so zielgerichtet an den kleinen pelzigen Kreaturen vorbei, dass er nicht mal die Zeit hatte, ihre Namen aufzuschnappen. Sie ließen Schildkröten, große Vögel und – Gott sei Dank – den Streichelzoo hinter sich. Ihre Schritte verlangsamten sich, als sie den Afrika-Themenbereich erreichten.

Sie hielten vor einem großen doppelten Tor mit der Aufschrift *Wildgehege* an. Abby zog einige Münzen aus der Tasche und befüllte eine Plastiktüte mit Getreidekörnen aus einem Futterspender.

»Ich wette, dass sie uns für den richtigen Preis die Löwen füttern lassen«, schlug er vor. Dieser Ort schien ihm nicht gerade verlockend zu sein.

»Da bin ich mir sicher«, erwiderte sie, öffnete das erste Tor und ging danach durch das zweite, ohne sich zu versichern, ob er ihr folgte, was er natürlich tat.

Drei Meter hinter dem Tor blieb sie stehen und wartete auf ihn. In ihren Augen lag ein verträumter Blick, als sie auf den Wald um sich herum zeigte. »Ich komme am liebsten hierher, wenn ich nachdenken will.«

Nachdenken war das Letzte, was er tun wollte, doch irgendetwas an ihrer Liebe zu diesem Wald zog ihn in den Bann. Sie gingen gemeinsam tiefer in den Park hinein.

Sie setzte sich auf eine Holzbank, die sich auf einem kleinen Seitenweg befand. Er setzte sich neben sie und konnte sich nicht vorstellen, warum in aller Welt sie ihn hierhergebracht hatte. Die Leidenschaft von vorhin war erloschen. Weder sie noch er sagte etwas. Für einen Mann, der immer und schon fast zwanghaft voranschritt, war er erstaunt, wie sehr er ihr gemeinsames Schweigen und die Ruhe genießen konnte.

Trotz der Tatsache, dass beide komplett angezogen waren und einige Zentimeter zwischen ihnen lagen, hatte er sich einer Frau noch nie so nah gefühlt. Dass ein solches Gefühl der Intimität noch vor dem Sex bestehen konnte, machte ihm Angst. Sie sollte nichts anderes als eine Ablenkung sein: nett, aber kurz. Sie sollte nicht die Frage in ihm aufwerfen, wie er ohne sie in sein normales Leben zurückkehren sollte und ob er das überhaupt noch wollte.

Im Schatten der Bäume studierte er ihr zufriedenes Gesicht. Ihr Make-up begann zu verlaufen. Die harte Arbeit ihres Stylisten wurde durch ihre natürlichen, ungebändigten Locken langsam, aber sicher zerstört. Sie spürte seinen prüfenden Blick und schaute ihn unter ihren natürlichen langen Wimpern an. Er hatte noch nie eine so schöne Frau gesehen, doch er war kein Mann, der blumige Worte benutzte. Er entschied sich daher, seine Hand einfach sanft auf ihre zu legen.

Die Stille wurde durch eine Horde von Besuchern gestört, die mit halsbrecherischer Geschwindigkeit durch den Wald hetzten. Offensichtlich hielten sie diesen Teil des Zoos für den langweiligsten. Nach dieser Unterbrechung fühlte sich Dominic beim reinen Herumsitzen mehr und mehr unwohl und sehnte sich nach Abby wie ein verliebter Teenager.

Er sagte: »Ich sehe hier kein Wild. Was machen wir eigentlich hier?«

»Warten«, sagte sie. »Das Wild wird kommen.«

»Sollten wir es nicht rufen, oder so?«, fragte Dominic.

Ihre warmen braunen Augen verzogen sich vergnügt zu einem Lächeln: »Es kommt nicht, wenn wir es rufen. Das ist das Besondere an diesem Ort. Du kannst das Wild nicht dazu zwingen, zu dir zu kommen. Du kannst es jagen, in die Enge treiben und bedrohen, wie du willst, aber ein Reh kommt nie, wenn es nicht will.«

Allmählich dämmerte es ihm: »Wenn du gerade eine Analogie zwischen meiner Schwester und diesen scheuen Kreaturen herstellen willst, hast du eindeutig ihre Krallen vergessen.«

Abby öffnete ihre Tüte mit den Körnern und warf ein paar auf den Boden. »Ich kann Menschen sehr gut einschätzen. Deine Schwester war verängstigt.«

Er spottete: »Beleidigt ist wohl der passendere Ausdruck. Glaub nicht, dass du sie nach einem Treffen bereits kennst. Sie ist kein scheues Reh, das angelaufen kommt, nur weil ich ein paar Körner vor ihr auf den Boden werfe.«

»Warum bist du zurück nach Boston gekommen?«

Ihre Frage verwirrte ihn. Er war zurückgekommen, weil Thomas ihm klargemacht hatte, dass das Wohl seiner Schwester von seiner Anwesenheit bei der Testamentseröffnung abhing. Er hatte gehofft, dass sie diesmal vernünftig sein und sein Geld annehmen würde. Nur so konnte sie sich aus dem Netz der Kontrolle befreien, das ihr Vater gesponnen hatte.

Abby fuhr mit ihrer Vernehmung fort: »Du hast gesagt, dass dir das Geld egal ist. Also bist du wegen deiner Schwester zurückgekommen.«

Diese Frau sah einfach zu viel.

»Was zu rein gar nichts geführt hat«, brummte er. »Schmeißen dir die Rehe das Korn direkt zurück vor die Füße, so wie es meine geliebte Schwester mit meinen Hilfsangeboten gemacht hat?«

Abby ließ sich von seiner Wut nicht beeindrucken. »Vielleicht hast du ihr nicht das richtige Angebot gemacht.«

Ha, wenn es nur das wäre. »Ich habe ihr mehrmals angeboten, ihr finanziell unter die Arme zu greifen. Du hast sie gehört. Sie will nichts von mir.«

»Sie hat lediglich gesagt, dass sie dein Geld nicht will.«

»Und dass ich ein miserabler Bruder bin«, fügte Dominic selbstkritisch hinzu.

»Das hast du vielleicht so verstanden, aber das hat sie nicht gesagt.« Abbys Selbstvertrauen nervte ihn.

»Und du meinst, du kennst sie nach diesem einen Treffen?«

»Und du meinst, du kennst sie, nachdem du dein ganzes Leben lang ihr Bruder warst?«, forderte sie ihn heraus. »Ich sage nicht, dass ich alle Antworten weiß, aber meine Schwester und ich hatten jahrelang eine ähnlich angespannte Beziehung.«

Dominic erinnerte sich an die Informationen aus Abbys Profil. Sie hatte ihre Schwester praktisch großgezogen. Ihre Situation und seine waren jedoch nicht miteinander zu vergleichen. »Du lebst immer noch mit deiner Schwester zusammen. Ihr scheint euch nahezustehen. Bei mir ist es anders. Ich habe bereits seit Jahren nicht mehr wirklich mit meiner Schwester geredet.«

Abby drückte ihm mitfühlend die Hand. »Ich auch nicht. Bis gestern Abend. Klar haben wir zusammengewohnt, aber das hat alles nur noch schlimmer gemacht. So hatte ich lediglich jeden Tag vor Augen, wie sehr wir uns voneinander entfernt haben.«

»Und das alles hat sich gestern Abend auf einmal geändert?« Er hob zweifelnd eine Augenbraue.

Abby antwortete wehmütig: »Wir haben uns wieder angenähert. Ich sage nicht, dass es perfekt ist, aber es ist besser geworden – viel besser. Du könntest das mit deiner Schwester auch schaffen. Nicole braucht vielleicht einfach nur ein wenig Zeit. Und ein wenig Entgegenkommen deinerseits.«

Ein junges Reh trat aus dem Wald und hinter ihm, sich zögernd vorantastend, ungefähr sechs weitere Rehe. Sie betrachteten Abby und Dominic eindringlich und begannen schließlich vorsichtig, die am weitesten entfernten und sichersten Körner aufzusammeln.

Ein großer Bock trat aus der Gruppe heraus und näherte sich dem Paar auf der Bank. Abby griff in ihre Tüte und befüllte ihre Handfläche mit einer ordentlichen Belohnung. Die anderen wurden langsam mutiger und kurz danach war die kleine Bank von hungrigen Rehen umringt.

Abby legte einige Körner in Dominics Hand. Er lehnte sich vor und war überrascht, wie sanft die zerbrechlich wirkenden Tiere das Futter aufnahmen. Dann überkam ihn ein Gefühl des Triumphes. Anscheinend vertrauten die Tiere ihm so sehr, dass sie ihre Jungen ebenfalls an ihn heranließen.

Abby schaute ihn mit ehrlicher Freude an.

Er verkündete: »Das ändert gar nichts. Du hast meine Schwester gehört. Sie will nichts von mir.«

Abby gab ihm einfach mehr Körner und sagte: »Wen willst du hier überzeugen, mich oder dich?«

Das Klingeln von Dominics Handy vertrieb einige der Rehe. Es klingelte ein zweites Mal, doch er ignorierte es stur.

Abby sah ihn an, als das Klingeln immer lauter wurde. »Möchtest du nicht rangehen?«

Das muss ich wohl. Jake würde ihn nicht anrufen, wenn es kein Notfall wäre. Dominic nahm das Telefon aus seiner Jeans und klappte es auf. »Ja«, sagte er ungeduldig.

»Es gibt ein Problem«, verkündete Jake. »Du musst sofort zurück nach New York kommen.«

»Das ist wirklich ein Problem«, antwortete Dominic, »denn ich werde nicht vor nächster Woche zurückkommen.«

Jake ließ sich von der Abfuhr nicht abschrecken: »Ich habe gerade mit dem chinesischen Amt für Investitionsförderung telefoniert. Sie sagen, du hättest den Handelsminister beleidigt. Du hast das Meeting verpasst. Der Minister hat dadurch sein Gesicht verloren und zweifelt nun dein Guanxi an.«

»Mein *was*?«

»Deine persönliche Beziehung zu ihm. Euer gegenseitiges Vertrauen. Was auch immer. Ich kann das ohne dich nicht wieder in Ordnung bringen. Du musst sofort alles stehen und liegen lassen, nach Peking fliegen und dich noch diese Woche persönlich mit ihm treffen. Sonst steht das gesamte Projekt auf dem Spiel.«

Peking war der letzte Ort, an dem Dominic jetzt sein wollte. Er war noch nicht bereit dafür, in sein altes Leben zurückzukehren. Er wollte einfach noch ein paar Tage mit Abby verbringen. Kein Druck. Keine Erwartungen. Mit ihr entdeckte er langsam wieder, wer er unter dieser Hülle aus Wut und Ehrgeiz wirklich war. Er mochte den Mann, der sich in ihren Augen widerspiegelte.

»Die Chinesen profitieren von diesem Auftrag genauso sehr wie wir. Wozu diese Hinhaltetaktik?« In Dominics Stimme lag sein ganzer aufgestauter Frust.

»Wir haben nicht bedacht, wie viel Wert die Chinesen auf persönliche Beziehungen legen. Sie werden nicht weitermachen, bis du mit ihnen geredet hast. Unser Kontaktmann versicherte mir, dass sie – im Gegensatz zu uns gereizten Amerikanern – alle Zeit der Welt haben. Wir können es uns nicht leisten, das Projekt auf Eis zu legen. Unsere Investoren werden bereits nervös.«

Eine Gruppe Kinder sah, dass die Rehe sich immer noch um Dominic und Abby versammelten, und kamen schreiend angerannt.

»Was ist das für ein Lärm, Dominic? Wo zum Teufel bist du?«

»Im Zoo«, antwortete Dominic abwesend.

Jake seufzte: »Hört sich fast so an. Wo bist du? Stehst du vor einem Spielzeugladen?«

»Nein, ich bin wirklich im Zoo.« Abby nahm die Schuld mit einem Achselzucken auf sich und hörte der Konversation weiter mit unverhohlener Neugier zu.

Jakes Stimme stieg eine Oktave an. »Ein Zoo? Mit echten Tieren?«

»Was sonst?«

Dies brachte Jake kurzzeitig zum Schweigen. Dominic konnte fast seine Gedanken hören: *Es ist schlimmer, als ich dachte.* »Okay, gib den Affen ihre restlichen Nüsse und fahr zum Flughafen. Dein Flieger wird gerade in Logan vollgetankt.«

Doch Dominic wäre nicht so erfolgreich geworden, wenn er niemals gelernt hätte, sich schnell an neue Situationen anzupassen. Er wandte sich an seine Rehflüsterin und fragte: »Möchtest du Peking sehen?«

Abby fiel die Kinnlade herunter. »Du meinst in China? Aber ich habe keinen Pass dabei.«

Dominic stand auf und zog Abby zu sich. »Ich werde in etwa einer Stunde in Boston losfliegen. Ich brauche einen Pass für Abigail Dartley und die nötigen Unterlagen, wenn ich in New York ankomme. Duhamel soll vor uns zurückfliegen und für zwei Personen packen. Sie wird wissen, wovon ich rede. Wir tanken voll und fliegen über Nacht.«

»Du nimmst dein Dienstmädchen mit?«, fragte Jake ungläubig.

»Tu einfach, was ich dir sage.« Dominic legte auf. Er hielt Abbys kalte Hand fest, die verzweifelt versuchte, sich zu befreien. Sie mitzunehmen ergab Sinn und jetzt, da er die Initiative ergriffen hatte, fühlte er sich ruhiger, der Situation mehr gewachsen.

Abby wich nicht von der Stelle, als er sie mitzerren wollte. Sie stellte sich stur, bis er sich schließlich umdrehen musste, um sie anzusehen.

Sie war eine starrköpfige Frau.

»Ich kann nicht nach China. Ich habe hier Verpflichtungen. Lil ist krank ...«, sagte Abby schnell.

Dominic ignorierte ihre Bedenken. »Duhamel hat ihr heute bereits ein Kindermädchen geschickt, das ihr geholfen hat, als wir unterwegs waren. Wir bitten sie einfach, etwas länger zu bleiben.«

So einfach ist das. Er wollte weitergehen, doch sie rührte sich nicht.

»China? Ich kann da nicht hin ... ich habe noch nicht mal eine Zahnbürste dabei«, sagte Abby. Ihre Hand zitterte und offenbarte, dass sie sich nicht so sicher war, wie sie vorzugeben versuchte.

»Wir kaufen alles, was du brauchst. Los jetzt«, sagte er mit einer Bestimmtheit, die die meisten Geschäftsmänner zum Handeln und die meisten Frauen zu Zugeständnissen gebracht hätte.

Sie hatte beides nicht vor.

»Ich kann nicht ...«, sagte sie erneut, unbeeindruckt von seinem Ton.

Er konnte sich jetzt nicht von ihrer ansonsten so bezaubernden Sturheit aufhalten lassen. Er hatte bereits entschieden, nicht ohne sie nach China zu fliegen. Doch sein Befehlston hatte bisher nicht die erwünschte Wirkung gezeigt. Er musste etwas anderes ausprobieren.

Er zog sie an sich. Erwartungsgemäß war ihr Verlangen größer als ihr Widerstand und erwies sich als effektives Verhandlungsargument. »Ich will, dass du mitkommst. Du weißt, dass du mitkommen willst. Versuch doch bitte nur einmal, nicht auf Nummer sicher zu gehen.«

»China?«, fragte sie schwach, als würde sie sich kaum noch an den Grund für ihre Diskussion erinnern können.

Dominic beugte sich hinunter, um die Lippen zu kosten, die sie kurz zuvor noch mit ihrer Zunge befeuchtet hatte. Sie atmete tief ein und drückte ihre erregten Brustwarzen an seine Brust. Es war das beste »Ja«, das sie ihm geben konnte, und beide zitterten vor Verlangen und Vorfreude auf den langen Flug, der ihnen bevorstand.

Kapitel neun

Einige Stunden später saß Abby auf einer langen eingebauten Luxuscouch in Dominics Privatjet. Obwohl sie das gesamte Flugzeug bereits mehrmals auf ihrem Flug von Boston nach New York inspiziert hatte, flößte ihr die schiere Größe des Jets gehörige Ehrfurcht ein. Er war ultramodern eingerichtet und komplett mit hellgrünen Kissen und Zierleisten ausgestattet. Es gab mehrere Schlafzimmer, einen Fitnessraum, eine Dusche, ein kleines Kino und sogar einen Whirlpool. Warum man im Flugzeug einen Whirlpool brauchte, ging über Abbys Vorstellungsvermögen hinaus, doch wenn sie jemals Dominics Reichtum angezweifelt hatte, wurde sie nun eines Besseren belehrt.

Für jemanden, der noch niemals zuvor in einem Flugzeug gesessen hatte, war dies ein surreales, überwältigendes Erlebnis. Sie hätte es gerne mit jemandem geteilt, doch Dominic hing während des gesamten Fluges am Telefon, um seinen Mitarbeitern auf zwei verschiedenen Kontinenten Anweisungen zu geben.

Abby hatte zwar Freunde, doch keiner von ihnen würde ihr glauben, was sie in den letzten zwei Tagen erlebt hatte. Nur Lil wusste Bescheid und hatte vor Aufregung darüber gekreischt, dass Abby mit Dominic auf Reisen gehen wollte. Lil liebte das Kindermädchen, das Mrs Duhamel ihr geschickt hatte, und freute sich, dass Abby endlich ihr Leben in die Hand nehmen wollte.

Abby wünschte sich, von ihrer eigenen Entscheidung genauso überzeugt zu sein. Es war eine Sache, einen Tag mit einem fast unbekannten Mann zu verbringen. Eine Reise in ein fremdes Land hingegen eine ganz andere. Sie wusste nicht, wo sie bleiben, wen sie treffen oder wann sie wieder zurückkehren würden.

Sie wollte auf ihrem Recht beharren und um genau diese Informationen bitten, doch Dominics gesamtes Personal befand sich im Krisenmodus. Dominic beantwortete gerade Fragen, die ihre eigenen klein und nichtig erschienen ließen.

Wie konnte sie diesen Mann bitten, den Präsidenten der Vereinigten Staaten abzuwürgen, nur um nähere Informationen über ihre Reise zu erhalten? Welchen Anruf eines Senators müsste sie unterbrechen, um zu fragen, in welchem Hotel sie übernachten würden?

Während ihres kurzen Zwischenstopps in New York hatte Dominic zusammen mit Jake an einem Konferenztisch gesessen, um gemeinsam einige Akten durchzugehen. Dominic hatte die beiden einander kurz vorgestellt und sich dann wieder seinem Geschäftspartner zugewandt.

Sie hatte Teile des Gesprächs mitbekommen, jedoch nicht genug, um den wahren Grund für den Flug nach Peking zu erfahren. Sie wusste lediglich, dass die Staatsbeamten ausschließlich mit Dominic verhandeln wollten und dass die Regierungen beider Länder von ihm eine gütliche Klärung der Situation erwarteten.

Neben Jakes makellosem Anzug und konservativem Haarschnitt sah Dominic in seiner sportlichen Kleidung regelrecht wild aus.

Abby hatte sich bei ihrer Ankunft am Flughafen zu Mrs Duhamel gesellt, gefolgt von einem Mann, der ihren Koffer trug. »Ich habe den Großteil des Gepäcks unten verstaut, doch es ist ein langer Flug. Ich dachte, Sie möchten vielleicht Nachtwäsche, einen Kulturbeutel zum Duschen und ein paar frische Kleider für morgen haben. Durch die Zeitumstellung werden Sie gegen zwölf Uhr mittags Ortszeit ankommen.«

»Danke, Marie.« Abby wusste nicht, was sie sagen sollte.

»Ich habe Dominic Ihren Pass gegeben«, sagte Mrs Duhamel.

»Sollte ich den nicht bei mir haben?«, fragte Abby.

Mrs Duhamel zuckte entschuldigend die Schultern. »Wo soll ich Ihren Koffer hinbringen lassen?«

Abby ging erneut lieber auf Nummer sicher und bat den jungen Mann, ihre Sachen in eines der leeren Schlafzimmer zu bringen – weit genug entfernt vom riesigen Hauptschlafzimmer. Sie spürte plötzlich Dominics volle Aufmerksamkeit, als sie ihre Anweisungen gab. Ein Schauer lief ihr den Rücken hinunter, als sie seine Absichten in seinen Augen las. Sie konnte ihre Koffer hinstellen, wo sie wollte, letztendlich würde sie heute Nacht sowieso an seiner Seite schlafen.

Diese Vorstellung war gleichzeitig verlockend und beängstigend. Natürlich wollte sie heute aus ihrem vorhersehbaren und biederen Leben ausbrechen, doch sie war hier in eine Welt geraten, in der sie wenig bis gar keine Kontrolle mehr hatte. Und das allein war bereits um einiges Furcht einflößender, als das erste Mal das Land zu verlassen.

Würde man sie für verrückt halten, wenn sie sich höflich entschuldigen und zum nächstbesten Taxi rennen würde? Ihre Augen fielen auf die geöffnete Tür und kehrten dann zurück zu Dominic. Dieser verkrampfte sich sichtbar, obwohl sie sich keinen Zentimeter auf die Einstiegsluke zubewegte.

Er stand von seinem Stuhl auf und schritt zu ihr herüber. Mrs Duhamel entschuldigte sich und ging zu Jake in den Besprechungsraum.

Konnte er ihre Gedanken lesen?

Dominic hob sanft mit einem Finger ihr Kinn an, bis sie in seine strahlend grauen Augen blicken konnte. »Jake ist fest davon überzeugt, dass ich dich gekidnappt habe. Willst du jetzt etwa hinausstürzen und seine Vermutung bestätigen, dass ich den Verstand verloren habe?«

»Nein«, sagte sie weniger überzeugend, als es klingen sollte.

Dominics Hand berührte sanft ihren Nacken, bevor er ihre angespannten Schultern küsste. »Du hörst dich nicht gerade überzeugt an.«

Abbys Angst sprudelte aus ihr heraus. »China! Ich bin bis heute noch nicht einmal geflogen. Ich weiß nicht, was für Geschäfte du machst oder wen wir treffen werden oder wo wir überhaupt landen.« Ihre Hände zitterten, als sie weitersprach: »Ich weiß nicht, welche Rolle ich bei dieser Reise spiele. Bin ich eine Art Spielzeug, das du dir im Hintergrund hältst und mit dem du zwischen den Verhandlungen herumtollen kannst?«

»Herumtollen? Benutzt dieses Wort überhaupt noch jemand?«, scherzte er.

Ihre Augen füllten sich vor Wut mit Tränen. »Mach dich nicht über mich lustig, Dominic.« Sie drehte sich um und griff nach ihrer Handtasche, dem einzigen Gegenstand, der ihr in diesem Flugzeug gehörte. Sie wollte ihrem Instinkt folgen und das Flugzeug verlassen, solange es noch möglich war. »Ich wusste, dass es ein Fehler war.«

Dominics Arroganz geriet ins Wanken. »Bleib«, sagte er.

Abby ging in Richtung Ausgang. »Ich bin kein Hund. Ich höre nicht auf Befehle.«

Er stellte sich vor sie. »Was muss ich tun, damit du bleibst?«

Abby sträubte sich bei der Erinnerung an das Gespräch, das sie erst einen Tag zuvor geführt hatten. »Ich schwöre dir, Dominic, wenn du mir Geld anbietest, werde ich dir eine Ohrfeige verpassen.«

Er hob scherzhaft seine Hand zur Verteidigung, doch in seinem Ausdruck lag pure Entschlossenheit. »Was willst du, Abby? Sag es mir.«

So in Verlegenheit gebracht, fühlten sich ihre Bedürfnisse lächerlich an. Doch etwas in ihr sagte ihr, dass dies ein entscheidender Moment für sie war. Sie konnte ihren Stolz bewahren, ihre Ängste unterdrücken und diese unangenehme Konversation vermeiden, doch sie wusste, dass sie dann den Bezug zur Realität vollkommen verlieren würde. »Ich muss wissen, warum du mich dabeihaben willst.«

Ihre Frage versetzte ihm einen Schock. »Ich weiß nicht, was du von mir willst.«

Sie nahm ihren ganzen Mut zusammen: »Geht es nur um Sex? Denn wenn das der Fall ist, bleibe ich trotz aller Umstände lieber auf amerikanischem Boden und wir treffen uns nach deiner Reise wieder.«

Seine grauen Augen verdunkelten sich und er vergrub die Hände in seinen Jeans. War sie zu deutlich gewesen? Wäre er nun erleichtert, wenn sie gehen würde?

Sie hatte die Hoffnung auf eine Antwort schon beinahe aufgegeben, als er sanft und widerwillig sagte: »Ja, ich will dich. Seit ich dich gestern getroffen habe, kann ich an fast nichts anderes denken als daran, dich ins Bett zu kriegen. Aber ...«

»Aber?«, provozierte sie ihn.

Er fuhr sich frustriert mit der Hand durch sein bereits zerwühltes Haar. »Du beruhigst mich.«

Das war das Letzte, was sie erwartet hatte. »Ich beruhige dich?« Dies war definitiv nicht das, was er in ihr auslöste.

»Ich kann klar denken, wenn ich mit dir zusammen bin. Darum brauche ich dich auf dieser Reise.«

Mit ihr zusammen zu sein half ihm in dieser schwierigen Zeit? Nicht gerade eine romantische Liebeserklärung, aber sie hatte zu diesem Zeitpunkt auch keine von ihm erwartet. Seine Antwort war schlicht und ehrlich. Er brauchte sie. Diese Offenbarung schmeichelte ihr.

Während sie über seine Worte nachdachte, wuchs seine Frustration: »Hör zu, wenn du nicht mitkommen willst, dann sag es mir lieber gleich. Duhamel bucht dir den nächsten First-Class-Flug zurück nach Boston. Ich weiß nicht, wie die Verhandlungen in Peking laufen werden. Das hier ist kein Urlaub. Vielleicht bleiben wir nur ein paar Stunden, vielleicht aber auch die ganze Woche. Ich werde die meiste Zeit beschäftigt sein. Es war verrückt von mir, dich überhaupt zu fragen.«

Der Name des Hotels war auf einmal nicht mehr so wichtig. Dominic wollte sie bei sich haben. Das war alles, was zählte. Sie stellte ihre Handtasche zurück auf die Couch und drehte sich zu ihm um. Ihre Unsicherheit wich der Zuversicht, dass sie ihm mehr bedeutete, als er zu diesem Zeitpunkt zugeben konnte. »In Ordnung, ich komme mit.«

Er sah sie an, als ob er sie in seinen Armen erdrücken wollte, nickte jedoch nur knapp und ein kurzes Lächeln huschte über sein Gesicht. »Gut, denn ich bin mir nicht sicher, ob ich dich wirklich hätte gehen lassen.«

Abby ertappte Jake und Mrs Duhamel dabei, wie sie fasziniert ihrem Gespräch lauschten. Keiner von beiden war bemüht, es zu verbergen. Abby entschied sich für einen kleinen Scherz: »Ich bin mir sicher, dass Mister Walton mich liebend gern nach Hause begleitet hätte.«

Dominic sah sie herausfordernd an. »Das hätte er mal versuchen sollen.«

»Lebst du etwa noch in einer Höhle, Dominic?«, ärgerte Abby ihn.

»Willst du dich etwa beschweren?« Seine Stimme war sanft wie Seide, als er nach ihr griff.

Sie stellte sich auf ihre Zehenspitzen und flüsterte ihm ins Ohr: »Eigentlich finde ich es ziemlich sexy.« Seine Hände griffen nach ihr, doch sie entzog sich ihm flink und stellte sich zu ihrem faszinierten Publikum.

Vielleicht hatte sie es einfach ganz falsch angepackt. Anstatt sich entführen zu lassen, sollte sie lieber selbst das Ruder in die Hand nehmen. »Marie, könnte ich eine Kopie des Reiseplans und ein paar Reiseführer bekommen? Ich möchte ein wenig Sightseeing machen, wenn Dominic in seinen Meetings ist.«

Jake mischte sich ein: »Wenn Sie einen Reiseführer brauchen, Abby, springe ich gerne ein. Ich kenne mich ganz gut in Peking aus.«

Dominic versteifte sich sichtbar bei diesen Worten und Abby kam eine Idee. Dominic nahm sich selbst anscheinend ein wenig zu ernst und es würde ihm nicht schaden, wenn sie sich ein wenig über ihn lustig machte. Sie zwinkerte Jake und Mrs Duhamel verschwörerisch zu.

»Das wäre großartig!«, sagte sie. Sie war erstaunt, wie ernst sie bleiben konnte: »Haben Sie eine Suite gebucht, Marie? Wenn wir ein Extrazimmer haben, dann könnte Jake gleich bei uns bleiben.«

Dominic griff nach ihrem Ellbogen und an seinem Gesichtsausdruck war zu erkennen, dass er den Wink noch nicht verstanden hatte. »So beschäftigt werde ich nun auch wieder nicht sein.«

Seine Berührung ließ sie vor Leidenschaft beinahe schwanken. Sie ließ sich ihre Reaktion jedoch nicht anmerken und lachte wohlwollend: »Das war ein Scherz, Dominic.«

Die Tatsache, dass Dominic an der Nase herumgeführt wurde, war für Jake Anlass zu großer Belustigung. Sein tiefes Lachen schallte durch den kleinen Raum.

Jake sagte: »Ich glaube, du hast deinen Meister gefunden, Dom. Und sie scheint noch nicht einmal Angst vor den Zuckungen in deinem Kiefer zu haben.«

Selbst Mrs Duhamel kicherte: »Ist sie nicht perfekt für ihn? Ich habe schon immer gewusst, dass er jemanden braucht, der ihm auch mal die Stirn bietet.«

Dominic fluchte unüberhörbar, was nur noch mehr zur allgemeinen Belustigung beitrug.

»Vorsicht, wir haben noch einen langen Flug vor uns«, sagte er zu Abby gerichtet und ließ seine starken Hände ihren Rücken hinuntergleiten, was sie von Kopf bis Fuß erschaudern ließ.

Abby fühlte sich stark. Er konnte nicht allzu viel tun, solange Mrs Duhamel sie beobachtete. Sie schenkte ihm ein süßes Lachen: »Leere Versprechungen. Alles nur leere Versprechungen.«

Er blickte sie finster an. Abby fühlte ein Kribbeln in ihrer Magengegend, denn sie wusste, dass sie seinen Gesichtsausdruck mit nur einer einzigen Berührung ändern konnte. Ihre gegenseitige Anziehungskraft war einfach berauschend.

Jake schloss seine Aktentasche und nickte Abby zustimmend zu: »Dom, jetzt weiß ich, warum du nicht nach New York zurückkommen wolltest.«

Dominic schaute seinen Partner an und ihm kam ein erheiternder Gedanke: »Es gibt etwas, was du in meiner Abwesenheit für mich tun kannst, Jake.«

»Was brauchst du?«, fragte Jake mit dem ruhigen Tonfall eines Mannes, der auch Unvorhergesehenes mit Leichtigkeit meistert.

»Ich brauche jemanden, der nach Abbys Schwester Lil sieht.«

Mrs Duhamel wollte gerade ihre Hilfe anbieten, doch Dominic brachte sie mit einer erhobenen Hand zum Schweigen. »Gib Jake einfach die Informationen, die er braucht.«

Jake hakte noch einmal nach: »Wäre ich nicht im Büro in New York besser aufgehoben?«

Abby fügte hinzu: »Dominic, du hast schon genug für uns getan. Lil hat bereits ein Vollzeitkindermädchen.«

Doch Dominic ließ keine Widerworte gelten. »Jake, ich fühle mich besser, wenn jemand, den ich kenne, nach Abbys Schwester sieht.« Er lehnte sich herunter und flüsterte Abby verschmitzt ins Ohr: »Übrigens hat Jake eine echte Babyphobie. Das wird ihm guttun.«

»Das ist ...«, sagte Abby lächelnd.

Dominic beendete ihren Satz leise: »… genau das, was er verdient.«

Kapitel zehn

Abby lag eingerollt unter ihrer Decke und sah den Wolken zu, die langsam unter dem Fenster hinwegzogen. Die Lichter der Stadt waren nicht mehr zu sehen und sie befanden sich bereits mitten über dem Atlantik. Sie hatte sich angeschnallt, doch das gleichmäßige Rauschen des Fliegers ließ sie vergessen, dass sie sich gerade von allem entfernte, was sie bisher kannte.

Es war faszinierend zuzusehen, wie Dominic mit den Staatschefs am Telefon verhandelte. Er erläuterte, schrie, drohte, doch entschuldigte sich nie. Da jeder einzelne Anruf zu seiner Zufriedenheit endete, schien er das auch nicht zu müssen.

Er streckte seine Arme über dem Kopf, stand auf und suchte den Raum nach ihr ab. »Komm her«, sagte er.

Jeder Zentimeter ihres Körpers wollte seinem sinnlichen Befehl gehorchen, doch stattdessen glättete sie die Decke auf ihrem Schoß und konterte: »Ich dachte, wir wären uns einig, dass ich kein Hund bin.«

Er lächelte und sie wusste, er mochte es, dass sie nicht sofort aufsprang, um ihm zu gefallen. Er war ein Jäger und enttäuscht, wenn seine Beute zu bereitwillig zu ihm kommen würde. »Komm her«, wiederholte er mit heiserer Stimme.

Sie schüttelte den Kopf und versuchte, ihre Erheiterung zu verbergen. Die Temperatur in dem Raum stieg an, genau wie die Röte in seinem Gesicht. Kleine Spiele erregten ihn und sie bemerkte, dass sie den gleichen Effekt auf sie hatten. Sie konnte sich nicht beherrschen und fügte hinzu: »Vielleicht solltest *du* hierherkommen.«

Eine sexuelle Pattsituation. Wer würde zuerst nachgeben? Wer würde die Distanz zwischen ihnen auflösen?

Abby entledigte sich langsam ihrer Schuhe und hoffte, dass ihre Technik so weit wie möglich an die einer Stripperin herankam. Mit einem dumpfen Geräusch fielen sie zu Boden.

Ohne die Augen von ihr abzuwenden, zog er seine Turnschuhe aus, indem er ungeduldig auf die Fersen trat. In jeder seiner angespannten Bewegungen war erzwungene Zurückhaltung zu spüren.

Abby rollte langsam ihre Socken herunter und stopfte sie fein säuberlich in ihre Turnschuhe, bevor sie ihn erneut verwegen ansah. Wenn jemand ihr vorher gesagt hätte, dass man sexuelle Erregung durch das Ausziehen von Socken steigern konnte, hätte sie diese Person schallend ausgelacht. Doch ihr blieb der Atem stehen, als Dominic sich vorbeugte, um seine eigenen auszuziehen und sie achtlos neben seine weggeschleuderten Schuhe zu werfen. Als er sich wieder aufrichtete, loderte Leidenschaft in seinen Augen.

Ihr gegenseitiges Verlangen war überwältigend.

Abby zwang sich dazu, ihr kastanienbraunes T-Shirt langsam und erotisch aus ihrer Jeans und über ihren Kopf zu ziehen und dann schwungvoll in die Mitte zwischen ihnen auf den Boden zu werfen. Die kühle Luft im Flugzeug fühlte sich durch die dünne weiße Spitze ihres BH angenehm an. Ihre Brustwarzen richteten sich sichtbar auf und Dominic atmete so heftig ein, dass es trotz des lauten Summens der Motoren zu hören war.

Dominic zog sein eigenes T-Shirt aus und schmiss es auf ihres. Das T-Shirt hatte Dominics Traumkörper bereits erahnen lassen, doch jetzt sah Abby ungehindert auf einen mächtigen Mann in seiner ganzen Pracht. In einer anderen Zeit wäre er bestimmt ein Krieger oder Gladiator gewesen. Er war männlich und gehörte, zumindest für heute, allein ihr.

Abby stand auf und knöpfte langsam ihre Jeans auf. Er ging einen halben Schritt auf sie zu, hielt jedoch unvermittelt inne. Sie schlüpfte aus ihren Jeans und schleuderte sie auf den immer höher werdenden Kleiderberg zwischen ihnen.

Sie war froh, dass sie sich die Zeit genommen hatte, Unterwäsche zu kaufen, mit der sie sich ihm voller Selbstvertrauen zeigen konnte. Sie sah einfach gut aus in ihrem weißen Spitzenslip und dem dazugehörigen BH. *Vielen Dank, Mrs Duhamel, für die komplette Spa-Behandlung.* Sie war mehr als froh darüber, dass jeder Winkel ihres Körpers so verwöhnt und verhätschelt worden war.

Dominic warf seine Hose voller Ungeduld auf den Haufen. Seine Boxershorts konnten nicht verbergen, welche Auswirkungen ihre Striptease-Einlage auf seine Libido hatte. Der Anblick seiner Erregung erhöhte ihre eigene nur noch mehr.

Ihr stockender Atem vereinte sich rhythmisch mit seinem wie bei einem primitiven Paarungsritual. Abbys Körper sehnte sich mit einer Intensität nach ihm, von der sie bisher höchstens gehört und die sie stets als Übertreibung abgetan hatte. Ihr Körper zitterte vor Anspannung. Sie wurde feucht vor Leidenschaft. Dazu kam das Brennen in Dominics Augen, die das gleiche Verlangen ausdrückten.

Das Spiel war ausgeglichen, bis Abby die Hand auf ihre eigene Brust legte und ihre erregten Brustwarzen abwechselnd mit ihrem Daumen sanft umkreiste.

Dominic löste nun endgültig die Distanz zwischen ihnen auf, hob sie gegen seine Brust und saugte tief ihren Atem ein. Abby schlang ihre Beine um seine Hüften und als er sich gegen ihren feuchten Slip rieb, wünschte sie sich, sie wären bei ihrem Striptease noch einen Schritt weiter gegangen.

Ihre Münder trafen sich zu einem fieberhaften Kuss.

Er nahm ihren Po in beide Hände und rieb sie immer wieder gegen sich, bis sie sich schließlich im Einklang mit ihm bewegte. Ohne Kraftaufwand trug er sie in das Hauptschlafzimmer und unterbrach dabei nicht für einen einzigen Moment ihren innigen Kuss.

Er warf sie auf das Bett und für einen Moment blieb sie dort benommen liegen. Wo wollte er hin? Er konnte sie nicht so weit bringen und dann einfach aufhören.

Mit einem boshaften Lächeln öffnete er eine Schublade und holte heraus, was Abby in ihrer Überschwänglichkeit beinahe vergessen hätte. Er schlüpfte aus seinen Boxershorts und gab ihr die kleine Verpackung. Als Dominic wie ein siegreicher Held vor ihr stand, der auf seine Belohnung wartete, konnte Abby nicht anders, als noch ein letztes Mal den Spieß umzudrehen.

Sie war eine moderne Frau. Sie hatte zahlreiche Artikel darüber studiert, wie man solche Momente noch unvergesslicher machen konnte. Sie war nur bisher noch nie mit einem Mann zusammen gewesen, mit dem sie diese Techniken ausprobieren konnte.

Sie nahm die Verpackung und krabbelte gemächlich auf die andere Seite des Bettes, genau wissend, welchen Effekt das Warten auf ihn haben würde. Sein ganzer Körper zuckte zusammen, als sie das Kondom schließlich über seine Spitze stülpte und es langsam mit ihrem Mund nach unten rollte. Er stöhnte und legte sich neben sie auf das Bett. Seine erfahrenen Hände waren überall. Er zog ihr das letzte Kleidungsstück aus und suchte nach ihrem feuchten Punkt. Seine starken Finger verwöhnten sie innen und außen mit einem Rhythmus, der sie zum Klammern und Keuchen brachte.

Bei dieser Übernahme gab es keinen Anführer, keinen Untergebenen. Sie gaben beide, was sie bekamen, und wollten genau so viel, was sie dem anderen anboten. Jeder suchte nach genau der Berührung, die den anderen außer Kontrolle geraten ließ, und sie gaben sich voll und ganz ihrer gegenseitigen Leidenschaft hin.

»Komm«, sagte er und dieses Mal widersprach sie ihm nicht. Eine Hitzewelle nach der anderen durchströmte sie. Genau in dem Moment, als sie es fast nicht mehr aushalten konnte, drang er in sie ein und die Woge der Lust überkam sie erneut.

Dann drehten sie sich so, dass sie auf ihm saß. Er führte sie auf und ab, bis sie schließlich gleichzeitig den Höhepunkt erreichten. Dann sank sie über ihm zusammen, schamlos und vollkommen gesättigt.

Mit einer geschickten Bewegung legte er sie neben sich und legte eine Decke über sie. Seinen starken Armen war nicht zu entkommen und Abby wollte es nicht anders.

Sie küsste impulsiv seine Brust und sagte: »Ich schätze, ein wenig Herumtollen zwischen den Meetings ist keine schlechte Idee.«

Er kicherte und nahm sie noch fester in seine Arme, bevor sein Atem immer tiefer und gleichmäßiger wurde und er schließlich erschöpft einschlief. Abby wollte sich schon über sein schnelles Dahindösen empören, erinnerte sich jedoch daran, dass er Mrs Duhamels Worten zufolge die ganze Woche kaum geschlafen hatte. Offensichtlich schien dies kein Problem mehr zu sein.

Sie schmiegte sich noch enger an ihn und erinnerte sich daran, was er über sie gesagt hatte. Sie beruhigte ihn. Ihr eigenes Herz hingegen raste jedes Mal wie wild, wenn sie an die nächsten Tage mit ihm dachte. Sie fragte sich, ob ihm bewusst war, dass er den genau gegenteiligen Effekt auf sie hatte. Sie hatte sich noch nie so lebendig gefühlt.

Kapitel elf

Zwei schwarze SUV und zwei Limousinen erwarteten sie bereits, als sie am nächsten Morgen auf einem Privatflughafen in der Nähe von Peking landeten. Abby schritt aus dem Flugzeug in die warme Sommerluft und war froh, dass Mrs Duhamel an alles gedacht hatte. Sie hatte geduscht und sich hellblaue Baumwollhosen und eine cremefarbene Bluse übergezogen.

Vier Männer, zwei Chinesen und zwei Amerikaner, kamen zum Flugzeug, um Dominic zu begrüßen. Dominic stellte ihnen Abby vor. Die Vorstellung verlief außergewöhnlich ungezwungen, da die Männer weder Geschäftspartner noch Freunde zu sein schienen. Jede Hand, die ihre ergriff, schien größer zu sein als die andere. Sie trugen allesamt schwarze Hosen, weiße Hemden und dunkle Jacken.

Dominic wies sie an: »Hier ist eine Liste von Orten, die sie besuchen kann. Lasst sie jedoch niemals aus den Augen. Wenn sie mit euch reden will, redet mit ihr. Wenn sie will, dass ihr unsichtbar seid, geht ihr aus den Augen. Weicht ihr jedoch niemals mehr als drei Meter von der Seite.«

»Und in der Suite, Sir?«

»Wenn ich nicht da bin, ist mindestens einer von euch mit ihr im Zimmer, während die anderen vor der Tür Wache halten. Wenn ich da bin, verschwindet ihr.«

»Verstanden, Sir.«

Abby fühlte sich so hilflos wie ein Tourist, der fragen muss, ob er dem Portier Trinkgeld geben sollte oder nicht. »Dominic? Bist du sicher, dass das nötig ist?«

Er schaute sie an, genauso selbstsicher wie zuvor in Boston, und erinnerte sie erneut daran, dass sie nicht viel über ihn und seine Welt wusste. »Sie sind zu deinem Schutz und zu meiner Beruhigung da. Es gibt Menschen, die dich dazu benutzen könnten, die Verhandlungen zu beeinflussen.«

Sie faltete die Hände. »Mich benutzen?«, wiederholte sie schwach.

Ihr Liebhaber der letzten Nacht war nicht wiederzuerkennen in diesem gnadenlosen Mann, der jetzt vor ihr stand. »Es gibt nun keinen Weg mehr zurück, Abby. Du wurdest mit mir gesehen. Du und deine Schwester stehen von nun an unter meinem Schutz, bis sich die Wogen geglättet haben.«

Abby wusste, dass es unter den Augen der Bodyguards nicht der richtige Zeitpunkt war, um zu protestieren. Sie wollte ihn daran erinnern, dass er von ihrer persönlichen Sicherheit nichts erwähnt hatte, als er sie bat mitzukommen. Dauerüberwachung und Hausarrest hätten sie ihre Entscheidung vielleicht noch mal überdenken lassen. Sie hätte ihm so vieles gesagt, wenn sie allein gewesen wären – und wenn sein Ausdruck ihr nicht eindeutig klargemacht hätte, dass seine Entscheidung nicht zur Diskussion stand.

Vorläufig zumindest.

»Ich verstehe«, sagte sie und schaute sich die Bodyguards genau an. Sie waren wahrscheinlich genauso von der Idee begeistert, Babysitter zu spielen, wie sie auf vier schwergewichtige Schatten erpicht war. Sie entschied, das Beste daraus zu machen. »Ich hoffe, Sie wissen wenigstens, wie man eine gute Partie Poker spielt.«

Die Männer kicherten und das erste Eis zwischen ihnen war gebrochen. Sie wollte ihnen keine Unannehmlichkeiten bereiten oder sich wie eine verwöhnte Göre benehmen, wie sie es sicherlich von anderen Frauen an Dominics Seite gewohnt waren.

Dominic schaute weniger streng drein und seine Augen blitzten interessiert auf. »Du spielst Poker?«

Sie hatte es zwar bereits einige Jahre nicht mehr getan, konnte sich jedoch gut an die Regeln erinnern. Ihr Onkel hatte es ihr beigebracht und als sie noch jünger war, galt sie als gerissenes Schlitzohr. »Ja«, antwortete sie und fügte schelmisch hinzu: »Aber nur mit deinem Geld.«

Er warf seinen Kopf zurück und lachte, womit er alle Umstehenden überraschte. Die Wachleute schauten von ihm zu Abby und wieder zurück. Sie waren offensichtlich geschockt. Hatten sie ihn jemals vorher lachen sehen?

Der Fahrer hielt die Tür zur Limousine auf und sagte: »Das International Hotel, Sir?«

Dominic legte seine Hand auf Abbys Rücken und geleitete sie in das Fahrzeug. »Diesmal nicht, Scott. Ich habe eine Suite im Aman at Summer Palace gebucht.«

Dem Fahrer war seine Überraschung nur geringfügig anzumerken: »Das ist mehr als dreißig Minuten vom Stadtzentrum entfernt, Sir.«

Sie mussten sich ziemlich gut kennen, denn Dominic war ihm gegenüber geduldiger als am Tag zuvor. »Ich weiß, wo das Hotel ist.«

Der Fahrer lächelte Abby an, bevor er die Tür zuschlug. »Ah, ich verstehe, Sir.«

Als Dominic neben ihr saß, fragte Abby: »Was versteht er, Dominic?«

Ihm war es offensichtlich unangenehmer, ihre Fragen zu beantworten als die seiner Geschäftspartner. »Das Aman liegt in einem Touristengebiet. Das Gebäude ist schon älter, die Architektur jedoch traditionell chinesisch. Der Sommerpalast und die Gärten sind fußläufig zu erreichen.«

Freude erfüllte Abby. »Du hast es für mich ausgesucht.«

Dominic errötete leicht am Nacken. Abby liebte es, dass ein Mann wie er immer noch rot wurde. Zumindest, wenn es um sie ging. »Es ist die perfekte Lage für dich. Ich werde mit dir die größeren Sehenswürdigkeiten zusammen besuchen, doch du kommst über den Privateingang des Aman direkt in die Gärten und kannst sogar ein kleines Boot mieten, wenn du magst.«

Abby drückte seinen Arm. »Danke.«

Dominic zog sie zu sich heran und gab ihr einen atemberaubenden Kuss. »Ich kann leider nicht mit dir ins Hotel kommen. Du musst allein einchecken. Ich muss mich zuerst mit ein paar Leuten treffen, werde jedoch heute Abend zurück sein.« In seinem Kuss lag ein Versprechen. »Früh«, betonte er. Die zweite Limousine kam wie aufs Stichwort vorgefahren.

Dominics Augen verdunkelten sich besitzergreifend. »Halte dich von Ärger fern.«

Abby lächelte ihn an: »In welchen Ärger könnte ich schon geraten mit diesen vier Gorillas an meiner Seite?«

»Ich bin mir sicher, du findest einen Weg.« Er wandte sich an den Fahrer. »Scott, ruf mich beim kleinsten Problem sofort an.«

»Das werde ich, Sir«

Mit einem letzten Kuss verabschiedete sich Dominic aus der Limousine und stieg in die nächste. Abby saß auf ihrem Platz und fühlte sich immer noch wie in einem Traum.

Sie rückte näher zum Trennfenster zwischen dem Rücksitz und dem Fahrer vor. »Kennen Sie ihn schon lange, Scott?«

Scott fuhr los, als er ihr antwortete: »Er gehört bereits seit vielen Jahren zu meinen Kunden.«

Abby spürte, dass etwas nicht stimmte. Irgendetwas fühlte sich falsch an. »Sie meinen Ihren Limousinen-Service?«

Der Fahrer sah sie durch den Rückspiegel an: »Eigentlich bin ich Geschäftsführer und Gründer von Luros Systems.«

Abby riss erstaunt die Augen auf. Sie hatte von dem Unternehmen gehört, es war alles andere als ein Start-up. Der Mann, der das Fahrzeug fuhr, war mindestens Multimillionär.

»Und Sie fahren Limousinen?«, fragte sie ihn neugierig.

»Normalerweise nicht«, antwortete er. »Doch Dominic hat mich um einen persönlichen Gefallen gebeten.«

»Sie sind hier also während der Verhandlungen für seine Sicherheit zuständig?«

»Nein«, antwortete Scott und sah aus, als wäre er sich nicht mehr sicher, ob er Abby diese Informationen wirklich weitergeben sollte. Er fügte irritiert hinzu: »Wir haben eine andere Aufgabe.«

Abby neigte fragend den Kopf zur Seite.

Scott antwortete einfach: »Sie.«

Kapitel zwölf

»Ich wusste, dass das keine gute Idee war«, sagte Scott, als der Mann neben ihm seine Karten resignierend auf den Tisch warf.

Doch Abby wollte jetzt nicht aufgeben. Sie hatte sich gerade erst warm gespielt. *Danke, Onkel Phil.* Sie hatte bei ihm nicht nur ein perfektes Pokerface gelernt, sondern beim Kartenspiel schon immer mehr Glück als Verstand gehabt.

Die vier saßen sich am großen Esstisch in ihrem Hotelzimmer gegenüber. Nachdem sie bereits zwei von dreien ausgestochen hatte, ließ Abby hochmütig verlauten: »Zeigen Sie niemals Ihre Angst, Scott.« Dann wandte sie sich dem Mann neben ihr zu und sagte: »Ich will Ihre ›Restaurantwahl‹ sehen und erhöhe um eine ›Aktivitätenwahl‹.«

»Zu teuer für mich«, sagte er und schmiss seine Karten hin.

Scott war zwar kein leichter Gegner, doch er hatte ihre Pokerfähigkeiten eindeutig unterschätzt. Als sie das Spiel vorgeschlagen hatte, war er dagegen gewesen, Geld von ihr anzunehmen. Also hatte sie ihm vorgeschlagen, um einen ganz anderen Einsatz zu spielen. Felsenfest davon überzeugt, dass einer der drei Männer sie schon übertrumpfen würde, hatte er schließlich zugestimmt, um beschriftete Kärtchen anstatt um Chips zu spielen.

Keiner von ihnen hatte erwartet, dass Abby sie mit fast jedem Blatt ausstechen würde. Als sie die Karte gewann, auf der ›Filmwahl‹ stand, stöhnten alle vier schmerzerfüllt auf.

Jetzt waren nur noch sie und Scott übrig – eins gegen eins –, der Sieger bekommt alles. Sie hatte ihr Gesicht so geschult, dass sie ihre Emotionen so wenig wie möglich preisgab.

Scott sagte: »Ich will Ihre ›Aktivitätenwahl‹ sehen und erhöhe auf ›eine Stunde Ruhe‹.«

Das hättest du wohl gerne, dachte sie, obwohl sie wusste, dass er die Karte aus Scherz als Antwort auf ihre »eine Kindheitsgeschichte«-Karte geschrieben hatte. »Ich will Ihre ›Aktivitätenwahl‹ sehen und erhöhe auf ›ein unerlaubter Ausflug‹.«

»Sie werden nirgendwo hingehen, wenn es nicht auf der Liste steht, Abby«, sagte Scott mit einer Bestimmtheit, die jeden anderen wahrscheinlich sofort eingeschüchtert hätte.

»Ich dachte, Sie haben ein gutes Blatt, Scott. Jetzt hört es sich fast so an, als hätten Sie Angst, zu verlieren.« Sie hob herausfordernd eine Augenbraue.

»Diese Liste wurde nicht umsonst erstellt, Abby. Schreiben Sie eine andere Karte. Das hier ist nicht möglich.«

Abby spielte mit ihren Fingernägeln an der Kante der Karte. Sie hatte kein verbotenes Ziel im Kopf, doch die letzten paar Tage hatten eine Seite an ihr hervorgebracht, die sie mit dem Tod ihrer Eltern verloren geglaubt hatte. Sie würde sich nicht mehr vor dem Leben verstecken. Sie wusste noch nicht, was das in Bezug auf Dominic oder ihr Leben in Boston bedeuten würde, doch jetzt und hier bedeutete es, allen Widrigkeiten zum Trotz zu gewinnen. »Okay, wenn Sie wirklich glauben, dass eine Lehrerin an einer staatlichen Schule drei ehemalige Spezialagenten beim Pokern schlagen kann, dann steigen Sie aus und ich werde diese Karte sofort zerreißen.«

»Tu das nicht, Scott«, sagte einer der Männer.

»Sie blufft nur«, sagte der andere.

»Dominic würde ausrasten vor Wut«, sagte Scott in einem letzten Versuch, sie zum Einlenken zu bewegen.

Abby erhöhte den Einsatz: »Ich habe keine Angst vor Dominic.« Sie stützte ihr Kinn auf ihre Hand und lächelte zuckersüß über den Tisch. »Sie etwa?«

Scott wurde für einen Moment ernst, bevor er bewundernd erwiderte: »Gerüchten zufolge ist Dominic ziemlich angeschlagen hierhergekommen. Als ich hierhergeflogen bin, habe ich das noch geglaubt, doch inzwischen sehe ich das etwas anders. Ich wünschte nur, ich hätte Sie zuerst getroffen.«

Abby errötete, doch sie durchschaute sein Ablenkungsmanöver: »Wie schmeichelhaft, doch es wird mich nicht dazu bringen, diese Karte zu zerreißen. Und die Falte auf Ihrer Stirn ist ein klares Anzeichen dafür, dass ich Sie geschlagen habe. Geben Sie es einfach zu.«

Alle im Raum hielten gespannt den Atem an, während Scott seinen Stolz gegen seinen gesunden Menschenverstand abwog. Dann legte er seine Karten offen und verkündete: »Full House.«

Abbys Augen blitzten vor Schadenfreude, als sie ihre Karten danebenlegte. »Eine gute Hand, aber leider nicht gut genug.« Sie legte ihr Gewinnerblatt langsam auf den Tisch. »Es sieht so aus, als ob drei Spezialagenten gerade von vier kleinen Damen übertrumpft wurden.«

Sie griff nach den restlichen Karten auf dem Tisch und legte sie auf den großen Stapel vor sich.

Sorgsam nahm sie die Karte »Ausflugswahl« aus dem Stapel und hielt sie in die Höhe. Sie hielt sie jedem Einzelnen genussvoll vor die Nase und ging geflissentlich darüber hinweg, dass die Männer sich in ihren Stühlen zurücklehnten, als wären sie tödlich verwundet worden. »Sie wissen, was das heißt?« Sie war sich der Selbstgefälligkeit in ihrer Stimme bewusst.

»Tretboote«, sagten die drei Männer im Chor.

Sie hielt eine weitere Karte hoch und konnte die Freude über ihren Gewinn nicht verbergen. »Und diese?«

»Haben Sie überhaupt Filme dabei?«, fragte einer der Bodyguards.

»Misses Duhamel hat mich eingedeckt«, antwortete Abby. »Ich muss mich nur noch zwischen Meg Ryan und Sandra Bullock entscheiden. Ihr Jungs seid keine Memmen, oder? Soll ich eine Packung Taschentücher bringen lassen?«

Sie wusste, dass sie aufhören sollte, doch es machte einfach zu viel Spaß. Die Männer sahen auf positive Weise jämmerlich aus.

Scott nahm die Karte hoch, die er eigentlich verbieten wollte. »Und was ist mit dieser hier?«, fragte er.

Die Stimmung wurde für einen Moment ernst. Sie wusste, dass Dominic seinen Leuten Anweisungen für ihre Sicherheit gegeben hatte, und so amüsant der Gewinn des unerlaubten Ausflugs auch war, sie würde nie absichtlich etwas Unüberlegtes tun. Sie schüttelte den Kopf. »Ich will nirgendwo hin. Ich wollte sie einfach nur gewinnen.«

Er steckte die Karte in seine Hemdtasche und sah erleichterter aus, als er es zugeben wollte. Die Männer neben ihm nickten und Abby wusste, dass sie in diesem Moment ihren vollen Respekt gewonnen hatte. Sie war nicht hier, um sie in Gefahr zu bringen oder ihnen Ärger zu bereiten. Sie wollte sie lediglich ein bisschen aufs Korn nehmen.

Trotzdem fragte sie sich, was Scott wohl gemacht hätte, wenn sie ihm ein unerlaubtes Ziel genannt hätte. Irgendetwas sagte ihr, dass diese Männer nicht immer so sympathisch waren. Sie hielten sie bei Laune, weil Dominic darum gebeten hatte. Und wie so viele Menschen in Dominics Welt hatten sie seine Anweisungen anstandslos befolgt.

Unter diesen Umständen war der Tretbootausflug schon fast grausam. Doch Abby erinnerte sich daran, wie zuversichtlich alle gewesen waren, sie beim Poker zu schlagen. Sie biss sich auf die Lippen, um ihr boshaftes Grinsen zu verbergen. Ein wenig Rache konnte nicht schaden.

»Ich werde mich umziehen. Ich glaube, der Verleih ist bis fünf Uhr geöffnet«, verkündete sie hämisch und wurde mit einem allgemeinen Gestöhne belohnt.

Die Wände des Hotels mussten dünner sein, als die Männer es gewohnt waren, denn Abby konnte sie im Nebenzimmer laut und deutlich hören, als sie den Tisch abräumten. Einer von ihnen sagte: »Ich kann nicht glauben, dass du ihr gesagt hast, was die Leute über Dominic reden.«

Der andere, ältere Bodyguard sagte: »Und ich kann nicht glauben, dass du ihr gesagt hast, dass du sie am liebsten zuerst getroffen hättest. Wenn Dominic das erfährt, kannst du deine Firma dichtmachen. War es der Scherz wirklich wert?«

»Wer sagt, dass ich scherze?«, fragte Scott.

»Tu nichts Unüberlegtes, Scott«, warnte ihn einer.

»Ich habe nicht gesagt, dass ich mich entsprechend verhalten werde. Ich habe nur laut ausgesprochen, wozu ihr beide zu feige seid. Sie ist eine unglaubliche Frau.«

Abby lehnte sich gegen die Tür und wusste, dass sie nicht weiter lauschen sollte. Sie konnte aber nicht anders. Sie erwartete mehr als nur Komplimente. Diese unbeobachteten Momente konnten vielleicht Aufschluss darüber geben, worum es bei dieser Reise wirklich ging.

»Glaubst du, es stimmt, dass er sie erst diese Woche kennengelernt hat?«

»Ich verfolge Dominic im Auftrag von Walton, seit er die Nachricht von seinem Vater erfahren hat. Es ist wahr«, sagte Scott und Abby unterdrückte mit beiden Händen einen Aufschrei.

»Wusste Dominic, dass du ihm bereits auf den Fersen warst, bevor er dich gebeten hat, mit ihm zu kommen?« Es beruhigte Abby wenig, dass der andere Wachmann ebenfalls überrascht zu sein schien.

»Ich bin mir ziemlich sicher, dass er keine Ahnung hatte«, sagte Scott zuversichtlich.

»Berichtest du immer noch an Jake?«, fragte ihn einer.

Nach einer längeren Pause antwortete Scott widerwillig: »Ja.«

»Oh Mann, er bringt uns um, wenn er das herausfindet.«

Sie hörte schlurfende Schritte und dann schien es, als ob sich jemand gegen die Wand lehnte. Abbys Hände zitterten vor ihrem Mund, doch sie konnte sich nicht von dem Gespräch loseisen.

»Er wird es nicht erfahren.« Scotts lockeres Auftreten war vergessen und seine unterkühlte Stimme ließ erahnen, dass er nicht die Sorte Mann war, die leere Drohungen aussprach.

»Ich möchte nicht in einem chinesischen Reisfeld begraben werden«, sagte der Mann abwehrend.

»Halt einfach den Mund«, drohte Scott, senkte jedoch seine Stimme, als ob er sich in diesem Moment Abbys Anwesenheit im Nebenzimmer bewusst wurde. »Niemand wird es ihm sagen. Ihr beide habt genauso viel zu verlieren wie ich und Jake würde sich nie gegen Dominic stellen. Also hört auf, euch verrückt zu machen.«

Abby trat von der Tür weg und war sich auf einmal nicht mehr so sicher, was sie an diesem Tag tun sollte.

Sie blieb am höchsten Punkt der Siebzehn-Bogen-Brücke stehen und stellte sich zwischen zwei weiße Löwenstatuen, um über den friedlichen Kunming-See und auf den mit prachtvollen Ornamenten verzierten Langen Korridor zu schauen, der sich entlang des Ufers schlängelte. Sie war den überdachten Wandelgang vom Osteingang des Sommergartens bis zum Hafenbecken entlangspaziert, wo sie schließlich ein Drachenboot zu der kleinen Insel bestiegen hatte. Ihre düsteren Gedanken hatten ihre Freude an den unzähligen antiken Gemälden erheblich getrübt. Sie blieb an jedem einzelnen der Jahreszeiten-Pavillons stehen, doch trotz ihrer atemberaubenden Schönheit konnten sie nicht lange Abbys Interesse wecken.

Glücksbogen Nummer neun. *Ich könnte heute ein wenig Glück gebrauchen.* Neun war in China eine maskuline und mächtige Zahl. Sie symbolisierte sowohl Glück als auch Sicherheit und gehörte zu einer Brücke, die von Weitem wie ein märchenhafter Regenbogen aussah.

Wie Dominic angewiesen hatte, hielten Scott und seine Männer einigen Abstand zu ihr, als sie irgendwann über Kopfschmerzen klagte. Doch ihre Anwesenheit ließ sie keine Sekunde vergessen, wie verwundbar sie eigentlich war. Ahnten sie etwa, dass Abby sie belauscht hatte? Und wenn, wie weit würden sie gehen, um sie daran zu hindern, das Geheimnis zu lüften?

Sie musste es Dominic erzählen – und das schon bald, doch sie hatte keine Ahnung, wie er auf diese Neuigkeiten reagieren würde. *Weil ich ihn kaum kenne.* Ihr Magen drehte sich bei diesem Gedanken um.

In welche Geschäfte war er verwickelt? So wie sie es verstanden hatte, waren es illegale Geschäfte und Jake suchte nach Beweisen, um sich verteidigen zu können, sollten die Verfassungsschützer ihnen auf den Fersen sein.

Allerdings würden Kriminelle ihre Pläne nicht mit Regierungsvertretern besprechen, oder doch?

Natürlich, wenn die Staatsbeamten genauso in die schmutzigen Geschäfte verwickelt waren.

Einer der Bodyguards hatte behauptet, dass Dominic sie umbringen würde. Hatte er das im übertragenen Sinne gemeint, in Bezug auf ihre Karriere? Oder würde er sie wirklich ins Jenseits befördern? Wollte sie das wirklich herausfinden? In einem fremden Land, ohne Geld, ohne Pass und ohne Freunde, die sie hier herausholen könnten, sollte die Situation bedrohlich werden?

Sie hätte einfach ihrem Instinkt folgen und in New York aus dem Flugzeug steigen sollen. Sie könnte bereits zurück in ihrem alten Leben sein.

Sicher.

Gelangweilt.

Halb tot.

Halb tot ist besser als tot.

Abby schauderte und legte ihre Hand auf den Hinterkopf eines Löwen. *Ich könnte deinen Schutz heute ganz gut gebrauchen.*

Ob die Antwort schließlich von ihrem antiken Beschützer oder aus ihrer zurückkehrenden inneren Stärke kam, machte keinen Unterschied. Das Ergebnis war das Gleiche. Sie entschloss sich, Dominic zu vertrauen und ihm alles zu erzählen, sobald er zurück ins Hotel kommen würde. *Angst wird mein Leben nicht länger bestimmen.*

Plötzlich trat eine zierliche chinesische Frau aus einer Gruppe von Touristen hervor und stellte sich neben Abby. Mit starkem Akzent sagte sie: »Entschuldigen Sie bitte, Miss Dartley?«

Bevor sie sich umdrehen konnte, spürte sie, wie die Bodyguards zu ihr aufschlossen. »Ja?«, erwiderte Abby und fragte sich, wer sie hier wohl kannte. War es vielleicht jemand vom Hotelpersonal? Hatte sie eine Nachricht von Dominic für sie?

»Zhang Yajun möchte Sie zum Tee in der Hotel-Lounge treffen«, sagte die Frau mit einer leichten Verbeugung.

Abby holte sich Rat von der einzigen Person, der sie vertrauen musste. »Scott?«

Er prüfte kurz das Risiko und hielt es für überschaubar. »Sie ist eine der einflussreichsten Frauen in China. Sie ist durch Immobilien und Nahrungsmittelessenzen reich geworden, glaube ich. Ich glaube, es ist ungefährlich, sich mit ihr an einem öffentlichen Ort zu treffen.«

»Ich will nicht ...«, wollte Abby einwenden, hielt sich jedoch zurück. Wenn diese Reise wirklich das Sprungbrett für die nächste Phase in ihrem Leben war, dann wurde es langsam höchste Zeit, die sich bietenden Gelegenheiten beim Schopfe zu packen. Wie oft hatte man schon die Chance, eine der einflussreichsten Frauen Chinas zu treffen? »Habe ich Zeit, um mich umzuziehen?«, fragte Abby die Frau.

»Sie wartet bereits auf Sie«, erwiderte die Frau und Bedauern lag in ihrer Stimme. »Sie möchte Ihre Zeit nicht lange in Anspruch nehmen.«

Tee hörte sich ziemlich harmlos an. Menschen, die einen kidnappen oder bedrohen wollen, würden vorher sicherlich kein Heißgetränk anbieten. Sollte sie Dominic anrufen und ihm sagen, wohin sie ging? Jetzt müsste er eigentlich in seinem Meeting mit dem Handelsminister sein. Es wäre irrsinnig, ihn in diesem Moment zu fragen, ob sie sich mit einer Frau treffen sollte, die wahrscheinlich einfach nur neugierig auf Dominics neue Begleiterin war.

»Gehen Sie vor«, sagte Abby und tätschelte den Kopf des weißen Löwen zum letzten Mal.

Die Hotel-Lounge war überfüllt, doch Zhang Yajun würde in jeder Menschenmasse auffallen. Ihr Selbstbewusstsein überstrahlte die Schlichtheit ihres zurückgebundenen schwarzen, schulterlangen Haares und die Steifheit ihrer weißen Nadelstreifenbluse. Sie saß an einem Ecktisch und schien das offensichtliche Interesse der Gäste um sie herum nicht zu bemerken.

Sie stand auf, als Abby die Lounge betrat. Ihr Blick war so direkt und prüfend, dass es schon fast unhöflich wirkte. Sie war das Gegenteil des typisch sanftmütigen Stereotyps eines Chinesen. Ihre Begrüßung war eher ein Nicken als eine Verbeugung. Sie winkte Abby zu sich an den Tisch. Abby setzte sich und die Frau goss ihr Tee ein.

»Ich bin froh, dass wir uns treffen können«, sagte Zhang in perfektem, wenn auch etwas gekünsteltem Englisch. Ihr Akzent ließ auf eine Ausbildung in Europa statt in den Vereinigten Staaten schließen.

»Ihre Einladung ist eine Ehre für mich«, sagte Abby ehrlich. Wer würde nicht eine Frau treffen wollen, die Geld und Macht in einem Land erlangt hatte, das immer noch überwiegend Männer dominierten?

»Sie sind für viele eine Überraschung, Abigail Dartley«, sagte Zhang vieldeutig.

»Inwiefern?«, fragte Abby.

Zhang sah sich um und ihre Augen blieben kurz auf jedem der vier Bodyguards haften. »Dominic ist nicht gerade dafür bekannt, Geschäftliches mit Privatem zu vermischen. Stimmt es, dass Sie ihn gerade erst kennengelernt haben?«

»Warum ist es wichtig, wie lange ich Dominic kenne?«, konterte Abby. *Bitte, lass sie nicht sagen, dass dies die Höhe des Lösegeldes bestimmt. Bitte.*

Stattdessen fragte die Frau: »Wissen Sie, warum er hier ist?«

Die Wahrheit wird dich befreien. »Nicht wirklich, nein.«

Zhang faltete die Hände und wählte ihre Worte mit Bedacht. »Dominic hat einige einflussreiche Investoren zusammengetrommelt und den chinesischen Handelsminister gebeten, den Technologiemarkt für Corisi Enterprises zu öffnen. Wenn der Vertrag unterzeichnet ist, wird das Internet in ganz China revolutioniert werden. Manche sagen, dass sich dann jeder Haushalt einen Computer anschaffen wird, noch bevor er sich eine Waschmaschine zulegt.«

»Gibt es das Internet hier nicht schon? Ich habe Computer im Hotel und in der Touristeninformation gesehen.« Trotz des Alters des Gebäudes war das Hotel mit allen modernen technischen Spielereien ausgestattet, die man mit Luxus und Komfort in Verbindung bringt.

»Haben wir, aber nicht in dem Umfang, wie Dominic ihn anbietet. Er hat eine Software und das dazugehörige Netzwerk entwickelt, welches das Datenaufkommen des ganzen Landes bewältigen könnte. Selbst wenn alle Menschen gleichzeitig online gehen würden.«

»Hört sich so an, als ob beide Seiten davon profitieren«, sagte Abby und war mehr als erleichtert über die wahre Natur des Projekts.

In Zhangs Ausdruck lag ein Anflug von Ungeduld: »Ja, doch Computer sind nicht meine größte Sorge und ich weiß, was der Minister will. Es gibt andere, die die gleichen Fähigkeiten wie Dominic haben und trotzdem besser in der Lage sind, die Anforderungen zu erfüllen. Bis ich von Ihnen gehört habe, war ich dagegen, dass der Minister den Auftrag an Dominic vergibt.«

»Von mir?«, fragte Abby und fühlte sich wieder einmal wie Alice im Wunderland. Welche Rolle konnte sie schon bei einem internationalen Großauftrag spielen? »Ich glaube, Sie überschätzen meine Bedeutung für Dominic. Ich habe keinerlei Einfluss darauf, wie er seine Geschäfte tätigt. Bis Sie es mir erklärt haben, wusste ich noch nicht einmal, was genau er hier verhandelt.«

Ihr Geständnis schien Zhang nicht abzuschrecken: »Wenn ein Mann, der nicht spricht, sein erstes Wort sagt, hört jeder zu.«

Abby schüttelte ihren Kopf und zuckte mit den Schultern, um ihre Verwirrung auszudrücken.

Zhang sah jedoch nicht wie eine Frau aus, die sich oft dazu herabließ, sich zu erklären, und es schien ihr auch jetzt nicht zu gefallen. »Wenn ein skrupelloser, machthungriger Mann sich für eine Lehrerin entscheidet und sie so schützt, als wäre sie der seltenste aller Schätze, dann fällt das jedem auf.«

»Was wollen Sie von mir?«, fragte Abby und unterbrach damit Zhangs Wortfülle, über die sie später noch nachdenken wollte.

Ein Hauch von Anerkennung leuchtete in Zhangs Augen auf, doch sie änderte schnell wieder ihren Ausdruck. »Am liebsten würde ich es Ihnen zeigen, doch nicht heute. Dominic hat das Geschäftsviertel bereits verlassen und ist auf dem Weg hierher. Ich hole Sie morgen ab.«

»Was ist, wenn ich Nein sage?«

Zhang lächelte, doch Abby vermutete, dass ihre verzogenen Mundwinkel eher ein Unbehagen über ihre Frage verbergen, als Belustigung ausdrücken sollten. Abbys Erfahrungen mit Menschen verschiedenster Kulturen schien sich auszuzahlen. Sie wusste, wie man kulturelle Unterschiede überbrückte.

Zhang sagte: »Das ist Ihr gutes Recht, doch Dominics persönliches Vermögen hängt vom Erfolg dieses Auftrags ab. Er könnte mit nur einer zufallenden Tür alles verlieren und nur Sie und ich wüssten, was hinter der unerwarteten Entscheidung des Ministers steckt. Sollten Sie darüber nachdenken, es ihm zu erzählen, würde ich Ihnen davon abraten. Er hat keinen Grund, Ihnen zu glauben.«

»Er hat keinen Grund, mir nicht zu glauben.« Doch schon beim Aussprechen dieser Worte begann sie daran zu zweifeln, ob sie wirklich recht hatte. Ihre kurzfristige Bekanntschaft könnte Grund genug für ihn sein, sie von seinen Geschäften auszuschließen. Hatte sie nicht den ganzen Tag damit verbracht, über seinen zweifelhaften Charakter nachzudenken?

Zhang blickte sie bedrohlich an. »Tun Sie, was Sie tun müssen, doch ohne meine Unterstützung werden Sie zu Hause um Geld für Ihren Rückflug betteln müssen.«

»Ich möchte keine Geheimnisse vor ihm haben«, erwiderte Abby schwach und fragte sich, ob sie so nervös aussah, wie sie sich fühlte. So hatte sie sich ihren ersten Streifzug in die Spontaneität nicht vorgestellt. Wie ein Schneeball, der einen Hügel hinunterrollt, wurde ihre Angst immer größer und schwerer. Das Treffen mit Zhang war genauso eine schlechte Idee gewesen, wie Scott und seine Männer zu belauschen.

»Sehen Sie es nicht als Geheimnis an«, fügte Zhang beim Aufstehen hinzu, gab dem Kellner ein wenig Kleingeld und Abby ein Zeichen, sitzen zu bleiben. »Sehen Sie es als Möglichkeit an, Ihrem Mann zu helfen, ohne dass er davon weiß – ein edler Wesenszug vieler Frauen, den wir schon seit der Höhlenzeit pflegen. Ich hole Sie um zehn Uhr ab.«

Die Gäste des Teesalons schauten Zhang hinterher, als wäre sie eine unerreichbare Berühmtheit. Die Menschenmassen an der Tür traten ihr ehrfürchtig aus dem Weg. Wie Dominic lebte auch Zhang in einer vollkommen anderen Welt. Einer Welt, die ihre eigenen Regeln und Erwartungen hatte.

Abby zeichnete mit dem Finger das exklusive Design ihrer Teetasse nach. Scott und seine Männer hielten sich weiterhin, langsam etwas ungeduldig werdend, an strategischen Punkten innerhalb des Raums auf. Sie fielen unter den Einheimischen fast genauso sehr auf wie sie selbst, doch zu ihrem Glück beschwerte sich ein Tisch mit englischen Touristen gerade so lautstark bei einem Kellner über das fehlende Essen zum Tee, dass sie die Aufmerksamkeit des ganzen Salons auf sich zogen.

Egal wie fehl am Platz sie sich in Dominics Welt fühlte, sie war nicht länger eine einfache Touristin. Sie wusste wahrscheinlich genauso wenig über internationale Firmenzusammenschlüsse wie diese Engländer über die chinesische Kultur, doch sich aus der Sache herauszuhalten war keine Option mehr für sie.

War sie nicht nach China gekommen, weil Dominic sie brauchte? Der heutige Tag hatte bewiesen, dass er nicht nur ihre emotionale Unterstützung benötigte. Sie durfte sich nicht länger von ihrer Angst beherrschen lassen. Dominic würde niemals eine Frau akzeptieren, die beim ersten Problem sofort zum Flughafen rannte. Nein. Wenn sie es schaffen wollten, musste sie genauso stark sein wie Zhang.

Dieser Gedanke inspirierte Abby. Eine Frau wie Zhang würde sich nicht von einem Bodyguard einschüchtern lassen. Zhang ließ sich offensichtlich nie lange von dem abhalten, was sie erreichen wollte.

Am anderen Ende des Raums zeigte Scott auf seine Armbanduhr und gab ihr ein Zeichen, ihren Tee auszutrinken. Abby lächelte ihn süffisant an. Sie hatte nicht vor, die Lounge zu verlassen, bevor sie nicht wusste, ob sie Zhang am nächsten Tag treffen sollte oder nicht. Sie goss sich eine frische Tasse Tee ein und ignorierte Scotts irritierten Blick.

Abby rief den Kellner zu sich. Dafür würde sie eine weitere Kanne brauchen.

Kapitel dreizehn

Als Dominic an diesem Abend in die Hotelsuite kam, studierte er lange ihr Gesicht, bevor er auf die Bodyguards starrte, die sich eiligst zurückzogen. »Du siehst müde aus«, sagte er. Sie hätte das Gleiche über ihn sagen können, doch sie sparte sich eine schnippische Antwort, als sie den aufrichtigen Ausdruck in seinem Gesicht sah.

»Mir geht es gut«, sagte sie und konnte Scotts Verrat und ihren in der Lounge getroffenen Entschluss kaum länger für sich behalten.

»Sie haben zugelassen, dass du dich zu sehr verausgabst«, sagte er schroff und entledigte sich seiner Krawatte. Er warf sie auf einen der Esszimmerstühle und zog dann erleichtert sein Jackett aus.

Er trat auf sie zu und schaute ihr dabei direkt in die Augen. Sie wusste nicht, ob sie den letzten Schritt auf ihn zu machte oder ob er es war. Sie schauten sich einen Moment lang voller aufgestautem Verlangen in die Augen, bevor er sie schließlich an seine Brust zog und ihr einen Willkommenskuss gab, von dem sie schon immer geträumt hatte. Seine Lippen küssten sie erst fragend, dann fordernd. Ihre öffneten sich und begannen, ihn zu erregen. Plötzlich brach er den Kuss ab und legte seine Stirn mit stockendem Atem auf ihre. »Was hast du heute gemacht?«

Abby schüttelte den Kopf, um ihn frei zu bekommen. Sie konnte nicht klar denken, wenn er ihr so nah war. Sie wusste, dass sie ihm die Wahrheit sagen musste. Aber wie?

»Ich habe mir die Gärten des Sommerpalastes angeschaut. Die Südinsel ist wunderschön«, sagte sie, um Zeit zu gewinnen.

Er schob sie von sich weg und zwang sie, ihm in die Augen zu schauen. »Scott hätte es besser wissen müssen, als zuzulassen, dass du dich am ersten Tag so verausgabst.«

»Es war schon in Ordnung, Dominic«, sagte Abby und versuchte, die Woge der Schuld von sich abzuschütteln, die sie überkam. Wie konnte sie ihn nur anzweifeln? Natürlich musste er in der Geschäftswelt ein einwandfreies Image aufrechterhalten. Doch vor dem Mann, der sie in diesem Moment mit dieser aufrichtigen Zärtlichkeit ansah, hatte sie rein gar nichts zu befürchten.

»Ich muss dir etwas sagen«, sagte sie und hielt plötzlich inne. Die Worte wollten einfach nicht aus ihr herauskommen. Was sollte sie ihm zuerst sagen? Dom, ich glaube, die Sicherheitsleute, die du für mich engagiert hast, sind eigentlich hinter dir her. Oder sollte sie mit dem Geschäftlichen beginnen? Du glaubst zwar, dass deine Verhandlungen gut laufen, Dom, doch obwohl ich fast gar nichts über deine Geschäfte weiß, werde ich mich morgen mit einer berühmten internationalen Geschäftsfrau treffen, um zu erfahren, wie ich dir helfen kann.

Ihren Nerven erlegen, sagte sie schließlich: »Ich habe beim Pokern gewonnen.«

Das brachte Dominic zum Lachen. Er führte seinen Daumen sanft über ihr Kinn und sagte: »Ich habe nicht eine Sekunde an dir gezweifelt.«

Abby wünschte sich mit aller Macht, dass sie das Gleiche über ihn sagen könnte. Sie hatte sich von der Situation und ihrer wilden Fantasie den ganzen Tag in Panik versetzen lassen. Jetzt war es Zeit, diese lächerlichen Ängste beiseitezuschieben und einfach zu sagen, was zu sagen war. »Dominic ...«, begann sie, vergaß jedoch, was sie sagen wollte, als Dominic den Duft ihrer Haare so intensiv einatmete, als hätte er den ganzen Tag auf diesen Moment gewartet. Jeder klare Gedanke verließ sie, als er mit der Behutsamkeit eines besorgten Liebhabers seine Hände über ihren Körper gleiten ließ.

»Es ist in Ordnung, wenn du zu müde bist«, flüsterte er ihr ins Ohr, »aber ich muss dich festhalten.«

Sie konnte es ihm auch noch am nächsten Morgen sagen.

Er trug sie zum Sessel, wo sie sich seitlich auf seinen Schoß setzte und ihren Kopf unter seinem Kinn vergrub. Sie schlang ihre Arme um seinen Bauch und ließ sich vom gleichmäßigen Klopfen seines Herzens beruhigen.

Dies war der Dominic, den sie bei ihrem ersten Aufeinandertreffen gesehen hatte. Seine grauen Augen waren dunkel von der Schwere seiner Gedanken. Sie drückte ihn noch fester an sich und suchte nach Worten, die ihm seine Last abnehmen würden, anstatt sie zu vermehren.

»Läuft es so schlecht?«, fragte sie an sein Seidenhemd gelehnt.

Dominic erwiderte ihre Umarmung und seufzte ihr ins Haar. »Die Verhandlungen? Nein, darum mache ich mir keine Sorgen. Wenn es ums Geschäft geht, habe ich die Gabe des Midas. Nur bei allen anderen Dingen scheitere ich.«

Abby hob ihre Hand und wartete, froh, dass sie ihren Mund gehalten hatte. Er öffnete sich ihr in einer Art und Weise, wie sie es sich nicht mal im Traum erhofft hatte. Sie wusste, dass dieser Moment nicht für immer andauern würde, doch sie wusste auch, dass er abrupt zu Ende wäre, wenn sie ihm jetzt von den Neuigkeiten berichten würde.

Dominic starrte auf die Wand hinter ihr, als wäre es unmöglich für ihn, ihr in die Augen zu schauen. »Nicole behauptet, dass sie einen Plan hat, wie sie das Testament meines Vaters anfechten kann. Sie will mir allerdings nicht sagen, wie. Sie meint, sie würde lieber alles verlieren, als sich von mir helfen zu lassen.«

»Sie ist dir sehr ähnlich.« Abby äußerte diese Erkenntnis ruhig und bemerkte, wie er seine dunkelgrauen Augen sofort auf sie richtete. Sie hob eine Hand, um die Anspannung zu beschwichtigen, die sich um seine Kinnpartie zeigte. »Sie ist stolz, Dominic, und sie will dir wehtun. Was würdest du tun, wenn du an ihrer Stelle wärst?«

Ein trauriges Lächeln umfuhr seine Lippen. »Ich hätte mir das Angebot um die Ohren gehauen und meine eigene Firma gegründet.«

»Wie du es mit deinem Vater gemacht hast?«, fragte sie.

Dominic erstarrte unter ihr. »Das ist nicht das Gleiche. Ich bin nicht wie mein Vater.«

»Das weiß ich, Dominic«, flüsterte sie, obwohl sie eigentlich fast gar nichts über ihn wusste. Sie fragte sich, was sein Vater getan haben musste, um eine solche Abscheu bei seinem einzigen Sohn auszulösen. Sie fühlte den Zorn in seinen Muskeln und wusste, dass sie an eine alte und doch frische Wunde gerührt hatte. »Erzähl es mir«, bat sie ihn sanft.

Dominic nahm einen tiefen Atemzug und zog sie wieder an sich heran. Er sagte zunächst nichts. In ihrem ruhigen gemeinsamen Atmen lag eine Intimität, die viele höchstens nach dem Sex spürten, dann, wenn man sich gemeinsam vollkommen fallen lässt. Abby hatte noch nie zuvor eine solche Verbindung gespürt, selbst nicht in Beziehungen, die mehrere Jahre angedauert hatten. Es ging ihr durch Mark und Bein, dass sie sich einem Mann, den sie erst seit ein paar Tagen kannte, so verbunden fühlen konnte.

Als er schließlich sprach, war seine Stimme seltsam hohl, als würde er sich selbst von seiner Geschichte distanzieren. »Ich kannte meinen Vater nicht sehr gut. Er hat die ganze Zeit gearbeitet. Und damit meine ich die ganze Zeit. Er hielt uns – Nicole, unsere Mutter und mich – in einer Villa in den Hamptons gefangen. Ich sage gefangen, weil es sich genau so anfühlte. Ohne seine Erlaubnis wagte es niemand, in diesem Haus zu sprechen oder sich zu bewegen. Außer wenn Thomas uns besuchte. Er war der Einzige, der die Entscheidungen meines Vaters hinterfragt hat. Ich glaube, sie sind als Kinder in die gleiche Schule gegangen. Thomas hat sich vom Erfolg meines Vaters nie einschüchtern lasen.«

»Und du hast ihn dafür bewundert.« Sie sprach das Offensichtliche aus und wollte ihm damit zeigen, dass sie ihn verstand.

Dominic brachte mit verächtlichem Ton hervor: »Das habe ich, bis er gegangen ist. Wie alle anderen, nachdem meine Mutter verschwunden war.«

»Verschwunden?« Ein Schaudern lief über Abbys Rücken.

»Ja, die offiziellen Ermittlungen haben ergeben, dass sie unsere Familie verlassen hat. Die Polizei hat eine Notiz gefunden, auf der sie uns mitteilte, dass sie unglücklich sei und nicht wolle, dass jemand nach ihr sucht. Ich habe jedoch nie daran geglaubt, dass sie einfach gehen würde, ohne sich von mir oder Nicole zu verabschieden. Ich habe die Notiz nie gesehen. Ich bezweifle, dass es überhaupt eine gibt.« Dominic rieb seine Hand abwesend über Abbys Arm.

»Dein Vater hat nicht nach ihr gesucht?« Abby konnte sich den Schmerz einer solchen Ungewissheit kaum vorstellen. Es war schlimm genug, dass ihre Mutter gestorben war, doch sich ein ganzes Leben lang zu fragen, ob ihr etwas passiert oder ob sie einfach nur weggelaufen war, musste so viel schwerer zu ertragen sein.

Seine Hand hielt still. »Er sagte, sie würde länger leben, wenn er sie nie finden würde. Ich habe ihm geglaubt. Er war ein jähzorniger Mann. Ich konnte jedoch nie akzeptieren, dass sie nicht mehr bei uns war. Egal was mein Vater sagte, ich musste sie einfach finden. Letztendlich hat mir mein Vater ein Ultimatum gestellt: Entweder ich gebe meine Suche auf oder er enterbt mich. An diesem Abend habe ich sein Haus für immer verlassen.«

Die letzten Zweifel an Dominics Charakter zerfielen zu Staub. Mrs Duhamel hatte recht. Es war falsch gewesen, ihn nach seiner harten Schale zu beurteilen. Er hatte alles hinter sich gelassen, um die Mutter zu suchen, die er liebte. Eine solche Aufopferung gab es nicht oft. »Wohin bist du gegangen?«, fragte Abby, bestrebt, den Rest der Geschichte zu erfahren.

»Ich bin ein paar Tage bei Freunden geblieben, doch als sich die Neuigkeiten über meine neue finanzielle Situation verbreiteten, war diese Option ebenfalls vertan. Mein Vater wollte mich brechen, indem er mir alle Möglichkeiten nahm, doch das motivierte mich nur noch mehr dazu, herauszufinden, was wirklich passiert war.«

»Und Thomas wollte dir auch nicht helfen?«, fragte Abby. Sie sah in ihrer Vorstellung eine jüngere Version des stolzen Mannes vor sich, wie er sich der einzigen Bezugsperson in seinem Leben anvertraute, nur um auch von dieser verstoßen zu werden. Dieser Anblick war herzzerreißend.

Ein Schütteln durchfuhr den Mann unter ihr und Tränen des Mitgefühls schossen ihr in die Augen. Seine Stimme voller Emotionen, erwiderte er: »Ich habe ihn angefleht, mir zu helfen, doch er sagte nur, dass man einige Dinge lieber so belassen sollte, wie sie sind. Vielleicht hatte er doch Angst vor meinem Vater oder vielleicht sah er keine Vorteile darin, mir bei einem solchen Skandal zu nahe zu stehen. Ich weiß es nicht. Ich habe nicht mehr mit ihm gesprochen, seit ich das Haus meines Vaters verließ.«

»Und du hast deine Mutter nie gefunden? Ich kann nicht glauben, dass dein Vater nie dazu gezwungen wurde zu beweisen, dass sie noch lebt.«

Verachtung fuhr durch Dominics Gesicht. »Sein Geld hat ihn unantastbar gemacht. Das hat er zumindest geglaubt. Doch ich wollte ihm das Gegenteil beweisen. Wäre er nicht gestorben, hätte ich ihn gezwungen, mir die Wahrheit zu sagen.«

»Glaubst du wirklich, dass er ihr was angetan hat?«, fragte Abby durch die zitternden Finger ihrer Hand.

»Er war im Geschäftsleben zu jeder Gräueltat fähig und hat häufig vergessen, seine Rücksichtslosigkeit im Büro zu lassen.« Dominic nahm ihre zitternden Hände in seine und küsste sie sanft. »Als ich jung war, glaubte ich, dass diese Wut normal sei – der Preis, den man zahlen muss, um ganz nach oben zu gelangen.«

»Oh, Dom ...« Sie konnte die Tränen, die über ihre Wimpern auf sein Seidenhemd fielen, nicht zurückhalten.

Er wischte sie mit einer sanften Berührung weg, die ungewöhnlich für einen solch mächtigen Mann schien, was sie nur noch mehr zum Weinen brachte. Abby hatte schon viele Männer gesehen, die sich unwohl fühlten oder ungeduldig wurden, wenn man weinte. Dominic war der erste Mann, der sie wie ein zartes und wertvolles Geschöpf behandelte, das er trösten wollte, und gleichzeitig fürchtete, es zu zerbrechen. Wie konnte sie ihn jemals anzweifeln? Tränen um ihn wurden zu Tränen der Scham, die sie schnell in seinem bereits feuchten Hemd vergrub.

Ihm schien es egal zu sein, dass ihre Mascara sein Hemd verschmierte. Er ließ sie an seiner Brust weinen und strich ihr sanft das Haar aus dem Gesicht. Sein Herz pochte laut in seiner Brust. Als sie sich beruhigt hatte, sagte er: »Weine nicht um mich, Kleines. Du würdest mich nicht so mitfühlend ansehen, wenn du auch nur die Hälfte von dem wüsstest, was ich getan habe, um dahin zu kommen, wo ich jetzt bin.«

Abby schluchzte und hob den Kopf. »Wir bereuen alle etwas, Dominic. Allein die Gegenwart zählt. Die Entscheidungen, die wir ab heute treffen, machen uns aus.«

Er wickelte gedankenlos eine ihrer Locken um seinen Finger. »Bei dir hört sich das alles so einfach an, Abby, aber du kennst mich nicht. Ich wurde so lange von meinem Zorn beherrscht, ich weiß gar nicht mehr, wer ich ohne ihn bin. Meine Schwester hatte recht, du solltest schnellstens vor mir weglaufen. Ich zerstöre alles Schöne, was ich berühre.«

Abby nahm sein Gesicht in ihre beiden Hände und zwang ihn, sie anzuschauen. »Ich kenne dich vielleicht noch nicht sehr lange, Dominic, aber eine Sache weiß ich. Du bist nicht halb so furchtbar, wie du denkst. Misses Duhamel würde dich nicht wie ihren eigenen Sohn behandeln, wenn du wirklich das Monster wärst, das du vorgibst zu sein.«

Dominic wand sich vor Unbehangen unter ihr. »Wenn du mich so anschaust, glaube ich fast, der Mann sein zu können, für den du mich hältst. Das ist jedoch nicht so leicht. Menschen werden ihre Vergangenheit nicht so einfach los.«

Abby zog sein Gesicht nach unten und flüsterte gegen seine Lippen gerichtet: »Ich muss einfach daran glauben.«

Er stöhnte und küsste sie so leicht, als würde er einen inneren Kampf austragen. Er hielt sie an ihren Schultern fest, als hätte er Angst, dass sie zurückweichen könnte. »Was bereust du, Kleines?«

Abbys Hände fielen auf ihren Schoß. Dies war der richtige Zeitpunkt, um ihm zu sagen, dass sie teilweise aus Angst, teilweise aus Egoismus wichtige Informationen vor ihm verheimlichte.

Sag es einfach.

Was ist, wenn Zhang recht hat und er mir nicht glaubt? Bin ich bereit, ihn heute Abend schon zu verlieren?

Sie öffnete den Mund, um es ihm zu sagen, hielt sich jedoch zurück, als sie den Ausdruck in seinen Augen sah. Als er sie so anblickte, seine Augen dunkel vor Emotionen, wusste sie, dass seine nächsten Worte eine Art Erklärung sein würden.

Ich werde es ihm sagen, ich brauche nur noch etwas mehr Zeit. Sie sagte: »Ich habe nach dem Tod meiner Eltern alles falsch gemacht. Ich glaubte, dass Lil sich sicherer fühlen würde, wenn ich mich wie eine Mutter verhalte. Doch als Lil mich am meisten gebraucht hat, habe ich sie bevormundet und verurteilt, anstatt ihr zuzuhören. Ich habe sie behandelt, als könnte sie keine eigenständigen Entscheidungen treffen. Meine Art hat ihr Selbstbewusstsein aufgefressen und es wurde jedes Mal schlimmer, wenn sie einen neuen Fehler gemacht hat. Fehler, zu denen ich sie verleitet habe. Das ist mir jetzt klar geworden. Wenn ich dich nicht getroffen hätte, hätte ich sie verloren. Ich muss daran glauben, dass ich eine zweite Chance bekommen habe, um es wiedergutzumachen ... um die Sache wieder in Ordnung zu bringen.«

Er vergrub sein Gesicht in ihrem Nacken. »Lady, du machst mir Angst.«

Sie sah ihn überrascht an. »Ich dachte, ich beruhige dich.«

Er hob sie von seinem Schoß, stand auf und fuhr frustriert durch sein Haar. »Es war egoistisch von mir, dich mit nach China zu nehmen. Ich möchte nicht, dass du denkst ...«

Trotz der wachsenden Furcht in ihrem Herzen trat sie zu ihm und brachte ihn sanft mit ihrem Finger zum Schweigen. *Ich bin ein großes Mädchen. Ich glaube schon lange nicht mehr an »und so lebten sie glücklich bis ans Ende ihrer Tage«.* »Es ist schon in Ordnung, Dominic ...«

Er nahm ihre Hand in seine und blickte sie fragend an. »Was ist in Ordnung?«

Sie zog ihre Hand zurück und zwang sich, in seine hitzigen Augen zu schauen. »Keine Angst. Ich werde dir keine Szene machen, wenn wir zurück in den Staaten sind. Ich werde diese Reise nicht bereuen, Dominic, egal was zwischen uns passiert, wenn wir wieder zu Hause sind.« Es war die Wahrheit. Es musste die Wahrheit sein.

Seine Augen wurden noch dunkler und ließen nichts von der Erleichterung erahnen, die sie als Reaktion auf ihre Ansage erwartet hatte. Dieses verdammte männliche Ego! Es war also in Ordnung, ihr zu sagen, dass diese Reise nicht mehr als eine flüchtige Affäre für ihn war, aber nicht, dass sie es genauso sah?

Dachtest du, ich würde dir vor die Füße fallen und dich anflehen zu bleiben, Dominic? Du musst noch eine Menge über uns Dartley-Frauen lernen. Abby sagte: »Sieh es als Kompliment an, Dominic. Alle zukünftigen Männer werden sich an dir messen lassen müssen.«

Er griff nach ihren beiden Oberarmen und hielt sie mit einer sanften Berührung fest, die im direkten Gegensatz zu der Hartherzigkeit in seinen Augen stand. Er sah so aus, als wollte er ihr etwas sagen.

Für einen kleinen Moment ließ sie einen Funken Hoffnung zu. Machte ihn der Gedanke an sie mit einem anderen Mann etwa eifersüchtig? Dieser Gedanke ließ ihr Herz wild in ihrer Brust schlagen.

Wie würde es sein, von einem so intensiven Mann wie Dominic geliebt zu werden? *Nein. Hör auf damit. Dominic ist ein Mann, der immer auf der Durchreise ist, immer auf der Suche nach der nächsten Herausforderung. Männer wie Dominic werden nicht sesshaft.*

Oder vielleicht doch?

Er war anders als alle Männer, die sie bisher getroffen hatte. Diese wären unter dem finanziellen und emotionalen Druck seines Vaters zusammengebrochen. Selbst das Ultimatum hatte ihn nicht davon abgehalten, nach seiner Mutter zu suchen, selbst wenn das den Verlust seines Erbes bedeutet hatte. Das sprach für seine Charakterstärke. Sein finanzieller Erfolg ließ zudem auf eine Hartnäckigkeit schließen, die Abby einfach bewundern musste. Dominic holte sich, was er wollte, egal wie hoch das Risiko war.

Doch wollte er das Leben, das Abby so sehr brauchte? Sie sehnte sich nach der Wärme, die sie in der Ehe ihrer Eltern gesehen hatte. Es war schwer, sich vorzustellen, wie Dominic die erste Geburtstagsparty ihres gemeinsamen Kindes plante. Wie würde jemand wie sie in das rastlose Leben passen, das er führte?

Sie legte ihre Hand sanft auf seine Brust und wurde von dem straffen Muskel, den sie spürte, sofort abgelenkt. »Du musst nichts sagen, Dominic. Ich bin dir sogar dankbar für diese Reise.«

»Ich brauche deine Dankbarkeit nicht«, knurrte er, zog sie an sich und ließ keinen Zweifel daran, was er wirklich wollte.

Vielleicht liebte er sie nicht, aber er wollte sie. Die Dringlichkeit seiner Lust war an seiner sich spannenden Hose eindeutig zu erkennen. Dominic wusste wahrscheinlich selbst nicht, was die Zukunft für sie nach ihrer Rückkehr in die Staaten bringen würde.

Hör also auf, so viel nachzudenken, und genieße zur Abwechslung einfach mal den Moment.

Er würde vielleicht nicht für immer ihr gehören, aber heute Nacht gehörte er ihr. Abby knöpfte langsam ihre Bluse auf und ließ sie hinter sich auf den Boden fallen. »Seit ich diese Suite zum ersten Mal betreten habe, frage ich mich, warum mitten im Wohnzimmer eine Badewanne steht.«

Dominics Ärger wich einem ganz anderen Ausdruck. Er lächelte sie an und bewies ihr damit, dass sie seine Gedanken genauso schnell durcheinanderbringen konnte wie er ihre.

»Warum werde ich das Gefühl nicht los, dass du nicht so müde bist, wie ich dachte?«, fragte er heiser.

Abby schmiegte sich an ihn und wurde mit einem pulsierenden Zucken belohnt. Anstatt jedoch sofort hinabzugreifen und ihn zu erlösen, kannte sie eine bessere Methode, um ihn noch mehr zu erregen. »Ich weiß nicht, was du meinst«, sagte sie und trat einen halben Schritt zurück.

Er folgte ihr Schritt für Schritt in Richtung Schlafzimmer. Sein Hemd ließ er samt seinem Gürtel zurück. »Was machst du bloß mit mir?«, flüsterte er. »Selbst während der Verhandlungen habe ich mir vorgestellt, wie du hier auf mich wartest. Ich konnte mich kaum auf die Dinge konzentrieren, die sie mir vorgeschlagen haben.« Sie stieß mit den Waden an die Bettkante. Sein Kuss glitt über ihren Nacken auf ihre Schulter.

»Also kein Bad?«, gluckste sie vergnügt, als die Stoppeln seines Bartes die empfindlichen Hautpartien kitzelten, die er mit jedem abgelegten Kleidungsstück entblößte. Sein Mund brachte sie um den Verstand.

»Später«, murmelte er an ihre Brust gewandt, bevor er ihre Brustwarze sanft in seinen Mund nahm. Er saugte und umkreiste ihren erregten Nippel mit seiner Zunge. Gerade als sie dachte, dass sie es nicht mehr aushalten könnte, wendete er sich der anderen Brust zu und wiederholte den Prozess, bis sie schließlich keuchend unter ihm lag.

Seine Zunge verfolgte die Kurven ihres sanft gerundeten Bauchs, bis er schließlich ihre Hose erreichte. Er kniete sich rasch vor sie hin, ohne seine Lippen von ihr zu lassen, und zog ihre Hose und ihren Seidenslip langsam nach unten. Ungehindert spreizte er nun langsam ihre Beine und drang mit seiner Zunge in sie ein. Erregt vom heißen Rhythmus seiner intimen Liebkosung, zuckten ihre Beine vor Lust. Dominic hob sie hoch und schob sie weiter zurück auf die Matratze, um besser in sie eindringen zu können.

Sie krümmte sich und hielt sich verkrampft am Bettlaken fest. Er war unbarmherzig in seiner Aufmerksamkeit für ihre Lust. Er tauchte in sie ein und leckte sie mit qualvoller Präzision, bevor er sie mit seinen starken Händen erregte, die genau wussten, wo sie hinfassen mussten, um sie zur Raserei zu bringen. Ihre Hände krallten sich an ihm fest, bis schließlich ein Schrei der Erlösung durch das Zimmer drang. Während sie noch am ganzen Körper zitterte, drehte er seinen Kopf zur Seite und küsste sie an der Innenseite ihres Schenkels.

Er stand auf, knöpfte in Windeseile seine Hose auf und zog sie mit einer geschickten Bewegung aus. Sie sollte sich verletzlich fühlen, hier auf dem Bett, ihm vollkommen ausgeliefert, doch stattdessen fühlte sie sich stark, befreit. Sein Verlangen nach ihr ließ ihn steif über ihr stehen und, wenn auch nur für einen kurzen Moment, war er ihr ausgeliefert. »Sag mir, dass du heute auch genau an das hier gedacht hast«, forderte er sie mit stockendem Atem auf.

Abby wich zurück und legte sich auf den Kissenhaufen. »Na ja, ich hatte ziemlich viel zu tun«, sagte sie geziert und blinzelte aufreizend mit ihren Wimpern.

Er stürzte sich auf sie wie eine Raubkatze und hielt sie mit seinem Körper unter sich fest. Eine Hand rutschte ihren Schoß hinunter und er drang mit einem Finger in ihr feuchtes Zentrum ein. »Kleine Lügnerin.« Sein Atem fühlte sich heiß auf ihrem Nacken an.

Seine umherwandernden Lippen verzogen sich zu einem Lächeln, als sie einen tiefen Atemzug machte. Welche geistreiche Retourkutsche sie ihm auch immer zuraunen wollte, ihre Pläne wurden zunichtegemacht, als sein Finger es seiner Zunge nachmachte, die sie erst kurz zuvor zum Höhepunkt gebracht hatte. Er verharrte einen kurzen Moment über ihr, starrte in ihre vor Verlangen glasigen Augen und sagte: »Es wird keine anderen Männer geben.« Dann drang er mit einem raschen Stoß in sie ein. Sie nahm seine Worte kaum wahr und seine Stöße lösten Welle um Welle der Lust in ihr aus. Sie bewegte sich mit ihm und Schreie der Lust durchhallten erneut den Raum.

Kaum, dass sie sich wieder erholt hatte, spannte sich ihr ganzer Körper erneut an, als er sich aus ihr zurückzog, sie mit seiner harten Spitze liebkoste und dann mit einem tiefen Blick in ihre Augen wieder tief in sie eindrang. Er wusste genau, wann er vorstoßen und wann er pausieren musste, um die Intensität noch mehr zu steigern. Sein ganzer Körper bebte, als beide gemeinsam kamen, bevor sie sich schließlich erschöpft in die Arme fielen.

Ausgelaugt lagen sie mit verschlungenen Beinen nebeneinander und ließen ihren Atem gemeinsam ruhiger werden. Viel zu früh legte Dominic eine Decke über sie, rollte sich auf seine Seite und stützte sich auf seinen Ellbogen, um ihr Gesicht näher zu betrachten. Seine Augen waren schwarz vor Gefühlen. »Ich will dir nicht wehtun, Abby.«

Was wahrscheinlich bedeutete, dass sie dem, was er ihr eben in der Hitze der Leidenschaft zugeraunt hatte, nicht zu viel Bedeutung beimessen sollte. Sie war noch nicht bereit, dieses Gespräch wieder aufzunehmen. Sie legte ihren Finger leicht über seine Unterlippe und sagte schlicht: »Dann tu es einfach nicht.«

Er öffnete seinen Mund, um etwas zu sagen, was sie sicherlich nicht hören wollte, sodass sie instinktiv reagierte. Mit einer Hand auf seiner Brust drehte sie ihn spielerisch auf seinen Rücken und begann, ihn zu küssen. Morgen hätten sie noch reichlich Zeit, um sich zu unterhalten. Reichlich Zeit, um dieses Märchen zu Ende zu bringen und die Worte auszusprechen, die heute lieber ungesagt blieben.

Im Gegensatz zu Aschenputtel hatte Abby immerhin noch Zeit bis zum nächsten Morgen, um sich dieser Fantasie hinzugeben. Was auch immer Dominic sagen wollte, er hatte es schnell vergessen, als Abby seine Brust küsste und dann langsam tiefer sank.

Kapitel vierzehn

Als Abby am nächsten Morgen aufwachte, war Dominic bereits gegangen.

Mist.

Eilig sprang sie unter die Dusche und zog sich an. Sie nahm mehrmals ihr Telefon in die Hand, um Dominic anzurufen, doch legte es jedes Mal wieder hin. Sie wusste nicht, in welcher Phase der Verhandlungen er sich gerade befand oder ob er ihren Anruf überhaupt annehmen konnte. Sie wollte nicht Schuld daran haben, dass er seinen Auftrag verlor.

Ich hätte es ihm gestern Abend sagen sollen.

Wenn nicht schon vor dem atemberaubenden Sex, der sich in ihrem Gedächtnis als der beste ihres Lebens einprägen würde, dann wenigstens, bevor sie Arm in Arm eingeschlafen waren. Da sie es nicht getan hatte, musste sie nun selbst entscheiden, wie sie mit Zhang umgehen sollte.

Dave, ein Bodyguard aus Scotts Team, fragte sie, ob alles in Ordnung sei.

In Ordnung? Nein, nichts ist in Ordnung. Aber dir werde ich es bestimmt nicht sagen.

Abby sagte: »Ich habe nur Hunger.«

Zhang hatte behauptet, dass das, was sie Abby zeigen würde, Dominic bei seinen Verhandlungen helfen könnte. Doch woher wusste sie, ob Zhang die Wahrheit gesagt hatte? Was, wenn das alles ein Trick war, um die Verhandlungen zu beeinflussen, wie Dominic sie bereits vorgewarnt hatte?

Abby biss sich auf die Unterlippe, während sie sich weiter den Kopf zermarterte. Normalerweise vertraute sie ihrem Instinkt, wenn es um Menschen ging, und ihr Bauchgefühl sagte ihr, dass sie Zhang vertrauen konnte. Nachdem sie sich schließlich entschieden hatte, hängte sich Abby ihre kleine Handtasche über die Schulter und sagte Dave, dass sie ihr Frühstück heute im Speiseraum einnehmen wollte. Sie wartete nicht, bis er sein Team darüber informiert hatte. Sie öffnete die Tür der Suite und machte sich ihren Vorsprung zunutze.

Bevor Scott und seine Männer Verdacht schöpfen und sie aufhalten konnten, war sie bereits in der Lobby. Zhangs Fahrer kam auf sie zu und stellte sich vor. Er geleitete sie gerade durch die Eingangstür hinaus, als Scott und seine Männer sie schließlich einholten. Scott packte sie am Arm, bevor sie in die Limousine steigen konnte. Seine Unruhe war in seinem unregelmäßigen Atem erkennbar: »Das ist keine gute Idee.«

»Sie haben mir doch gestern erst gesagt, dass Zhang landesweit bekannt und nicht gefährlich sei«, erinnerte Abby ihn. Egal was er sagen würde, sie war nun fest entschlossen, selbst herauszufinden, wie sie Dominic helfen konnte.

Er wies seine Männer an, sie zu umzingeln. »Ja, für einen Tee im Hotel. Nicht hierfür. Ich fühle mich alles andere als gut dabei.«

Was ein einziger Tag nicht alles verändern konnte. Gestern, bevor sie die Männer belauscht hatte, wäre sie seinem Rat noch kritiklos gefolgt. Jetzt war dieser Mann nicht mehr als ein Hindernis zwischen ihr und der Wahrheit. Sie zerrte sich von ihm los. »Ich werde gehen. Rufen Sie Dominic an, wenn Sie wollen, doch wenn Sie nicht Schuld an einem offiziellen internationalen Konflikt haben wollen, dann sollten Sie mich jetzt gehen lassen.«

»Ich dachte, Sie wären vernünftig, Abby«, erwiderte er, ohne sie loszulassen.

»Der erste Eindruck täuscht oft«, erwiderte sie und wünschte, sie könnte ihm all das an den Kopf werfen, was sie über seine fragwürdige Loyalität wusste. Sie war jedoch clever genug, um es für sich zu behalten. Stattdessen riss sie ihren Arm mit einem Ruck aus seinem Griff los und stieg durch die offene Tür in Zhangs Limousine ein, sodass Scott nichts anderes übrig blieb, als sein Team zusammenzutrommeln und ihr hinterherzufahren.

Nach einem kurzen Handgemenge zwischen den beiden Gefolgschaften wurde eine Art Waffenstillstand vereinbart, sodass Zhangs Limousine schließlich losfuhr. Eng umzingelt von mehreren SUV mit unterschiedlicher Loyalität.

Zhang sah mit ihrem konservativen dunklen Hosenanzug wie eine Vollblutgeschäftsfrau aus. Ihr glänzendes schwarzes Haar bedeckte fast komplett ihr Gesicht, als sie einige Unterlagen in einer Aktentasche verstaute, die neben ihren Füßen stand. Kurzerhand nahm sie ihre Brille ab und steckte sie sorgfältig in die Seitentasche ihrer Handtasche, ohne die Augen von Abby auch nur einen Moment abzuwenden. Dann rutschte sie flink auf den Sitz gegenüber.

Das Klicken der sich schließenden Limousinentür schallte laut im stillen Innenraum nach. Das Fahrzeug fuhr behäbig los, ohne dass Abby über das Ziel informiert wurde. Sie hatte sich für eine dunkle Hose und eine konservative hellblaue Bluse entschieden, um einerseits bequem und andererseits angemessen gekleidet zu sein, wo immer sie auch hinfahren würden.

»Wo bringen Sie mich hin?«, fragte Abby und schreckte beim ängstlichen Klang ihrer Stimme zusammen.

»Sehen Sie es als eine Art Schulausflug an«, erwiderte Zhang amüsiert, doch Abby war nicht nach Scherzen zumute. Zhang sah sie ungeduldig an. »Hören Sie auf, so verängstigt dreinzuschauen. Sie sind nicht in Gefahr. Sie werden zurück im Hotel sein, lange bevor Dominic seine Meetings für heute beendet hat.«

Abby atmete beruhigt ein. Es würde jetzt niemandem helfen, wenn sie in Panik verfiel. Es ging hier nicht um sie, es ging um Dominic. Wenn Zhang ihr hätte schaden wollen, hätte sie nicht zugelassen, dass Scott und ihre Männer sie begleiteten. Auch wenn Jake sie beauftragt hatte, würden sie nicht zulassen, dass ihr bei diesem Ausflug etwas zustieß. Sie müssten sich schließlich immer noch vor

Dominic rechtfertigen. Doch selbst dieser Gedanke konnte Abby nicht beruhigen. »Sie können mir nicht vorwerfen, dass ich Angst habe.«

Zhang nickte zustimmend und schaute aus dem Fenster. Ihre manikürten Fingernägel tippten leicht auf die Oberfläche eines kleinen, eingebauten Tisches. »Ihre Furcht zeugt von Intelligenz und Ihre Anwesenheit verblüfft mich.«

Abby faltete und entfaltete ihre Hände, bis sie es schließlich bemerkte und sich zur Ruhe zwang. »Sie sagten, dass Sie mir etwas zeigen wollen. Etwas Wichtiges.«

»Wie sind Sie nur so mutig geworden, kleine Lehrerin?«, fragte Zhang und sah erneut zu ihr herüber.

Abby antwortete, ohne zu zögern: »Lehrerin in einer Großstadtschule zu sein ist nichts für Duckmäuser.« Als sie den Tag aus dieser Perspektive zu sehen begann, entspannte sie sich ein wenig. Sicher, sie war immer noch in einem fremden Land und wurde gerade an einen unbekannten Ort verschleppt. Und das von einer Frau, von der sie nicht wusste, ob sie ihr trauen konnte. Beim letzten Mal, als ihr Leben in Gefahr war, war sie in einen Streit zwischen zwei wütenden Teenagern geraten, um dann zu erfahren, dass einer von ihnen ein Messer bei sich trug. Die Arbeit mit schwierigen Teenagern war das Risiko immer wert gewesen. *Manche Dinge sind das Risiko einfach wert. So wie heute.*

»Warum tun Sie es dann?«, fragte Zhang, als würde die Antwort auf diese Frage gleichzeitig viele andere beantworten.

»Weil das, was ich tue, wichtig ist. Wenn ich mich nicht um diese Kinder kümmere, dann tut es wahrscheinlich niemand anderes.«

Zhang sah Abby gleichzeitig überrascht und zufrieden an. »Dann werden Sie verstehen, was ich Ihnen zeigen werde.«

Sie verließen das Touristengebiet. Das Stadtzentrum von Peking war ein interessanter Mix aus hohen Glasgebäuden und Grünflächen. Die modernen Bauten waren wie in New York City mit Menschen überfüllt, doch die Straßen waren breiter und die Kleidung der Menschen eher konformistisch als extravagant.

Zhangs Tour führte Abby durch das Universitätsgelände von Peking. Zhang erklärte ihr beim Vorbeifahren jedes einzelne Gebäude. Die Limousine hielt neben einer Gruppe chinesischer Frauen an, die auf den Grünflächen des Campus saß. »Es gibt mehr als einhundert Hochschulen und Universitäten in Peking«, sagte Zhang. »Viele junge Leute in der Stadt, sowohl Männer als auch Frauen, bilden sich weiter und haben nun eine Zukunft voller Möglichkeiten vor sich. Bildung ist der Schlüssel zur Unabhängigkeit, besonders für Frauen.«

Abby gab ihre bisherigen Vorurteile zu: »Ich wusste nicht, wie modern Peking ist. Ich habe bisher nur Touristenposter gesehen.«

Zhang schien nicht überrascht zu sein. Sie winkte mit Anspielung auf Abbys fernes Heimatland abschätzig ab. »Viele Amerikaner stellen sich China so vor. Es stimmt, wir legen viel Wert auf unsere Kultur und unsere Traditionen, doch wir erkennen seit Neuestem auch die Vorteile der Modernisierung. Leider ist es bei uns wie auch in Ihrem Land so, dass wir uns so schnell verändern, dass nicht alle getroffenen Entscheidungen vernünftig sind. So hat Peking heute zum Beispiel mit den gleichen Sandstürmen zu kämpfen, die einst den Westen der USA heimgesucht haben. Dies hat zu einer extremen Abtragung unseres Mutterbodens geführt. Außerhalb der Städte sind viele Menschen immer noch auf die Landwirtschaft angewiesen. Es muss sich dringend etwas ändern. Doch die Menschen, die abhängig von Landwirtschaft und Viehzucht sind, konnten bislang nur überleben, indem sie traditionelle Verfahren anwandten. Echte Veränderung kann nur passieren, wenn wir uns für die Bildung und die vermehrte Beschäftigung dieser Menschen einsetzen.«

Die Limousine verließ die Stadt. Die breiten asphaltierten Straßen verengten sich zu engen Schotterpfaden, die sich durch die Berge schlängelten. »Wie weit werden wir noch fahren?«, fragte Abby.

Zhang zuckte mit den Schultern. »Ungefähr noch eine Stunde. Ich möchte Sie jemandem vorstellen. Sie besitzt den einzigen Laden in Saun Li.«

Sie fuhren an einem kleinen rechteckigen Bauernhaus mit rotem Ziegeldach vorbei. Das Einzige, was an diesem Haus eine Farm erkennen ließ, waren die vielen kleinen Tiere auf der Wiese davor und dem Felshügel dahinter. Ein Esel graste unangebunden die spärliche Vegetation auf der anderen Seite des Weges ab.

Wären sie aus anderen Gründen hier gewesen, hätte Abby den Fahrer gebeten, anzuhalten. Aus einiger Entfernung konnte sie einen Mann sehen, der auf einem Fels saß und auf eine kleine Schafherde schaute. Sein dunkelblaues Hemd und seine schwarze Hose sahen nicht wie die typische Kluft eines Schafhirten aus.

Zhang bemerkte ihr Interesse und sagte: »Sein Name ist Xin Yui. Er arbeitet abwechselnd in der Stadt und auf der Farm seiner Eltern. Einige Bauernfamilien dürfen zwar mehr als ein Kind haben, doch er trägt die volle Verantwortung für seine Eltern. Wenn er Glück hat, erlaubt ihm sein Gehalt irgendwann, seine Eltern zu sich in die Stadt zu holen, obwohl ich bezweifle, dass sie freiwillig gehen würden. Diese Familie lebt bereits seit vielen Generationen auf diesem Stück Land.«

Ein wenig enttäuscht sah Abby, wie die kleine Farm langsam hinter ihnen verschwand. »Sie kennen ihn?«

»Ich bin in dieser Region aufgewachsen«, sagte Zhang knapp und löste ihren Blick vom Fenster und damit von ihren Erinnerungen. »Sie sind hier, um Wen Chan kennenzulernen. Sie hat gerade lang genug die Universität besucht, um zu lernen, wie man ein kleines Unternehmen gründet. Mit dem Geld, das sie mit ihrem Laden verdient, ernährt sie ihre gesamte Familie, und es hat ihr zudem ermöglicht, ihren Ehemann zu verlassen, der sie missbraucht hat. Früher hätte ihre Armut ihr keine andere Wahl gelassen.«

Die Bergstraße wurde breiter, je näher sie sich der Ortschaft näherten, die plötzlich aus dem Nichts aufzutauchen schien. Die Gruppe von Behausungen, die Zhang als Stadt bezeichnete, bestand aus nicht mehr als zwanzig Gebäuden. Im Zentrum stand ein kleiner Lebensmittelmarkt mit einer bescheidenen Fassade. Abby vermutete, dass es sich bei den selbst gemalten Zeichen um Wens

Familiennamen handelte. Männer und Frauen standen um den Laden herum und unterhielten sich.

Eine Frau mit einer einfachen dunklen Baumwollbluse und -hose stand im Eingang und betrachtete die einparkende Limousine. Zhang wies ihren Fahrer und die Männer an, in den Fahrzeugen zu warten. Abby folgte ihr auf den harten Asphalt der Straße.

Die Besitzerin führte sie in ihren Laden und wechselte mit Zhang einige Worte auf Mandarin. Ihre Zuneigung zu ihrem berühmten Gast ließ eine Vertrautheit erahnen, die Abby überraschte. Der Laden war gepflegt und sauber, enthielt jedoch nicht mehr als ein paar Regalreihen voller Nahrungsmittel und Dinge des täglichen Bedarfs.

Abby senkte zur Begrüßung leicht den Kopf. Die Frau begrüßte sie auf Mandarin. Abby antwortete ihr: »Ni hao!«

Zhang schaute sie überrascht vom anderen Ende des kleinen Supermarkts an. Sie wechselte nun selbst zu Mandarin und fragte: »Sie sprechen Mandarin?«

Abby zuckte bescheiden mit den Schultern und antwortete in der fremden Sprache. »Ein wenig.«

»Warum?«, fragte Zhang.

»Ich bringe Schülern aus vielen Ländern Englisch bei. Ich liebe es, verschiedene Sprachen zu lernen.« Abby beherrschte sieben Sprachen auf sogenanntem Straßenniveau. Sie sprach die Sprache zwar nicht fließend, doch sie konnte viele einfache Sätze verstehen und bilden. Mit diesem Talent hatte sie häufig Familien geholfen, die weder Englisch sprachen noch einen Dolmetscher zur Verfügung hatten. Eine dieser dankbaren Familien hatte sie zu sich eingeladen und ihr einige Übungsstunden in der Sprache gegeben, die man als vereinfachtes Chinesisch bezeichnete.

Die Ladenbesitzerin sagte: »Sie sind sehr gut.«

Zhang fügte hinzu: »Ihre Beherrschung der Aussprache ist beeindruckend.«

Abby hatte von einigen Eltern ihrer chinesischen Schüler bereits das gleiche Kompliment bekommen. Ihr Vokabular war begrenzt, doch sie hatte ein gutes Gehör für das, was man Sprachmusik nannte. Das Problem bei Mandarin lag darin, dass das gleiche Wort verschiedene Bedeutungen haben konnte, je nachdem, welcher Teil des Wortes betont wurde. Gott sei Dank waren ihre selbst ernannten Lehrer geduldig mit ihr gewesen. »Ich spreche nur ein wenig«, sagte Abby, »aber danke.«

Auf Zhangs Drängen begann Wen Chan, langsam über sich zu erzählen. Ihre Ausbildung hatte sie befreit und ihr ermöglicht, ein selbstbestimmtes Leben für sich und ihre Familie aufzubauen. Sie sah Zhang während ihrer traurigen, aber gleichzeitig sehr inspirierenden Geschichte mehrere Male an, als ob sie ihr für ihre Unterstützung danken wollte. Abby konnte nicht jedes Wort ihrer Geschichte verstehen, doch sie verstand genug, um einige klärende Fragen zu stellen.

Zhang gab mürrisch zu: »Sie sind nicht gerade das, was ich von einer Amerikanerin erwartet hatte.«

Abby wechselte zum Englischen, als ihr die richtigen Worte nicht mehr einfielen. »Ich glaube, wir haben heute beide gelernt, dass Stereotypen häufig falsch sind. Ich wette, dass viele Amerikaner keine Ahnung von den kulturellen Veränderungen haben, die in Ihrem Land gerade passieren.«

Zhang übersetzte für die Ladenbesitzerin und fügte dann auf Englisch hinzu: »Werden Sie uns helfen, jetzt, wo Sie ihre Situation mit eigenen Augen gesehen haben?«

Abby wand sich unter dem Druck der beiden Frauen, die sie hoffnungsvoll anblickten: »Was wollen Sie von mir?«

Zhang sprach in schnellem Mandarin mit der Ladenbesitzerin und versprach ihr, bald zurückzukehren. Abby tat es ihr nach und bedankte sich mit ihrem spärlichen Wortschatz für die Gastfreundschaft. Ohne auf Abbys Frage zu antworten, führte Zhang sie zurück zur Limousine, was bei Scott und seinen Männern sichtlich Erleichterung auslöste.

Zhang wartete, bis die Fahrzeuge wieder auf dem Bergpfad waren, und sagte dann: »Obwohl Frauen in der Stadt bereits viele soziale Beschränkungen überwunden haben, ist die finanzielle Förderung von Frauen in ländlichen Gebieten immer noch sehr selten. Ich habe mich dem Ziel verschrieben, dies zu ändern.«

»Ich dachte, Ihre Universitäten seien umsonst?«, fragte Abby überrascht.

»Umsonst ist immer noch zu teuer für Menschen, die arbeiten müssen, um zu überleben. Die Grundschulausbildung ist zwar für alle vorgeschrieben, doch viele Familien nehmen ihre Töchter von der Schule, sobald es gesetzlich erlaubt ist. Selbst Bauernfamilien, die sich mehr für ihre Töchter erhoffen, können es sich nicht leisten, ihre Kinder zur Schule zu schicken. Jemand muss für ihr Essen und für ein Dach über dem Kopf aufkommen. Ja, umsonst kann immer noch zu teuer sein.«

Abby dachte zurück an die Ladenbesitzerin und verstand nun besser, was Wen Chan erreicht hatte. »Sprechen Sie von einer Stiftung? Wollen Sie, dass ich Dominic bitte, für sie zu spenden?«

»Es muss schon etwas mehr als das sein«, sagte Zhang. »Um einen wirklichen Unterschied zu machen, muss die Stiftung national anerkannt sein. Dazu muss sie von der Regierung unterstützt und vor allem nachhaltig finanziert werden. Dominic ist in der einzigartigen Position, unsere Regierung genau darum bitten zu können. Er könnte dies in die Verhandlungen aufnehmen. Es liegt in seiner Macht, das Leben zahlreicher Frauen zu verändern, die ansonsten in vollkommener Armut leben müssten.«

»Warum sprechen Sie nicht mit ihm, Zhang? Er würde Ihnen zuhören«, sagte Abby.

»Das habe ich bereits versucht«, sagte Zhang angewidert. »Dominic hat sich noch nie um die Menschen in den Ländern geschert, mit denen er Geschäfte macht. Er ist hier, um Macht und Geld zu erlangen, und nicht, um soziale Änderungen zu bewirken. Aber Sie – er hört Ihnen zu. Er könnte Ihnen zuhören, wie er bisher noch niemandem zugehört hat.«

»Verzeihen Sie, Zhang, aber ich glaube, Sie sind da falsch informiert. Ich kenne Dominic noch nicht einmal eine Woche. Er wird aufgrund meiner Meinung keine Geschäftsentscheidungen treffen.« Die Worte schmerzten Abby, doch hatte Dominic sie nicht davor gewarnt, zu viel in ihre kurze Affäre hineinzuinterpretieren?

Zhang sah sie mit ihren stechend schwarzen Augen an, denen nie etwas entging. Sie hob zweifelnd eine Augenbraue. »Ich halte Sie nicht für dumm, Abigail Dartley. Tun Sie es also auch nicht. Dominic hält seine Frauen aus seinem Geschäft heraus. Für Sie hat er eine Ausnahme gemacht. Unterschätzen Sie nicht Ihren Einfluss auf ihn. Vielleicht hat er Ihnen die Worte noch nicht ins Gesicht gesagt, aber durch die Tatsache, dass er Sie hierhergebracht hat, hat er der Welt bereits eine klare Ankündigung gemacht.«

Oh, wie sehr Abby das glauben wollte. Doch sie kannte die Wahrheit. »Er hat lediglich angekündigt, dass er nicht allein sein will, wenn er traurig ist. Er betrauert den Tod seines Vaters.«

Zhang wollte ihr einfach nicht glauben: »Ist es das, was Sie die ganze Woche gemacht haben? Ihm beim Trauern zu helfen?«

Abby wandte sich Zhang zu, ihre Stimme wurde eiskalt: »Das geht Sie nun wirklich nichts an, oder?«

Unbeeindruckt fuhr Zhang fort: »Oh, doch, das tut es. Ihre Beziehung geht mich sehr wohl etwas an. Durch Ihre Verbindung zu Dominic haben Sie, ob Sie es wollen oder nicht, eine wichtige Rolle für die kulturelle Revolution Chinas eingenommen. Was auch immer Sie entscheiden, es wird die Zukunft vieler Menschen beeinflussen.«

»Also überhaupt kein Druck«, murmelte Abby zu sich selbst. Konnte es wahr sein? Wie hatte sie es geschafft, über die einzige Verantwortung hinaus, nämlich ihre Schwester großzuziehen, dafür verantwortlich gemacht zu werden, dass Milliarden von Frauen ohne sie keine angemessene Bildung bekamen? Dies ging eindeutig über ihre Vorstellungskraft hinaus.

»Was genau wollen Sie von mir? Dass Dominic eine staatliche Stiftung für Frauen herausschlägt?«

»Ja, und dass er das Programm finanziert, indem er fünf Prozent des Jahresgewinns von Corisi Enterprises spendet.«

Abby schaute aus dem Fenster. Die Berge verschwanden immer weiter hinter ihnen. Bald würden sie wieder auf einer großen, modernen Schnellstraße sein, die sie zurück zum Hotel brachte. Sie fragte sich, wie Dominics Gespräche an diesem Tag wohl verlaufen waren. Heute Abend würde es keine Ausreden mehr geben. Sie würde ihm alles erzählen und die Dinge einfach ihren Lauf nehmen lassen.

Dominic würde nicht erfreut sein, wenn er von Scott erfuhr. Zudem würde er höchstwahrscheinlich alles andere als begeistert darüber sein, dass sie die Stadt mit einer potenziellen Konkurrentin verlassen hatte. Sie hatte lediglich Zhangs Wort, dass ihre Aussagen der Wahrheit entsprachen.

Doch wenn Zhang wirklich recht hatte, musste sie Dominic den Vorschlag einfach unterbreiten.

Sie musste das Angebot von Zhang irgendwie in das Gespräch einfließen lassen. Sie wollte bei der Frau jedoch keine allzu großen Hoffnungen wecken. »Ich werde es versuchen«, sagte Abby laut und sah sich dem prüfenden Blick ihrer Begleitung ausgesetzt. »Es kann sein, dass er mir nicht zuhört, aber ich werde ihm von unserem Treffen erzählen. Vielleicht kann ich ihn dazu bringen, Wen zu treffen. Ich weiß, wie er wirkt, wenn man ihn zum ersten Mal trifft, aber Dominic hat auch eine fürsorgliche Seite. Er wird Ihren Vorschlag vielleicht in Erwägung ziehen, wenn er alles mit eigenen Augen sieht.«

»Das ist, was ich erwartet hatte, als ich zum ersten Mal von Ihnen hörte«, sagte Zhang.

Abby fühlte sich nicht wohl mit dem Lob: »Ich kann nichts versprechen, Zhang. Alles, was ich sage, ist, dass ich mit ihm reden werde.«

Zhang zog ein kleines Handy aus ihrer Tasche und las eine Kurznachricht. Sie murmelte etwas vor sich hin, das Abby als Obszönität verstand. »Meine Quellen innerhalb des Ministeriums berichten, dass wir keine Zeit mehr zu verlieren haben. Die Verhandlungen laufen nicht gut. Stephan Andrade, ein alter Rivale von Dominic, hat in letzter Minute ein Gegenangebot für den Auftrag eingereicht. Wir können mit der Stiftung für Frauen die Entscheidung vielleicht noch beeinflussen, aber es sieht so aus, als ob Ihr

Mann insolvent sein wird, bevor er die Möglichkeit hat zu beweisen, dass Ihre Meinung über ihn korrekt ist. Meine Quellen sagen, dass der Minister noch heute seine Entscheidung verkünden wird. Die internationalen Medien sind bereits vor Ort.«

Abby brach das Herz. Ein solch unglaublich erfolgreiches Unternehmen aufgebaut zu haben, nur um es bei einem einzigen Auftrag zu verlieren, schien alles andere als fair oder überhaupt möglich zu sein. »Hat Dominic bei diesem Auftrag wirklich so viel zu verlieren?«

»Dominic hat ein paar einflussreiche Investoren ins Boot geholt. Wenn der Auftrag platzt«, sagte Zhang, »werden sie sein Vermögen auf Eis legen. Das wird für ihn der Anfang vom Ende sein.«

»Gibt es nichts, was Sie für ihn tun können?«, flehte Abby.

Zhang schien kurz darüber nachzudenken und sagte dann: »Nein, aber vielleicht können Sie etwas tun.« Sie wies den Fahrer auf Mandarin an, zum Geschäftsviertel zu fahren, wo sich der Minister aufhielt. »Ein altes Sprichwort sagt: ›Viele Wege führen den Berg hinauf, doch die Aussicht ist immer dieselbe.‹ Wenn mein Plan funktioniert, wird Dominic nicht gerade begeistert sein, aber die Frauen von China werden es Ihnen danken. Und vielleicht wird Ihr Mann Ihnen verzeihen, wenn er zu einem der einflussreichsten Männer der Welt geworden ist.«

Abbys Magen drehte sich schmerzlich um. »Woher weiß ich, dass ich Ihnen vertrauen kann? Woher weiß ich, dass das alles wahr ist?«

Zhang betrachtete sie einen Augenblick. »Das können Sie nicht wissen und Sie haben das Recht, vorsichtig zu sein. Eine Geliebte mischt sich nicht in die Geschäfte Ihres Liebhabers ein. Wir wissen jedoch beide, dass Sie für ihn mehr sein können als nur ein Urlaubsflirt. Wenn Sie Dominic wirklich lieben, müssen Sie aufhören, so viel Angst zu haben, und stark für ihn sein – sonst werden Sie beide alles verlieren.«

»Ich liebe ihn nicht.« Abbys Stimme versagte.

Doch. Sie tat es.

Sie liebte Dominic.

Mist.

Zhangs Augenbraue hob sich ungläubig, als die Worte, die Abby eigentlich nicht laut aussprechen wollte, durch die Limousine schallten.

»Ich muss mit Dominic reden«, sagte Abby dringend.

»Keine Zeit. Wenn Sie ihn aus diesem Meeting holen, wird Andrade den Vertrag unterschrieben haben, bevor wir dort ankommen.«

»Warum können Sie nichts tun?«, fragte Abby verzweifelt.

»Die Minister würden mich nie in den Konferenzraum lassen. Doch sie würden Sie zu Dominic lassen ... besonders, wenn Sie sagen, dass Sie eine Zusatzvereinbarung zum Vertrag bei sich haben, den Dominic im Hotel gelassen hat und nun benötigt.«

»Eine Zusatzvereinbarung?«

»Eine zusätzliche Bestimmung, die besagt, dass eine Regierungsstiftung für Frauen gegründet werden soll und dass diese mit fünf Prozent des Jahresgewinns von Corisi Enterprises finanziert wird.«

»Aber ich habe bisher mit Dominic noch über nichts dergleichen gesprochen. Er wird nicht verstehen, warum ich das tue.«

»Sie haben nachher genug Zeit, um Ihr Handeln zu erklären – nachdem Sie sein Unternehmen gerettet haben.«

»Was, wenn er nicht mitmacht?«

»Das wird er«, sagte Zhang rasch, während sie schnell einige Anweisungen in ihr Handy tippte. »Er wird keine andere Wahl haben.«

Kapitel fünfzehn

Irgendetwas stimmte nicht. Der Minister brachte Einwände vor, die bereits Monate zuvor geklärt worden waren. Zudem waren zusätzliche Berater bei dem Meeting anwesend, die Dominic bei jedem Schritt weitere Steine in den Weg legten.

In den Staaten hätte Dominic den Minister zur Rede gestellt, doch die Regeln des Verhandels waren hier anders. Er würde nicht alles verlieren, nur weil er sich nicht beherrschen konnte.

Die allgemeine Anspannung im Raum verriet Dominic, dass hier mehr vor sich ging, als offiziell besprochen wurde.

Als sich die Tür öffnete und Abby mit einem Stapel Dokumente den Raum betrat, war sich Dominic nicht mehr sicher, ob sein Körper dem Stress endgültig anheimgefallen war und er langsam zu halluzinieren begann. Sie ging direkt auf den Minister zu, neigte ergeben den Kopf und legte den Stapel direkt vor ihm auf den Tisch.

»Was ist das?«, donnerte der Minister.

Abby antwortete in sanftem Ton auf Mandarin. Der Minister blätterte durch die Unterlagen, bevor sie zu Ende reden konnte. Er rief einen seiner Berater zu sich und bat ihn, die Unterlagen durchzulesen. Dann sprach er kurz mit zwei Männern, die neben ihm standen, und sie schienen schon bald eine einvernehmliche Lösung getroffen zu haben.

»Mister Corisi, Sie hätten uns dieses Angebot besser sofort unterbreiten sollen. Es ist sehr großzügig und würde vielen Menschen in ganz China zugutekommen. Ich denke, dass die Regierung dem gerne zustimmen wird.« Mit diesen Worten unterzeichnete der Minister das Papier und dann alle Seiten des Vertrags, die eine Unterschrift erforderten.

Dominic schäumte vor Wut.

Abby stellte sich neben Dominic, trotz des verachtenden Blickes, den er ihr zuwarf. Er lehnte sich zu ihr und gab vor, ihr zu danken, doch die Worte, die er in ihr Ohr flüsterte, waren schroff. »Was steht auf diesem Papier?«

Abby bewahrte die Ruhe, obwohl ihr der Zorn in seiner Stimme kalt den Rücken hinunterlief. »Du hast soeben fünf Prozent deines Jahresgewinns für eine nationale Stiftung für Frauen in ländlichen Gebieten gespendet.«

Seine Hand krallte sich in ihren Arm. »Warum zum Teufel hast du das getan?«

Ihre Augen füllten sich mit Tränen. »Um deine Firma zu retten. Du hättest heute sonst alles verloren.«

»Lüg mich nicht an. Das Endresultat stand niemals zur Diskussion. Was hast du davon?« Seine Stimme war belegt vor Wut.

Der Anwalt legte den Papierstapel vor Dominic auf den Tisch. »Ich brauche lediglich eine Unterschrift von Ihnen. Danach findet eine Pressekonferenz statt, um den Vertrag öffentlich zu verkünden. Die Zusatzvereinbarung wird die Welt vollkommen überraschen und Sie zu einem Helden machen.«

Dominic ließ Abby los, um sich die Unterlagen durchzulesen, die sowohl auf Englisch als auch auf Mandarin verfasst waren. Sie enthielten genau das, was Abby ihm gesagt hatte. Was er allerdings nicht verstand, war, inwiefern sie von dem Abschluss profitierte.

Sie schlich aus dem Raum, während er die Papiere unterzeichnete.

Zhang erwartete sie bereits im Foyer vor dem Konferenzraum. »Sie haben es geschafft.«

»Was genau hat sie geschafft?«, erklang Jake Waltons Stimme hinter ihnen.

Abby sah über Zhangs Schulter hinweg in sein erstarrtes Gesicht.

Eine nervöse Unruhe befiel ihren leeren Magen. Ja, der Minister hatte den Vertrag unterschrieben. Ja, von der Vereinbarung würden Frauen in ganz China profitieren. Doch was, wenn Dominic recht hatte und all dies gar nicht notwendig gewesen war? Vielleicht hatte Zhang dies alles nur inszeniert, um die Frauenstiftung zu unterstützen.

War Abby eine Heldin oder nur eine Schachfigur?

Zhang drehte sich um und wehrte Jakes Vorstoß mit ihrer schieren Präsenz ab. Trotz ihres edlen Hosenanzugs lag in ihrem Blick die Aggressivität einer Frau, die keiner Schlacht aus dem Weg gehen würde. »Sie hat getan, worum wir Sie und Dominic schon vor ein paar Monaten gebeten haben. Corisi Enterprises ist nun ein großzügiger Förderer des chinesischen Volkes.«

Jake sah beide Frauen mit Abscheu an, sein Blick blieb jedoch an Abby haften. »Welche Verbindung haben Sie zu Zhang? Wer sind Sie?«

Seine Verachtung war gnadenlos und nagte an Abbys Selbstvertrauen. »Schauen Sie mich nicht so an. Ich habe das für Dominic getan.«

»Das bezweifle ich doch stark«, antwortete Jake skeptisch.

»Sie hinterfragen *meine* Loyalität?«, spuckte Abby aus. »Ich habe nicht Dominics eigene Bodyguards dafür bezahlt, um ihn auszuspionieren.«

Jake schaute an ihr vorbei und sah aus, als hätte er einen Schlag in die Magengegend erhalten. »Dominic ...«

Die Zeit schien einige qualvolle Sekunden stillzustehen, bis Abby realisierte, dass Dominic direkt hinter ihr stand und alles mitgehört hatte. Sie faltete die Hände und schloss kurz die Augen, als könnte sie so seiner Reaktion auf die Neuigkeiten aus dem Weg gehen.

Doch sie durfte sich nicht länger verstecken. Abby drehte sich langsam auf ihrem Absatz um und schaute zunächst auf seine polierten Lederschuhe, bevor sie sich dazu zwang, ihm direkt in die

Augen zu schauen. Das einzige sichtbare Anzeichen seiner Wut waren seine krampfhaft zusammengepressten Kieferknochen.

Er sprach mit einer trügerisch ruhigen Stimme, die einen Schauer über Abbys Rücken jagte. »Gott sei Dank habe ich ohnehin wenig Vertrauen in die Menschheit. Sonst wäre dies ein wirklich trauriger Tag für mich.«

Mit schuldbeladenen Schritten trat Abby auf Dominic zu. Sie wollte sich am liebsten selbst dafür ohrfeigen, dass sie ihm nicht bereits am Abend zuvor alles erzählt hatte. Sie konnte sich vorstellen, wie schlimm es für ihn sein musste, es auf diese Weise zu erfahren. Würde er ihr jetzt zuhören? »Dominic, es ist nicht so, wie es aussieht.«

Dominic konzentrierte seine Wut nun auf seinen Partner. »Solltest du nicht eigentlich Abbys Schwester beschützen? Warte. Hat sie überhaupt eine Schwester? Wie weit gehen diese Lügen?« Er winkte einen seiner Sicherheitsleute heran und gab ihm Anweisungen, die nur er allein hören sollte. Der Mann nickte, trat einige Schritte zurück und begann, sein Team über den Knopf in seinem Ohr zusammenzutrommeln.

Jake war sichtbar erschüttert. Er sagte schnell: »Dominic, du hast das alles falsch verstanden. Ja, ich habe Scott darum gebeten, mich über dich auf dem Laufenden zu halten, aber das habe ich nur gemacht, weil du nicht mehr du selbst warst ...«

Dominic hörte sich Jakes Ausreden nicht länger an. Mit starrem Gesicht wandte er sich Abby zu, seine Worte kaum hörbar durch seine zusammengepressten Zähne: »Was ich nicht verstehe, ist, was du davon hast. Ging es um Geld?« Er schaute zu Zhang, der einzigen Person im Raum, die keinerlei Reue zeigte. Er neigte den Kopf ein wenig nach vorn und ahmte spöttisch eine Verbeugung nach. »Ich habe Ihre kreative Art, Probleme zu lösen, unterschätzt, Zhang. Bravo. Damit habe ich wirklich nicht gerechnet. Was auch immer Sie Abby gezahlt haben, sofern Abby überhaupt ihr echter Name ist – sie hat sich jeden Cent redlich verdient.«

Abbys Augen füllten sich mit Tränen, doch sie schaute nicht weg. Er war verletzend und es war allein ihre Schuld. Dies wäre nicht passiert, wenn sie am Abend zuvor nicht so egoistisch gewesen wäre. Wäre sie bereit gewesen, auf dieses letzte lustvolle Intermezzo zu verzichten, dann hätte sie ihm heute diese Demütigung erspart. Sie verdiente seine Verachtung, wenn auch aus anderem Grund, als er dachte. »Dominic, ich wollte es dir heute Morgen sagen, aber du warst bereits weg. Ich hätte dir gestern Abend bereits alles erzählen sollen ...«

Dominic griff nach Abbys Kinn und zum ersten Mal war seine Berührung alles andere als sanft. »Was hat sie dir gezahlt, Abby? Wie viel auch immer es war, es war dumm von dir, es anzunehmen. Ich war in den Staaten so sehr von dir eingenommen, dass ich dir den Betrug wahrscheinlich verziehen hätte, wenn du mir dort alles gebeichtet hättest. Wenn du nicht so gierig gewesen wärst, dann hättest du eine der reichsten Frauen der Welt werden können.«

Jake sagte: »Dominic ...«

Dominic ließ angewidert Abbys Kinn los und sagte: »Geh, Jake. Um dich kümmere ich mich, wenn ich die Wahrheit aus Scott herausgequetscht habe. Versuch gar nicht erst, ihn zu warnen. Meine Männer werden ihn inzwischen gefasst haben.«

Jake erblasste, hielt sich jedoch nicht zurück. »Tu nichts Unbedachtes, Dom.«

»Ach ja, stimmt. Ich bin ja inzwischen kriminell geworden, nicht wahr? Ich hatte fast vergessen, welch schlechte Meinung du über mich hast. Ich schätze, es ist dir so leichter gefallen, deine Taten zu rechtfertigen.« Dominics Stimme wurde mit jedem Wort ruhiger und kälter.

Eine Seitentür öffnete sich und eine Schar Amerikaner platzte in das Foyer und verhinderte so Jakes Antwort. Ein blonder Mann im dunklen Anzug, groß und muskulös gebaut wie Dominic, trat aus der Gruppe heraus und kam auf sie zu. Seine blauen Augen strahlten fasziniert, als er sah, in was er da gerade geraten war. Der tiefe Klang seiner Stimme war eine Mischung aus Ironie und Bosheit. »Ich weiß nicht, wie du es immer wieder schaffst, mit einem Sieg davonzukommen, Corisi. Ich dachte, dieses Mal hätte ich dich erledigt.«

Dominics Muskeln zuckten und strafften sich unter seinem maßgeschneiderten Anzug. »Steckst du etwa dahinter, Stephan?«

Dominics Rivale bemerkte schnell die Anspannung aller Anwesenden. Er studierte Jakes defensive Haltung, Zhangs trotziges Gesicht und die Tränen, die Abbys Wangen hinunterliefen. Ein boshaftes Lächeln erstrahlte auf seinem Gesicht und seine stahlblauen Augen leuchteten vergnügt auf. »Ich wünschte, ich wäre verantwortlich für das, was hier gerade vor sich geht, aber leider hast du dir dieses Chaos wohl selbst zuzuschreiben. Für jemanden, der gerade gewonnen hat, siehst du ziemlich elend aus. Allein das war die Reise wert.«

Jeder andere Mann hätte beim Anblick von Dominics Ausdruck schlagartig die Flucht ergriffen. Dominic stieß eine Art Urlaut aus seiner Kehle aus und hörte sich an wie ein Krieger, der gerade sein Schwert zücken will.

Er trat einen bedrohlichen Schritt auf Stephan zu, doch Jake ging entschieden dazwischen: »Wir hatten uns schon gefragt, wer uns hier in den Rücken gefallen ist. Ich hätte wissen müssen, dass Sie es sind.«

Abby wischte sich ungeduldig die Tränen aus dem Gesicht. Wer war dieser Mann, den jeder hier zu kennen schien und der so viel Freude an Dominics Leid hatte?

»Es war nicht leicht, es vor dir geheim zu halten, Walton«, sagte Stephan. Sein lässiger, unverfrorener Humor konnte die Absicht in seinen Augen nicht verbergen. Wie ein Raubtier in der Wildnis spürte er die Schwäche in der Gruppe vor ihm und er genoss es sichtlich, mit seiner Beute zu spielen. »Du weißt, wenn du Corisi Enterprises jemals verlassen solltest, bist du herzlich in meinem Team willkommen.«

»Ich gehe nirgendwo hin«, erwiderte Jake bestimmt und stellte sich Schulter an Schulter neben Dominic. Jake und Dominic tauschten ein kurzes, lautloses Einverständnis aus, das von einem brüderlichen Band zeugte, das jede Katastrophe überstehen würde. Obwohl sie miteinander kämpften, war der Feind des einen auch der Feind des anderen.

Dominic nickte in widerwilliger Zustimmung.

»Wie rührend«, spottete Stephan.

Er verlor sein Interesse an den beiden Männern, die sich vereint gegen ihn stellten, und lenkte seine Aufmerksamkeit auf die Frauen im Raum. »Ich kann nicht glauben, dass du diesen Deal an Land gezogen hast, Zhang. Das war ein Coup, über den sie in Geschichtsbüchern schreiben werden. Sie sind herzlich zum Abendessen eingeladen. Ich würde gerne mehr über die heutigen Geschehnisse erfahren.«

Zhang antwortete barsch und ließ keinen Zweifel an ihrer Meinung über diesen Mann: »Vorsicht, Stephan. Wasser kann selbst den Tempel des Drachenkönigs überfluten.«

Abby erkannte den Verweis auf eine der vier mystischen Unterwasserkreaturen, die sie in einem Tempel des Sommerpalastes gesehen hatte. Diese göttlichen Kreaturen benutzten das Meer und das Wetter, um Zerstörung über jeden zu bringen, der es wagte, sich gegen sie zu stellen.

Stephan drehte sich amüsiert zu Abby und sagte in vertrautem Ton: »Das ist Zhangs Art zu sagen: ›Scher dich zum Teufel!‹.«

Er trat so nah an sie heran, dass er auf sie herabsehen konnte, und lächelte sie mit geübtem Charme an. »Ist das die kleine Lehrerin, die Dominic in die Knie gezwungen hat?«

Abby ignorierte seine ausgestreckte Hand. »Ich weiß nicht, welches Spiel Sie hier spielen, aber ich werde nicht dabei mitmachen.«

Er schien von ihrem eisigen Ton nicht im Geringsten beeindruckt zu sein. Er musterte sie behäbig und verfehlte damit nicht sein Ziel, Dominics Zorn auf sich zu ziehen. »Weinen Sie für Dominic oder wegen ihm?« Das Knurren hinter ihm hätte ihn eigentlich warnen sollen, doch er wollte es noch weiter treiben. »Er hat Frauen noch nie gut behandelt. Obwohl ich sagen muss, dass mich vor Ihnen noch keine seiner Verflossenen groß beeindruckt hat. Sie hingegen scheinen für Aufruhr zu sorgen. Ich würde gerne herausfinden, ob Sie den Erzählungen der Leute wirklich gerecht werden.«

Eine große Hand legte sich auf Stephans Schulter und drehte ihn rechtzeitig um, damit er die Kraft von Dominics Faust in seinem Gesicht spüren konnte. Stephan stolperte zurück, fiel jedoch nicht. Sein Lächeln wurde nur noch breiter, als er sich über seine knallrote Wange rieb.

Dominic blitzte Abby an. »Du kannst jetzt aufhören, ihm schöne Augen zu machen. Er wollte gerade gehen.«

Abby spuckte aus. »Ich habe ihm keine ...«

Stephans höhnisches Gelächter stoppte ihren Dialog. »Du wirst weich, Dominic, und das wird es mir leichter machen, dich zu erledigen.«

Dominic stemmte seine Hände in die Hüften. »Lach so viel du willst, doch nach heute wird es um einiges schwieriger sein, sich mit Corisi Enterprises anzulegen. Wir sind eine Nummer zu groß für dich, Stephan. Du kannst uns nichts mehr anhaben.«

Stephan sah aus wie eine Katze, die um eine Hintertür im Vogelkäfig wusste. »Sei dir da nicht so sicher, Dominic.«

Sein Lächeln versiegte ein wenig, als Dominic ihn am Revers seines Jacketts packte und zu sich zog, bis sich ihre Gesichter fast berührten. Dominics Stimme war von tödlicher Ruhe: »Jeder Schlag, den du in der Vergangenheit von mir einstecken musstest, war lediglich eine logische Konsequenz deiner miesen Geschäftspraktiken. In Zukunft werden sie jedoch etwas persönlicher sein.« Er ließ die Drohung wirken, bevor er Stephan mit einem kraftvollen Schubs von sich stieß, der ihn einige Meter zurückwarf. »Raus hier, Stephan, bevor es mir egal ist, ob ich diesen Deal mit einem Mord vermassle.«

Stephans höfliche Fassade zerbrach und enthüllte eine tiefe Feindseligkeit gegenüber Dominic. Er sagte: »Niemand ist unantastbar, Dominic. Bei unserem nächsten Treffen wirst du nicht mehr so selbstgefällig sein.«

Dominics einzige Antwort war ein kurzes Nicken in Richtung seiner Sicherheitsleute, die sofort in höchster Alarmbereitschaft waren. Klug genug nachzugeben, verneigte sich Stephan sarkastisch und verließ mit seinen Leuten das Foyer.

Dominic legte seinen Arm besitzergreifend um Abbys Taille. »Denk nicht mal daran, mit ihm zu gehen.«

Abby schnappte erstaunt nach Luft und trat einen Schritt zurück, um ihm direkt ins Gesicht zu sehen. Er meinte es ernst. »Bist du verrückt geworden?«

Zhang mischte sich ein: »Und da sagt man, Frauen seien dramatisch.«

Abby versuchte, sich aus Dominics Umarmung zu befreien, doch er drückte sie nur noch fester an sich. Dann sprach er zu Zhang, ohne sie dabei anzusehen: »Zhang, beten Sie, dass ich niemals herausfinden werde, dass Sie es sind, die hinter Stephans Auftritt gesteckt hat.«

Zhang war keine Frau, die eine Bedrohung einfach so hinnahm, und machte es ihm nach: »Sie haben gerade die Kontrolle verloren, Dominic, doch wählen Sie Ihre Feinde mit Bedacht. Sie werden dieses Gebäude nicht lebend verlassen, wenn Sie sich an mir vergreifen.«

Sie trat vor, bis sie direkt vor Abby stand. »Sie sind nicht allein, Abby. Ein Wort, und Sie sitzen innerhalb von wenigen Minuten in einem Flugzeug, das Sie an jeden Ort der Welt bringt.«

Dominic sah Abby an und schien auf einmal zu merken, wie fest er sie in seinem Griff hatte. Seine Berührung wurde sanft, für einen Moment fast zaghaft und seine stürmischen grauen Augen suchten nach ihren. Welche Entscheidung in diesem Moment er auch immer getroffen hatte, sie schien ihm nicht zu gefallen. Er ließ sie los, winkte jedoch seine Bodyguards heran. »Sie geht nirgendwo hin.«

Ein junger Chinese trat näher und entschuldigte sich für die Störung. »Mister Corisi, die Presse wartet im Konferenzraum auf Sie.«

»Dann lassen Sie sie warten«, spuckte Dominic aus.

Der junge Mann rieb die Innenflächen seiner Hände aneinander. »Der Minister wird in den nächsten paar Minuten den Raum betreten. Er sollte nicht vor Ihnen da sein. Es wäre unhöflich, ihn warten zu lassen. Bitte, Sir, Sie müssen jetzt kommen.«

Zhang stimmte dem nervösen Boten zu. »Es wäre kein guter Anfang unseres neuen Bündnisses, wenn Sie den Minister schon wieder beleidigen.«

Jake ergriff das Wort. Seine monotone Stimme schien in diesem Raum voller Emotionen fehl am Platz zu sein: »Wie wäre es, wenn ich Abby erst einmal zurück ins Hotel bringe?«

Dominics Unmut über diesen Vorschlag war nicht zu übersehen, doch Jake gab nicht nach. Abby sah, dass ihre Verbindung trotz ihres Streits immer noch stabil war. Jake nahm in Kauf, sich weitere Kritik von Dominic einzuhandeln, wenn er seinen aufgebrachten Freund damit vor einem Skandal schützen konnte. War das auch der Grund, warum er Scott dafür bezahlt hatte, Dominic zu überwachen? Es ergab nun alles einen Sinn.

»Nein«, blaffte Dominic. »Sie geht nirgendwo hin. Zumindest nicht, bevor ich nicht herausgefunden habe, was ihre Rolle bei alldem war ... und deine.«

Jake erblasste und akzeptierte die Anschuldigung. »Das habe ich verdient. Angesichts der heutigen Geschehnisse könnte man mein Verhalten eindeutig als fragwürdig bezeichnen. Doch ich wollte nur Schaden von dir abwenden. Bevor du uns einander vorgestellt hast, habe ich Abby noch nie gesehen. Das musst du mir glauben.«

Dominics Ausdruck blieb hart. »Ich weiß nicht, was ich noch glauben soll. Aber ich würde vorschlagen, dass du mir nicht mehr unter die Augen trittst, bis ich mehr weiß.«

Jake nickte zustimmend. »Das hört sich fair an. Ich denke trotzdem, dass ich Abby hier wegbringen sollte, bis du dich wieder beruhigt hast.«

»Nein!« Dominics stahlharte Antwort hallte im ganzen Foyer wider.

»Dom ...«, begann Jake in seinem kühlen, professionellen Ton.

Auf einen kurzen Wink von Dominic nahmen zwei Bodyguards Abby in ihre Mitte, um sie offensichtlich aus dem Raum zu begleiten. »Bringt sie zu meinem Flugzeug«, sagte er barsch. »Tankt die Maschine voll. Wir starten, sobald ich hier fertig bin.«

Zhang hob als Reaktion auf Dominics Machtdemonstration beide Augenbrauen. Sie trat auf Abby zu und ignorierte die Männer neben ihr. »Wenn es ein Problem gibt und Sie mich brauchen, rufen Sie mich an«, sagte Zhang und drückte Abby eine Visitenkarte mit ihrer Privatnummer in die Hand.

Abby lehnte sich vor und umarmte die Frau impulsiv. Zhang erstarrte für einige Sekunden überrascht, bevor sie die Umarmung unbeholfen erwiderte. Abby flüsterte ihr ins Ohr: »Er mag zwar wütend sein, aber er würde mir nie etwas antun.«

Zhang löste sich aus Abbys Umarmung und antwortete: »Ich hoffe für Sie, dass Sie recht haben.«

Abby biss sich auf die Lippen und schaute in Dominics erstarrtes Gesicht. Unter seiner zornigen Hülle war er immer noch ein loyaler Mann, der alles aufgegeben hatte, um seine Mutter zu suchen. Eine Mutter, die ihm noch nicht mal einen Abschiedsbrief geschrieben hatte. Er war immer noch der Mann, der Mrs Duhamel aufgenommen und ihr finanzielle Sicherheit gegeben hatte, wo andere sie ihrem Schicksal und damit den Schulden ihres Mannes überlassen hätten. Er war ein guter Mann, der wankte, weil er sich von den Menschen, die ihm am nächsten standen, betrogen fühlte.

Abby wusste, dass er sie gehen lassen würde, wenn sie ihn darum bat, doch wollte sie das wirklich? Gestern war sie noch davon überzeugt gewesen, dass sie sich nur diesem einen Abenteuer hingeben und dann zufrieden mit den Erinnerungen an ihre gemeinsame Leidenschaft weiterleben würde. Immerhin war Weglaufen und auf Nummer-sicher-Gehen eine ihrer leichtesten Übungen.

Doch das war, bevor sie gemerkt hatte, wie sehr sie ihn liebte.

Seine Entschlossenheit, sie nicht gehen zu lassen, ließ Hoffnung in ihr aufkeimen. Er wollte ebenfalls nicht, dass ihre gemeinsame Zeit schon zu Ende war. Er war kein sanftmütiger Mann, der blumige Worte sprach. Er war ein Mann der Tat und sein dominantes Gehabe suggerierte, dass er sie haben wollte, egal was zwischen ihnen geschehen war.

Das reichte ihr fürs Erste. Wenn sich die Aufregung über die Ereignisse des Tages langsam legen würde, könnte sie ihm ihr Handeln immer noch erklären. Er würde sehen, dass sie mit besten Absichten gehandelt hatte, und ihr irgendwann verzeihen.

Ihre Zeit mit Dominic hatte sie verändert. Sie wollte nicht länger auf Nummer sicher gehen und ihr Leben dem Schicksal überlassen, um damit vielleicht zukünftigen Schaden von sich abzuwenden. Nein, sie wollte alles ... den Mann, die Leidenschaft, das *»bis dass der Tod euch scheidet«*.

Mit erhobenem Haupt ließ sie sich von Dominics Sicherheitsleuten durch einen Nebeneingang zu einer Limousine eskortieren, die sie zu seinem Flugzeug bringen würde.

Möge die Entführung beginnen.

Kapitel sechzehn

Abby hüllte sich in dieselbe Decke, in die sie sich schon während des Herflugs gekuschelt hatte, und sah durch ein kleines Fenster, wie mehrere Menschen kamen und gingen. Es waren allesamt Bodyguards, die sowohl innerhalb als auch außerhalb des Flughafens positioniert wurden. Sie trugen alle ihre gewohnte, schwarzweiße Uniform.

Offensichtlich hatte Dominic seine privaten Sicherheitsleute diesmal nicht angewiesen, sie zu belustigen. Sie waren hartnäckig still, egal wie sehr sie sie auch zu einem Gespräch animieren wollte. Als sie am Flugzeug angekommen war, zögerte sie einen Moment, bevor sie durch die Luke ging, sodass eine große Hand sie vorwärtsschob. Sofort drehte sie sich um und blaffte den Mann an: »Tun Sie nicht so, als müssten Sie mich zwingen. Ich bin freiwillig hier.«

Ihrer Ansage folgte eisiges Schweigen.

Kurz danach folgte ihr ein Bodyguard durch den kurzen Flur ins Bad. Sie hielt ihm drohend den Finger vor das Gesicht: »Sie glauben doch wohl nicht ernsthaft, dass Sie mich hierher begleiten werden. Wovor haben Sie Angst? Dass ich aus der Toilette verschwinde? Es gibt noch nicht mal ein Fenster.«

Der Bodyguard hatte ihr einfach den Rücken zugekehrt und sich mit seiner massigen Gestalt vor den Türrahmen gestellt. Sie musste sich zurückhalten, um ihm nicht etwas über den Hinterkopf zu ziehen. Je länger sie auf Dominic wartete, desto unruhiger wurde sie.

Fast zwei Stunden waren vergangen, ohne dass sie ein Wort von Dominic gehört hatte. Sie sah sich den Großteil der Pressekonferenz im Fernsehen an. Nach außen hin wirkte Dominic ruhig. Er beantwortete geduldig Fragen darüber, wie lange er diesen Akt der Nächstenliebe schon geplant hatte. Er nahm Danksagungen von Geschäftsführern zahlloser Organisationen entgegen. Jeder Nachrichtensender nannte Dominic ein Vorbild für Geschäftsleute auf der ganzen Welt. Die Leute spekulierten, dass seine Tat ein neues und stabiles Band zwischen den USA und China knüpfen würde. Dominic nahm ihr Lob mit einer Ruhe hin, die ihm als Demut ausgelegt wurde, doch Abby wusste, dass es lediglich eiserne Selbstkontrolle war.

Während der Pressekonferenz machte ein Reporter eine Feststellung, anstatt eine Frage zu stellen. Er sagte: »Damit hat niemand gerechnet, Mister Corisi. Sie haben die ganze Welt überrascht.«

Dominic schaute direkt in die Kamera, direkt in ihre Seele, und sagte mit eisiger Stimme, die so gar nicht zu den warmen Worten des Reporters passen wollte: »Häufig ist es schwer vorherzusagen, wozu Menschen fähig sind.«

Abby schaltete den Fernseher aus.

Er war immer noch wütend. Sie hatte gehofft, dass sich sein Ärger mit der Zeit legen oder er nach seinem Gespräch mit Scott zumindest begreifen würde, dass sie Zhang bei dieser Reise zum ersten Mal getroffen hatte. Keine Verschwörung. Kein Vorwand. Lediglich verfehlte, aber trotzdem gute Absichten.

Abby wickelte sich enger in ihre Decke und verdrehte die Augen, als ein Bodyguard ihr zu verstehen gab, dass er darüber mehr als erfreut war. Sie sagte: »Bevor Sie sich selbst auf die Schulter klopfen, sollten Sie wissen, dass es die größere Herausforderung gewesen wäre, mich von diesem Flugzeug fernzuhalten.«

Als Antwort erhielt sie nur ein leichtes Schulterzucken. Verdammt, diese Typen waren gut.

Abby schloss die Augen und fiel in einen unruhigen Schlaf.

Sie wachte auf, als Dominic sie wie ein kleines Kind von der Couch hob. Das Flugzeug rollte gerade auf die Startbahn und Dominic trug sie zum Schlafzimmer.

Er warf sie auf das Bett.

Sie öffnete ihren Mund, um etwas zu sagen, doch er stand über ihr wie ein siegreicher Pirat vor seiner Beute, sodass sie keinen klaren Gedanken mehr fassen konnte. Seine Augen waren immer noch dunkel vor Zorn. Seine Muskeln zuckten vor Wut. Abby fand, dass er nie attraktiver ausgesehen hatte.

Sie erkannte überrascht, dass sie es mehr als sexuell erregend fand, von einem Mann gekidnappt zu werden, den sie liebte. Egal wie unangemessen es war, sie wollte sich dieser Fantasie hingeben und sich von seinen erhitzten Gefühlen einnehmen lassen. Die kalte Maske war verschwunden. An ihre Stelle war nun ein tiefes Verlangen getreten, das ihr eigenes widerspiegelte. Er sah nur nicht ganz so glücklich darüber aus.

»Schlaf hier weiter«, knurrte er. »Ich muss ein paar Anrufe erledigen.«

Abby rieb sich mit dem Handrücken über die Augen und rollte sich auf die Seite: »Wohin fliegen wir?«

»Nicht zurück in die USA, falls es das ist, was du hoffst«, brachte er mürrisch hervor.

Ihre Fantasievorstellung wich ernst gemeinter Reue. Abby setzte sich auf. »Dominic, hör mir bitte zu. Ich kann dir alles erklären.«

Er stieß seine Worte aus wie einen Fluch: »Ich habe für deine Lügen keine Energie mehr, Abby – wenn das überhaupt dein Name ist.«

»Ich habe dich nie angelogen, Dominic«, verteidigte sie sich.

Seine Augen zogen sich zusammen. »Du bist gut, doch du kannst jetzt mit der Heuchelei aufhören. Egal was sie dir angeboten haben, du wirst keinen Cent bekommen. Dafür werde ich sorgen.«

Abby klatschte ihre Hände voller Frustration auf das Bett. Warum war er so entschlossen, weiter nur das Schlimmste von ihr zu denken? »Wie kannst du glauben, dass ich in eine Art Komplott gegen dich verwickelt bin? Wenn ich mich richtig daran erinnere, habe ich dir gesagt, dass ich dich nie mehr wiedersehen will, als wir uns das erste Mal getroffen haben. Du warst derjenige, der in Massachusetts darauf bestanden hat, dass ich in deine Limousine einsteige. Ich habe dich nicht gebeten, mich mit nach China zu nehmen. Wie hätte ich all das planen sollen?«

Dominic drehte sich von ihr weg. »Kein Wunder, dass Zhang dich ausgesucht hat. Die Lügen kommen dir leicht über die Lippen. Ich hätte dich in China lassen sollen.«

Wenn es das war, was er wirklich dachte, dann war dies weder die sexuelle Fantasie, die sie sich erhofft hatte, noch eine Chance, den Schaden wieder zu beheben, den ihre Beziehung an diesem Tag erlitten hatte.

Abby kniete sich hin und feuerte zurück: »Und warum hast du es nicht getan?«

Er schaute sie über seine Schulter qualvoll an. »So wahr mir Gott helfe, ich konnte es nicht. Du bist wie ein Virus unter meiner Haut.«

Als er die Schlafzimmertür hinter sich schloss, sah Abby, wie seine Hand zitterte.

Ein Virus? Abby rollte sich herum und stöhnte frustriert in eines der Kissen.

Wieder schlichen sich Zweifel ein. Was zum Teufel tat sie hier? Er liebte sie nicht. Seinen Worten nach zu urteilen, mochte er sie noch nicht einmal. Lust war ein wahrlich schwacher Ersatz für Liebe.

Ihr Plan, ihre Gefühle der Nacht zuvor durch eine einfache Erklärung wieder aufleben zu lassen, schien nun mehr als naiv. Was sie als emotionale Intimität angesehen hatte, war eindeutig nur seine Vorstellung von einem ausgiebigen Vorspiel gewesen.

Nein, dachte sie. Eine solche Offenheit konnte man nicht vorspielen. Sie hatten eine Verbindung zueinander aufgebaut. Sie hatte sich darin nicht getäuscht. Sie konnte die Situation unmöglich so falsch eingeschätzt haben. Unter seinen harschen Worten war er einfach immer noch verletzt.

Und es war ihre Schuld.

Sie hätte ihm die öffentliche Demütigung ersparen können, wenn sie ihm alles gestern Abend erzählt hätte. Das war das Einzige, was sie bereute. Vielleicht war es das, was sie ihm sagen musste – was er hören musste –, bevor sie wieder zueinanderfinden konnten.

Sie stand auf und schritt in den großen Raum, ohne sich selbst die Zeit zu geben, ihre Entscheidung anzweifeln zu können. Als sie eintrat, schaute er kurz von den Unterlagen auf, die er gerade durchlas. Sein Ausdruck wurde wieder kalt und gab ihr eindeutig zu verstehen, dass sie nicht willkommen war.

Sie blieb in der Mitte des Raums stehen und hielt angestrengt die Arme an den Seiten, anstatt sie schützend um ihre Taille zu legen. Es ging hier darum, ihn zu erreichen und ein Missverständnis aufzuklären. Bei einer aufrichtigen Entschuldigung gab es keinen Platz für defensive Gesten. »Es tut mir leid«, platzte sie hervor und wartete.

Er tippte sich mit dem Finger auf die Nase und schloss die Augen. »Das bezweifle ich nicht. Zumindest tut es dir leid, dass du erwischt wurdest«, sagte er müde.

Sie trat einen hilflosen Schritt auf ihn zu. »Es tut mir leid, dass ich dir nicht gleich gesagt habe, dass Scott für Jake arbeitet. Ich habe sie gestern im Hotel belauscht. Ich hätte es dir gestern Abend sofort sagen sollen.«

Dominics graue Augen wurden fast schwarz vor Emotionen, als er sie wieder ansah – dunkel und undurchdringlich. Abby zwang sich dazu, fortzufahren. »Es tut mir auch leid, dass ich dir nicht gesagt habe, dass Zhang sich heute mit mir treffen wollte. Sie hat mich gewarnt, dass dein Auftrag in Gefahr ist, und mir versprochen, dass ich dir helfen kann.«

Seine Stimme ließ eine Härte erahnen, die Abby nicht gewohnt war. »Selbst wenn das wahr ist. Ich habe dich davor gewarnt, dass jemand dich dazu benutzen könnte, um die Verhandlungen zu beeinflussen. Du hast ihr perfekt in die Karten gespielt.«

Abby schluckte ihre Schuld hinunter. »Ich weiß.«

»Du hattest genug Zeit, es mir zu sagen.«

Abby schaute auf ihre nackten Füße und gab ihre Schwäche zu: »Ich wollte ja, aber die letzte Nacht war so wunderschön. Ich war egoistisch. Ich wusste, dass alles anders werden würde, sobald du es weißt. Ich dachte, ich würde heute Morgen noch genug Zeit dazu haben, alles zu beichten.«

Wenn sie gedacht hatte, dass ihre Erklärung ihn schwanken ließe, wurde sie schnell enttäuscht. In seinem Gesicht war keine Spur von Vergebung zu sehen: »Die Verhandlungen so zu manipulieren, dass ich dazu gezwungen war, deinen Bedingungen zuzustimmen, war also deine Lösung?«

Wenn man es so betrachtete, hörte es sich vernichtend an.

Sie musste es richtigstellen: »Zhang sagte mir, dass dies deine einzige Chance war. Sie meinte, dass der Auftrag ansonsten platzen und an einen Konkurrenten vergeben würde. Darum war Stephan doch da, oder? Um dein Angebot zu unterbieten. Zhang hatte recht.«

»Was lässt dich glauben, dass du für Zhang mehr als nur eine Schachfigur warst? Glaubst du wirklich, dass jemand wie du – eine einfache Lehrerin – die Politik des internationalen Handels versteht?« Seine einschneidenden Worte hingen schwer zwischen ihnen in der Luft.

Scham umhüllte Abby wie ein kalter Mantel, doch ihr Stolz kam schnell zurück. Sie sah ihm in die Augen und parierte: »Warum sagst du mir nicht, wie du dich wirklich fühlst, Dominic?«

Er stand auf und schleuderte dabei einige Unterlagen auf den Boden. Sein Gesicht war verkniffen vor Zorn: »Du solltest eigentlich eine Ablenkung für mich sein. Ich habe dich mitgenommen, damit ich nicht länger daran denken muss, was in der verdammten letzten Woche passiert ist. Aber du konntest dich ja nicht aus meinen Geschäften heraushalten. Nein, du musstest dich ja unbedingt einmischen.«

Er hatte sie benutzt und dieses Geständnis verletzte Abby tief. Sie hatte von Anfang an gewusst, dass eine Frau wie sie keinen Platz in seinem Leben hatte. Doch irgendwann hatte sie schließlich doch daran geglaubt, dass sie für ihn mehr als nur eine nette sexuelle Abwechslung war. Wie konnte sie nur so dumm sein? Abby legte ihre kalte Hand vor den Mund. »Ich wollte dir nur helfen. Ich dachte, du hast mich gebraucht.«

Sein sarkastischer Ton war wie ein Stich in ihr Herz: »Und das war ein großer Fehler.«

Abby erwiderte boshaft: »Ich verstehe jetzt, warum deine Mutter deinen Vater verlassen hat. Wenn er auch nur annähernd so war wie du, war es klug von ihr, ihn zu verlassen. Er hat sie wahrscheinlich genauso wie du aus seinen Geschäften herausgehalten. Nicht um sie zu schützen, sondern weil er dachte, dass er etwas Besseres ist.« Abby straffte ihre Schultern und kämpfte gegen die Tränen an. »Ihr beide habt Nicole genauso behandelt, warum sollte es jetzt bei mir also anders sein? Oh Gott, ich dachte, dass dein ganzes Machogehabe sexy ist, doch jetzt weiß ich, was wirklich dahintersteckt. Du hast so viel Angst, jemanden an dich heranzulassen, dass du jeden schlecht behandelst, der dir über den Weg läuft.«

Sie wandte sich angewidert ab, doch einen Gedanken musste sie noch loswerden. Sie drehte sich halb wieder zu ihm um und sagte: »Ich dachte, ich würde dich lieben, doch ich habe dich falsch eingeschätzt. Du hast alles Geld und alle Macht der Welt, doch du bist nicht gut genug für mich. Der Mann, dem ich mein Herz schenke, sieht mich als seine Partnerin an. Er lässt mich an sich heran. Er steckt mich nicht in irgendein Haus, das er zwischen seinen Geschäftsreisen ab und an mal besucht. Er teilt sein Leben mit mir und unsere Kinder wachsen zu gesunden Menschen heran. Nicht zu verrückten und emotional gestörten Monstern wie du.«

Mit monotoner Stimme antwortete Dominic: »Versuch, ein wenig zu schlafen. Wir landen in ein paar Stunden auf meiner Privatinsel vor der Küste Italiens.«

Abby antwortete ihm mit einem kräftigen Zuschlagen der Schlafzimmertür. Sie ging zum Flugzeugtelefon und wählte die Nummer auf der zerknitterten Visitenkarte in ihrer Hosentasche. »Zhang? Wenn Sie es ernst gemeint haben, dass Sie mir helfen wollen – wir sind auf dem Weg zu Dominics Privatinsel vor der italienischen Küste. Ich möchte von dort verschwinden, sobald Sie ein Flugzeug schicken können.«

Abby hielt den Atem an. Wenn Dominic recht hatte, gäbe es für Zhang keinen Grund mehr, ihr jetzt noch zu helfen. Wenn sie wirklich nur eine Schachfigur für sie gewesen war, würde sie es jetzt erfahren.

»Packen Sie gar nicht erst aus«, antwortete Zhang. »Sie werden einige Minuten nach der Landung in einem anderen Flugzeug sitzen.«

Erleichterung durchströmte Abby. Sie hatte sich zwar in Dominic getäuscht, doch Zhang hielt ihr Wort. Die zurückgehaltenen Tränen strömten aus ihren Augen. Ihre Kehle zog sich so sehr zusammen, dass sie die Worte fast nicht herausbrachte: »Er liebt mich nicht, Zhang. Er respektiert mich nicht einmal.«

»Soll ich ihn töten?«, fragte Zhang in vollem Ernst. Komischerweise fand Abby Trost in Zhangs extremer Frage. Es war lange her, dass sich jemand so für sie eingesetzt hatte. Sie hatte die Last anderer so lange getragen, dass sie fast vergessen hatte, wie es sich anfühlte, von anderen Hilfe anzunehmen.

»Nein«, sagte Abby mürrisch. »Aber ich möchte so schnell wie möglich weg von ihm.«

Erleichtert sagte Zhang: »Sehen Sie es als erledigt an« und legte auf.

Abby schlug den Hörer mehrere Male an die Wand, bevor sie ihn schließlich an der Wandvorrichtung einhängte. Ihre Hände zitterten vor Emotionen, als sie schließlich erschöpft auf dem Bett zusammenbrach. Es gab keinen Grund, ihre Tränen länger zurückzuhalten. Laute Schluchzer durchfuhren ihren ganzen Körper und sie hoffte, dass Dominic sie hören und sich wenigstens ein bisschen für sein dreistes Benehmen schämen würde.

Dominic schleuderte die restlichen Unterlagen von seinem Tisch und sah ihnen dabei zu, wie sie ziellos auf den Teppichboden fielen. Er schaltete das Radio ein, um Abbys Weinen nicht hören zu müssen, und begann, rastlos durch den Raum zu schreiten.

Wie war er nur zu seinem eigenen Vater geworden? Ein ganzes Leben voller Hass für den Mann, der seine Mutter so schlecht behandelt hatte, nur um jetzt zu erkennen, dass er Abby genauso behandelte. Selbst der respektlose, überhebliche Ton seiner Stimme erinnerte ihn an diesen Bastard, der er niemals sein wollte. Mein Gott, Abby hatte recht. Kein Wunder, dass seine Mutter ihn verlassen und keinen Moment gezögert hatte, ihn aus ihrem Leben zu verbannen.

Geblendet von seiner eigenen Wut, hatte er sich sowohl geweigert, sich Jakes Erklärungen anzuhören als auch Zhangs Bezeugungen Glauben zu schenken, dass Abby unschuldig war.

Keiner seiner zahlreichen Kontakte hatte eine Verbindung zwischen Zhang und Abby oder Abby und Jake herausfinden können. Sein persönliches Sicherheitsteam hatte nichts anderes gefunden als eine Textnachricht, in der Jake Scott darum bat, ihm auf Schritt und Tritt zu folgen und ihn zu fahren, wenn Dominic selbst nicht mehr dazu in der Lage war. Eine weitere Textnachricht wies Scott an, die Presse so weit wie möglich von Dominic fernzuhalten und Jake zu informieren, wenn Dominic etwas tun würde, was seinem Ruf oder ihm selbst schaden könnte.

Dominic hatte seine Rückkehr zum Flugzeug verzögert, um seinem Team mehr Zeit zu geben, Nachforschungen über die Ereignisse anzustellen. Doch mit jeder Enthüllung wurde das Undenkbare immer eindeutiger.

Abby hatte vielleicht wirklich die Wahrheit gesagt.

Er dachte zurück an ihre erste Begegnung und wie sie damals ausgesehen hatte. Jeans und T-Shirt gehörten nicht zur typischen Kleidung eines Auftragsbetrügers. Was, wenn sie wirklich nur ihrer Schwester helfen wollte? Sie hatte ihm gesagt, dass sie sich Sorgen um ihn gemacht hatte und deswegen bei ihm bleiben wollte. Und wie hatte er auf diese Fürsorge reagiert? Er hatte sie erst durch das ganze Haus gescheucht und dann auch noch beleidigt.

Als er über ihre gemeinsame Zeit nachdachte, schämte er sich für sein Verhalten, wie er sich noch nie zuvor für etwas geschämt hatte. Die ganze Zeit hatte Abby ihm großzügig ihre Gesellschaft und ihre Unterstützung angeboten. Wegen ihr konnte er ein paar Tage einfach Dominic sein. Kein aufsässiger Sohn, kein Großindustrieller, sondern einfach ein trauernder Mann.

Er stöhnte, als er an seine letzte Attacke dachte. Er hatte sich über sie lustig gemacht, weil sie Lehrerin war, obwohl das eines der vielen Dinge war, die er an ihr liebte. Im Gegensatz zu ihm war ihr Handeln nicht von Gier oder Selbstsucht angetrieben. Sie wollte ihm helfen und hatte ihn allein deswegen nach China begleitet.

Es war möglich, dass Zhang Abbys Sorge um ihn ausgenutzt hatte, um sie dazu zu bringen, die zusätzlichen Vertragsseiten vorzulegen und ihn damit zu zwingen, diesen ungewollten Akt der Nächstenliebe zu vollbringen. Egal wie sehr er sich über das *Wie* ärgerte, sein Unternehmen hatte nun einen positiven kulturellen Einfluss auf Millionen von Frauen und war zum Vorbild für andere Großunternehmen geworden, ebenfalls soziale Zwecke auf internationaler Ebene zu unterstützen. Überraschenderweise erfüllte dieser Gedanke Dominic mit einem unbekannten Gefühl der Zufriedenheit.

Die Medien nannten ihn einen Helden, doch der wahre Held war Abby.

Ohne sie würde er immer noch daran glauben, dass die Welt ihn betrogen hatte und dafür büßen musste. Wie konnte er so viel politischen Einfluss gewinnen, ohne auch nur einmal darüber nachzudenken, ihn dazu einzusetzen, das Leben von weniger wohlhabenden Menschen positiv zu beeinflussen? War es Arroganz oder Besessenheit gewesen, mit Ländern der Dritten Welt Geschäfte zu machen, ohne an etwas anderes zu denken als an den Wechselkurs?

In weniger als einer Woche hatte Abby ihn für immer verändert. Und was hatte er für sie getan?

Er hatte ihr Leben auf den Kopf gestellt, sie erpresst, sie benutzt und sie aus rein egoistischen Gründen nach China verschleppt.

Nein, in der letzten Woche hatte er nicht viel getan, worauf er stolz sein konnte.

Wie musste die Reise für sie gewesen sein? Er konnte es sich nur schwer vorstellen und bewunderte erneut ihren starken Charakter.

Er erinnerte sich daran, dass sie die Vereinigten Staaten zuvor noch nie verlassen hatte. Sie hatte es für ihn getan, ohne sich auch nur ein Mal zu beschweren. Sie hatte sogar zugestimmt, allein in einem Hotel abgesetzt zu werden – mit Bodyguards, die ihr völlig fremd waren.

Sie musste entsetzt gewesen sein, als sie die Bodyguards über seine Beschattung sprechen hörte – unfähig, den Menschen zu vertrauen, die er zu ihrem Schutz bereitgestellt hatte. Warum war sie nicht sofort zu ihm gekommen? Was hatte sie noch mal gesagt? Sie wollte noch eine Nacht mit ihm verbringen, bevor sie es ihm beichten wollte.

Er konnte es ihr nicht übel nehmen. War er es nicht gewesen, der sie immer wieder daran erinnert hatte, dass sie nur ein Zeitvertreib für ihn war? Er hatte geglaubt, dass er mit diesen Worten seine Gefühle für diese Frau kontrollieren könnte. Doch stattdessen hatten sie Abby davon abgehalten, sich ihm zu öffnen, obwohl sie so dringend jemanden zum Reden gebraucht hatte.

Nach dem, was Scotts Team herausfinden konnte, hatte Abby Zhang gestern zum ersten Mal getroffen. Scott hatte zugegeben, dass Abby auf seine Ermutigung hin diesem Treffen zustimmte. Er erzählte ihm auch von dem Ausflug in das Bergdorf, bei dem Abby die Bildungsprobleme in China mit eigenen Augen sehen sollte.

Zu diesem Zeitpunkt hatte er Scotts Worte noch als Teil ihres Lügengeflechts abgetan, doch inzwischen konnte er sich vorstellen, dass es die Wahrheit war. Jemand wie Abby wäre leicht zu überzeugen gewesen. Besonders wenn sie sich, wie von ihr selbst gerade zugegeben, in ihn verliebt hatte. Sie hatte die Problematik erkannt und gewusst, dass Dominics Lebensgrundlage von ihrer Entscheidung abhing. Sie hatte also das einzig Richtige getan.

Er stöhnte.

Jede ihrer Entscheidungen ergab Sinn, wenn man danach ging, was eine gute, moralisch anständige und liebenswerte Person getan hätte. Keine ihrer Taten stand im Widerspruch zu der Art und Weise, wie sie ihr Leben vorher geführt hatte. Sie schützte die Menschen, die sie liebte. Sie brachte Opfer für die Menschen, die sie brauchten. Sie nahm für Dinge Risiken auf sich, die sie als wichtig erachtete.

Er hatte sie in keiner Weise auf die Situation vorbereitet, in die er sie gebracht hatte – und sie hatte alle Herausforderungen mit beeindruckendem Selbstvertrauen gemeistert. Er würde wahrscheinlich nie erfahren, ob er den Auftrag ohne die Zusatzvereinbarung bekommen hätte, doch die Anwesenheit von Stephan war Beweis dafür, dass die Chancen schlecht standen. Niemand konnte leugnen, dass die Zusage für die Stiftung ihm den Auftrag gesichert hatte.

Fünf Prozent des Gewinns eines Unternehmens wie Corisi Enterprises würden leicht zu verkraften sein. Zudem würden die wohltätigen Spenden das internationale Ansehen seines Unternehmens steigern, was schon allein unbezahlbar war.

Je mehr er darüber nachdachte, desto mehr bewunderte er Abby. Sie hatte dem chinesischen Handelsminister die Unterlagen überreicht, als hätte sie so etwas schon hundert Mal zuvor getan. Sie konnte nicht wissen, ob ihre Tat sie zum Helden oder zum Verbrecher machen würde, aber sie war das Risiko eingegangen, um seine Firma zu retten. Und wie hatte er sich bei ihr bedankt? Mit boshaften Anschuldigungen, einer Entführung und unzähligen Beleidigungen.

Sie hatte recht, er war nicht gut genug für sie. Sie verdiente jemanden, der sie wie das wertvolle Geschenk behandelte, das sie war. Sein Magen drehte sich schmerzhaft um, als er sie sich mit einem anderen Mann vorstellte.

Es muss einen Weg geben, es wiedergutzumachen.

Sein Handy klingelte. Es war Jakes vertrauter Klingelton. Er klappte das Telefon auf und hielt es an sein Ohr. Er hatte verdient, was sein Freund nun über ihn sagen würde.

»Bist du verrückt, Dom? Hast du nun endgültig den Verstand verloren?« Dominic hielt den Hörer vom Ohr weg. Von Jakes ruhigem Gemüt war nichts mehr zu spüren. Er schrie unverblümt in den Hörer: »Mach sofort kehrt und bring Abby nach Boston zurück, bevor das hier zu einem internationalen Skandal wird, der nicht nur deinen Vertrag mit China null und nichtig macht, sondern dich dazu noch ins Gefängnis bringt.«

»Ich liebe sie, Jake«, sagte Dominic und fiel bei diesem Geständnis erschöpft in seinen Sessel zurück. »Aber ich habe es versaut.«

Jake zögerte kurz, bevor er sagte: »Ach wirklich?« Dann ließ er mit ungewohnt hoher Stimme weiter Dampf ab: »Abby hat Zhang in Tränen aufgelöst angerufen. Jetzt hast du eine äußerst wütende asiatische Frau gegen dich aufgebracht, die gerade militärische Unterstützung für Abby auf mindestens zwei Kontinenten angefordert hat. Und die Presse ist mittendrin. Selbst Murdoch konnte die Story nicht verhindern. Sie kennen die Wahrheit hinter der Zusatzvereinbarung zum Vertrag und sie wissen, dass du Abby dazu gezwungen hast, mit dir zu kommen. Das hast du Stephan zu verdanken. Abby ist weltweit zu einer Volksheldin aufgestiegen: die Lehrerin, die Frauen in ganz China eine bessere Bildung ermöglicht. Das Urteil über dich wurde noch nicht gefällt. Die Presse nennt dich entweder einen Romantiker oder einen Verrückten. Du musst sie also sofort zurückbringen.«

Dominic fuhr mit der Hand durch sein Haar. »Jake, sind Menschen dazu bestimmt, die Sünden ihrer Eltern zu wiederholen? Ich glaube, ich bin zu meinem eigenen Vater geworden.«

Jake atmete mehrmals hörbar durch. »Du bist nicht dein Vater, Dom, und wir alle sind allein für unsere Taten verantwortlich. Jedes Wort, das wir aussprechen, jede Tat, die wir vollbringen, definiert uns. Wenn du also endlich aufhören willst, ein Arschloch zu sein, dann sag dem Piloten, er soll nach Boston fliegen.«

Es hörte sich alles so logisch an, doch in Wirklichkeit wollte er Abby nicht zurück nach Boston bringen. Er hatte gerade festgestellt, dass er sie liebte. Er konnte sie jetzt nicht gehen lassen.

Das bedeutete aber nicht, dass er kein besserer Mensch werden wollte. Abby hatte einen loyalen Partner verdient. Er wusste nicht, wie er das anstellen sollte, doch er war bereit dafür, dass Abby es ihm zeigte. »Ich bringe sie nicht zurück nach Boston. Habe ich eine andere Option?«

Jake murmelte einige unschöne Bemerkungen vor sich hin und sagte dann: »Wie wäre es, wenn du dich bei ihr entschuldigst und ihr sagst, dass du sie liebst? Keine Ahnung, so etwas in der Art.«

Genial. »Das kriege ich hin. Du hast recht. Die Lösung ist so einfach.«

Er vernahm ein Geräusch, das sich so anhörte, als würde Jake den Hörer gegen seinen Kopf schlagen. Sein Ärger war deutlich in seiner Stimme zu hören: »Nichts ist einfach, wenn es um Frauen geht. Aber wenn du Abby liebst, dann ist jetzt der richtige Zeitpunkt, um es ihr zu sagen.«

»Beziehungsratschläge von einem überzeugten Junggesellen?«, spöttelte Dominic.

Jake war entspannt genug, um auf den Scherz einzugehen. »Was glaubst du, warum ich noch Single bin? Ich weiß, wie Frauen ticken.«

Dominic stand plötzlich zielstrebig auf. Noch vor einer Woche hatte er Jakes Abneigung gegen feste Beziehungen geteilt. Jetzt hoffte er insgeheim, dass ihr ungeschützter Sex ein weiteres Band zwischen ihm und der Frau geschaffen hatte, ohne die er sich sein Leben nicht mehr vorstellen konnte. »Ich werde es tun. Ich werde ihr sagen, dass ich sie liebe. Danke, Jake.«

Jake stöhnte und fügte widerwillig hinzu: »Viel Glück, Dom.«

Dominic legte voller Zuversicht auf. Abby hatte bereits zugegeben, dass sie ihn liebte. Er hatte soeben erkannt, dass er sie liebte. Alles, was er tun musste, war, in ihr Zimmer zu gehen und ihr zu sagen, wie er fühlte. *Verdammt, warum mache ich ihr nicht gleich einen Antrag?*

Was konnte schon schiefgehen?

Abby hob ihr tränenverschmiertes Gesicht aus ihrem Kissen, als sie hörte, wie die Schlafzimmertür sich öffnete. Ihr Kopf pochte schmerzhaft und ihr Gesicht fühlte sich geschwollen an. Sie setzte sich auf und griff nach der Schachtel mit Taschentüchern, die auf dem Regal neben dem Bett lag. Nachdem sie sich laut die Nase geputzt hatte, hielt sie die Schachtel fest an ihren Bauch geklammert.

»Was willst du?«, fragte sie und ihre raue Stimme hörte sich selbst für sie fremd an.

»Ich liebe dich«, sagte er, als würden diese Worte ihr letztes Gespräch ungeschehen machen können.

»Nein, das tust du nicht.« Abby schien sich nicht so sehr über seine Liebeserklärung zu freuen, wie er sich das vorgestellt hatte.

Seine Augenbrauen zogen sich irritiert zusammen und er stellte sich vor das Bett. »Doch, das tue ich.«

Abby putzte sich erneut die Nase, hob einen kleinen Plastikabfalleimer vom Boden auf und begann, ihn mit benutzten Taschentüchern zu füllen. »Was ist passiert? Hat Jake angerufen und dir gesagt, dass Zhang mich holen lassen wird, sobald wir landen?«

Dominic wand sich vor Unbehagen: »Jake hat tatsächlich angerufen, aber darüber können wir später reden. Ich weiß jetzt, dass ich dich liebe.«

Abby umarmte die Schachtel noch fester und zwang sich dazu, diesmal realistisch zu bleiben. Keine wilden Interpretationen seiner Worte mehr. »Nein, das tust du nicht. Du glaubst es, weil du mich nicht mehr haben kannst. Du hasst es, zu verlieren. Das ist keine Liebe.«

Dominic presste frustriert die Zähne aufeinander. »Du bist die sturste Frau, die ich kenne. Du hast mir bereits gesagt, dass du mich liebst. Du solltest dich freuen und glücklich sein.«

Abby warf den kleinen Abfalleimer in seine Richtung, doch er zog im letzten Moment den Kopf ein. »Ich bin froh, wenn ich zurück in Boston bin. Dann kann ich endlich vergessen, dass ich dich jemals getroffen habe.«

»Du gehst nicht zurück nach Boston.« Dominics Augen funkelten entschlossen.

»Ich bleibe nicht bei dir auf deiner dämlichen Insel«, antwortete Abby.

»Das werden wir noch sehen«, sagte Dominic und wurde wieder zu dem dominanten Idioten, den Abby bei ihrem ersten Treffen kennengelernt hatte.

Doch sie würde sich nicht mehr von ihm einschüchtern lassen und es wurde höchste Zeit, dass er das begriff: »Das werden wir.«

»Na, toll«, sagte er und ging zurück zur Tür.

»Na, toll«, sagte sie und warf die Schachtel mit den Taschentüchern ebenfalls in seine Richtung.

Er schlug die Tür krachend hinter sich zu.

Abby schnäuzte sich erneut die Nase. *Arrogantes Arschloch.* Selbst wenn er sie liebte, es war keine gesunde Liebe. Natürlich würde sie noch eine Nacht voller Leidenschaft mit ihm erleben, wenn sie ihm jetzt nachgeben würde. Doch was würde danach geschehen? Sie konnte nicht ihr ganzes Leben lang den emotionalen Abfall ertragen, den er ihr zwischen seinen Geschäften vor die Füße werfen würde. Es war besser, es sofort zu beenden, bevor sie sich noch mehr in ihn verliebte.

Sie rollte sich unglücklich auf ihren Bauch und versteckte ihr Gesicht im kühlen Stoff des Kissens. Das Leben nach Dominic würde nicht einfach werden. Vielleicht könnte sie für ein Jahr als Lehrerin im Ausland arbeiten. Es schien unmöglich, nach alldem in ihr ruhiges Vorstadtleben zurückzukehren.

Nein, das war auch keine Option. Sie war lange genug weggelaufen. Ja, das Leben war unfair. Ja, die Liebe tat weh. Doch auch wenn die Sache zwischen ihr und Dominic übel zu Ende gegangen war, wollte sie nicht das Gute vergessen, das in dieser Woche geschehen war.

Sie würde Lil jetzt nicht alleine lassen. Nicht jetzt, wo sie gerade erst herausgefunden hatte, wie sie ihre Beziehung wieder kitten konnte. Lil hatte eine Schwester wie Zhang verdient. Jemanden, der seine Unterstützung anbietet, ohne zu urteilen. Jemanden, der erst für einen tötet und dann die Fragen stellt. Na ja, vielleicht nicht gleich töten, relativierte Abby ihren Gedanken mit einem weinerlichen Lachen – doch die Tage der Bevormundung waren ein für alle Mal gezählt. Zhang hatte ihr die Kraft der bedingungslosen Unterstützung gezeigt, und dies würde die Art und Weise verändern, wie sie andere Menschen in Zukunft behandeln würde.

Irgendwann, wenn der Schmerz über den Verlust von Dominic abgeklungen war, würde sie eine bessere Frau sein, weil sie ihn kennengelernt hatte. Sie konnte ihn nicht dafür hassen, dass er sie nicht liebte. Er hatte sie mehr als einmal gewarnt, nicht mehr in ihre kurze Liaison hineinzuinterpretieren. Er hätte sich nicht deutlicher ausdrücken können. Er hatte nicht einmal versucht, ihre Beziehung als etwas anderes darzustellen als zwei Erwachsene, die einvernehmlich ihre gegenseitige sexuelle Anziehung auslebten.

Keine Frau, die bei rechtem Verstand war, würde sich in einen Mann wie Dominic verlieben, vor allem nicht nach so kurzer Zeit. Mein Gott, dachte Abby, war wirklich erst eine knappe Woche vergangen? Einstein hatte recht. Die Zeit war relativ. In diesen paar Tagen hatte sie mehr Veränderungen durchgemacht als ihr ganzes Leben zuvor.

Seine spontane Liebeserklärung war schmerzhaft für sie. Doch vielleicht würde sie ihr eines Tages Trost spenden, wenn sie auf ihre gemeinsame Zeit zurückblickte. Selbst wenn sie nicht die anspruchslose, sich aus seinem Leben raushaltende Frau war, die er gerne gehabt hätte – er liebte sie wahrscheinlich auf seine ganz eigene Art und Weise. Es war einfach so, dass ihre Definitionen von Liebe nicht miteinander vereinbar waren.

Von ihren Gedanken völlig eingenommen, hörte sie nicht, wie sich die Tür erneut öffnete. Sie bemerkte seine Anwesenheit nicht, bis sie spürte, wie sich die Matratze unter seinem Gewicht eindrückte, als er sich neben sie setzte.

»Hat dir schon mal jemand gesagt, dass du schrecklich stur bist?«, fragte er in einem Tonfall, der bestimmt schon viele Frauen vor ihr zum Einknicken gebracht hatte.

Doch wie üblich ließ sie sich nicht davon beeindrucken. Es war wieder nichts als heiße Luft, die aus seinem überheblichen Kopf aufstieg.

Der Stoff ihres Kissens dämpfte ihren Gegenangriff. »Hat dir schon mal jemand gesagt, dass du ein Idiot bist?«

»Dreh dich um und hör mir zu, Abby«, befahl er ihr und legte eine Hand auf ihre Schultern.

»Nein«, sagte sie und schüttelte seine Hand ab. *Hinschauen ist keine gute Idee. Hinschauen führt zu Verlangen. Verlangen führt zu Vergessen, warum ich es jetzt beenden muss. Nicht hinschauen.*

»Ich werde nicht mit deinem Hinterkopf reden«, sagte er irritiert.

»Es hat dich niemand darum gebeten.« Sie wollte sich nicht umstimmen lassen. *Geh*, bettelte sie im Stillen. *Geh, solange ich dich noch gehen lassen kann.*

»Verdammt, Abby, ich versuche, mich bei dir zu entschuldigen«, knurrte er sie frustriert an.

Eine Entschuldigung? Abby schniefte. Das musste sie sich anhören. Sie drehte sich auf die Seite und wischte sich die Tränen aus dem Gesicht. »Wirklich? Na, dann los«, forderte sie ihn auf.

Sein Ausdruck war starr vor Emotionen. Augen, schwarz wie Kohle, brannten sich durch ihre tapfere Fassade. Hätte sie gestanden, wären ihre Knie eingeknickt – so durchdringend sah er sie an. Sie hätte nicht hinschauen sollen. Sein Verlangen nach ihr löste eine höchst unerwünschte Reaktion in ihr aus. Sie war immer noch wütend auf ihn. Jetzt war nicht der richtige Zeitpunkt, um daran zu denken, wie schnell sich ihre Nippel unter den Liebkosungen seiner Zunge aufrichten würden.

Dominic, der seinen eigenen inneren Kampf führte, sagte fast trotzig: »Es tut mir leid.«

Sie war immer noch wütend, doch inzwischen mehr auf sich selbst als auf ihn. Wenn sie ihre Reaktion auf ihn jetzt nicht bekämpfte, würde sie weder ihn noch sich selbst dazu bringen, dass das Flugzeug umkehrte. Und, egal wie gut ihr Versöhnungssex wäre, es änderte nichts daran, wie sehr sie sich letztendlich gegenseitig unglücklich machen würden. Sie durfte das nicht vergessen. Sie musste für beide stark bleiben. Wut war ein guter Schutzschild. »Du hörst dich nicht so an, als würde es dir leidtun.«

Seine Schultern sackten fast unmerklich zusammen. Als er erneut das Wort ergriff, war seine Stimme heiser vor Emotionen: »Ich bin nicht gut in so etwas, aber es tut mir wirklich leid.«

»Was tut dir leid?«, fragte Abby und versuchte verzweifelt, die tausend Fragen zurückzuhalten, die in ihr aufkamen. Sie musste genau wissen, was er bereute. Sie überhaupt mit hierhergenommen zu haben? Seine schroffen Worte von vorhin? Oder, was ihre schlimmste Befürchtung war, dass er ihr seine Liebe gestanden hatte?

»Alles, was du mir vorwirfst, zu tun und zu sein. Du hattest mit allem recht.« Seine Ansage brach ihr das Herz. Bis er etwas klarstellte: »Außer, dass ich dich nicht liebe. Ich bin zwar nicht der Stoff, aus dem Ehemänner gemacht sind, verdammt, ich bin noch nicht einmal ein besonders netter Mensch, aber ich liebe dich.«

Freude kam in ihr auf und verebbte genauso schnell wieder. Die Entschuldigung, so rührend sie auch war, hatte nichts an der Situation geändert. Es war, wie sie es vermutet hatte. Auf seine eigene Art und Weise, zu seinen eigenen Bedingungen, liebte er sie. Doch wie würde diese Liebe aussehen, wenn der Überschwang des Augenblicks vorbei war? Er hatte selbst zugegeben, dass er nicht für die Ehe gemacht war. »Was willst du mir damit sagen, Dominic?«, fragte sie erschöpft.

Er legte seine Hände um ihre Hüften und kam ihr so nah, dass sie die schwarzen Flecken in seinen gequälten grauen Augen sehen konnte. »Ich habe die Dinge, die ich vorhin gesagt habe, nicht so gemeint. Ich war wütend. Das entschuldigt nicht, was ich gesagt habe, aber ich möchte, dass du weißt, dass ich dir glaube. Ich weiß, dass du mir nur helfen wolltest. Ich wollte nur nicht wahrhaben, dass du praktisch im Alleingang mein Unternehmen gerettet hast. Ich hätte dir danken sollen, anstatt um mich zu schlagen. Du verdienst einen Mann, der dich wie eine gleichberechtigte Partnerin behandelt.«

Abbys Magen drehte sich vor Rührung um. Der Gedanke an diese Entschuldigung würde eines Tages tröstlich für sie sein. Doch sie reichte nicht, um sie umzustimmen. »Ja, das tue ich.«

Er strich mit seiner Hand sanft über ihre Locken und hielt schließlich ihren Nacken fest umschlossen. »Ich habe bisher noch nicht viel getan, um es zu beweisen, aber ich kann dieser Mann sein, Abby.«

Abby hob ihre Hand und berührte seine Wange. »Danke für deine Entschuldigung, Dominic. Es hätte mich aufgefressen, wenn wir so auseinandergegangen wären. Doch du weißt genauso wie ich, dass es nicht funktionieren kann. Wir sind zu unterschiedlich.«

Seine Augenbrauen zogen sich zusammen und plötzlich lag Eile in seiner Stimme: »Ich werde dich nicht zurück nach Boston bringen.«

Abby legte traurig einen Finger auf seine Lippen. »Ich kann das nicht, Dominic. Ich habe geglaubt, dass es mir reicht, einfach nur bei dir zu sein, doch das stimmt nicht. Lass es uns nicht noch schwerer machen, als es sowieso schon ist. Dich zu verlieren wird schmerzhaft genug sein.«

Dominic nahm ihre Hand in seine. »Das muss es nicht. Ich will dich heiraten.«

Mit einem letzten Aufbegehren entzog sich Abby seiner Hand. »Und dann, Dominic? Wirst du mich in eine deiner Villen in den Hamptons stecken und mich ab und an zwischen deinen Geschäftsreisen besuchen? Ich brauche mehr als das. Ich will das ganze Paket: Haus, Kinder, ein paar Hunde und ein Mann, der diesen Traum mit mir teilt. Ich will die Art von Beziehung, die meine Eltern geführt haben. Ich will mich nicht mit weniger zufriedengeben, Dominic. Es würde mich zerstören.«

Dominic beugte sich vor und sah ihr direkt in die Augen. »Ich möchte die gleichen Dinge, Abby. Gib mir nur eine Chance und ich werde den Rest meines Lebens damit verbringen, dir das zu beweisen.«

»Tu das nicht«, sagte Abby schluchzend. Im Eifer des Gefechts konnte er alles behaupten. Letztendlich bewies es gar nichts. »Sprich nicht so mit mir. Es ist schwer genug für mich, dich so zurückzulassen. Ich will das alles nicht noch mehr bereuen, als ich es sowieso schon tue.«

Dominic zog sie zu sich heran und sagte: »Wie kann ich dich überzeugen? Was kann ich tun, damit du mir glaubst?«

Abby drehte sich weg und vergrub ihr Gesicht wieder im Kissen. Schließlich antwortete sie betrübt: »Lass das Flugzeug umkehren, bring mich zurück nach Boston und geh fort. Zeig mir, dass mein Wille dir wichtiger ist als der Sieg.«

Er schwieg für einen Moment, bevor er fragte: »Ist es das, was du wirklich willst? Boston?«

»Ja«, hauchte sie.

»Und ich soll fortgehen? Einfach so?« Sie hörte den Schmerz in seiner Stimme, doch sie weigerte sich, es an sich heranzulassen. Was würde passieren, wenn sie jetzt schwach würde? Wäre sie nur eine weitere Trophäe, die er sich in einem seiner vielen Häuser aufstellen würde? Das war nicht das Leben, das sie wollte.

»Ja«, flüsterte sie, »du gehst fort.«

Für eine gefühlte Ewigkeit saß er regungslos neben ihr. »In Ordnung«, sagte er dann und stand auf. Abby drehte sich überrascht zu ihm um. »In Ordnung?«

Die Knöchel seiner Hand, die sich am Türknauf festhielt, waren weiß vor Anspannung, doch seine Antwort war emotionslos. »In Ordnung, ich bringe dich zurück nach Boston. Ich sorge dafür, dass eine Limousine dich vom Flughafen abholt.«

Als Dominic die Tür öffnete, um zu gehen, biss sich Abby verzweifelt auf die Lippen, um ihn nicht anzubetteln, bei ihr zu bleiben. Seine aufgewühlten grauen Augen sahen sie traurig an, als er sagte: »Aber ich liebe dich und ich habe mich deinetwegen verändert. Du würdest es sehen, wenn du mir eine Chance geben würdest. Sag nur ein Wort, und ich lasse mein Unternehmen hinter mir und fange mit dir ganz von vorne an. Wir bauen uns ein neues Leben auf. Zusammen. Gleichberechtigte Partner bei jeder Entscheidung, die wir treffen. Das Geld ist mir egal. Du bist alles, was mir etwas bedeutet.«

Seine Worte nahmen Abby die Luft zum Atmen. Er schloss sanft die Tür, bevor sie etwas antworten konnte.

Das hat er nicht so gemeint. *Er konnte es einfach nicht so gemeint haben.*

Innerhalb von wenigen Sekunden spürte Abby, wie das Flugzeug nach rechts drehte, um die Flugroute zu ändern. Sie würde noch am gleichen Tag wieder zu Hause sein. Es war besser so. Eine verwirrende Mischung aus Erleichterung und Trauer überkam Abby.

Sie stand vom Bett auf und setzte sich an ein Fenster. Sie sah den Wolken zu, die vorbeizogen, und fragte sich, ob sie Dominic vielleicht falsch eingeschätzt hatte. Wenn er wirklich so ein egozentrischer, dominanter Mistkerl wäre, warum flog das Flugzeug dann zurück nach Boston? Sein Vater hätte nicht einmal sein Hemd gewechselt, um seiner Frau einen Gefallen zu tun. Dominic hingegen wollte sein ganzes Leben für sie ändern.

Was, wenn er es wirklich ernst meinte?

Hatte sie nicht in Peking entschieden, dass sie bereit dafür war, um ihn zu kämpfen? Und jetzt wollte er alles, für das er jahrelang gearbeitet hatte, aufgeben, wenn sie nur bei ihm blieb. Und sie versteckte sich im Schlafzimmer, anstatt sich glücklich in seine Arme zu werfen.

Wie lange wollte sie noch zulassen, dass Angst ihr Leben bestimmte? Er hatte gesagt, dass er sie liebte und den Rest seines Lebens damit verbringen wollte, es ihr zu beweisen. Was wollte sie noch? Eine Garantie gab es in keiner Beziehung.

Er liebte sie so sehr, dass er sie gehen ließ. Jetzt lag es allein an ihr. Liebte sie ihn genug, um zu bleiben?

Ja, sagte ihr Herz, dann ihr Verstand und schließlich auch ihr Mund.

Sie sprang vom Sitz auf und rannte aus dem Zimmer. Mit der Überschwänglichkeit einer Frau, die soeben verstanden hatte, dass ihr Mann sie nicht nur liebte, sondern auch noch so dumm war, auf sie zu hören, als sie ihn gebeten hatte, ihn zu verlassen, riss sie die Tür auf.

Und stolperte fast in Dominic hinein, der direkt vor der Tür stand.

Er steckte sein Handy schnell in seine Tasche.

Sie sagte: »Ich will nicht nach Boston und ich will nicht aus deinem Leben verschwinden. Ich möchte, dass du es mit mir teilst. Ich liebe dich, Dominic.«

Er hob sie in seine Arme und küsste sie hungrig. Ihre Hände erforschten sich gegenseitig mit der Leidenschaft wiedervereinigter Liebender. Plötzlich brach er den Kuss ab und vergrub sein Gesicht an ihrem Hals. Sie spürte sein Lächeln an ihrer Haut. »Soll ich nun Scott anrufen und ihm sagen, dass er einen anderen Weg finden muss, um mein Vertrauen zurückzugewinnen? Er war überraschend ambitioniert, dich in einen sicheren Unterschlupf zu verfrachten, sollte ich es nicht schaffen, dich vor der Landung zu überzeugen.«

Abby trat zurück und stemmte empört die Hände in die Hüften. »Du wolltest mich schon wieder entführen?«

Er zog sie beschwichtigend zu sich heran und scherzte: »Was meinst du mit schon wieder? Ich habe dich doch noch gar nicht gehen lassen.«

Es war schwer, länger wütend auf Dominic zu sein, wenn er sie so festhielt. Abby spürte das vertraute Kribbeln tief in ihrer Magengegend. Sie wusste trotzdem, dass die Dinge nicht immer so weiterlaufen konnten. »Das ist nicht lustig. Wolltest du mir nicht deine Liebe beweisen, indem du mich gehen lässt?«

Ein verlegenes Lächeln huschte über sein Gesicht und verschwand fast so schnell, wie es gekommen war. »Das habe ich nie gesagt. Ich habe dir nur versprochen, dich nach Boston zu fliegen. Dich gehen zu lassen war nie eine Option für mich.«

Abby schlug ihm mit dem Handrücken leicht gegen die Brust. »Und ich dachte, du liebst mich so sehr, dass du sogar in Kauf nehmen würdest, mich nie mehr wiederzusehen.«

Er nahm ihre Hände in seine und sagte: »So sehr liebe dich leider nicht.« Sie rang schockiert nach Luft, doch seine Erklärung beruhigte sie schnell wieder: »Ich liebe dich mehr als das. Bitte mich, meine Firma aufzugeben, nach Boston zu ziehen und geregelte Arbeitszeiten zu haben, und ich werde es für dich tun. So sehr liebe ich dich. Aber bitte mich nicht fortzugehen. Ich kann nicht fortgehen. Ich brauche dich.«

Mit einem Aufschrei warf sich Abby in seine Arme. Tränen der Freude liefen ihr über das Gesicht. »Ich weiß nicht, was ich getan hätte, wenn du auf mich gehört und es beendet hättest.«

Er hielt sie für einen Moment von sich weg und sagte: »Du wirst es niemals herausfinden, weil ich nirgendwo hingehen werde. Du übrigens auch nicht. Heirate mich, Abby.«

Die meisten Frauen hätten in diesem Moment entzückt *Ja!* geschrien, doch Dominic hätte keine von diesen Frauen gefragt. Er hatte Abby gewählt, eine Frau, die es als verführerische Form des Vorspiels ansah, seinen Blutdruck in die Höhe zu treiben. »Willst du?«, fragte sie zweideutig.

Ihre Antwort brachte ihn für einen Moment aus dem Konzept. Er legte seinen Kopf zur Seite. »Will ich *was*?«

Mit einer Stimme so förmlich wie die einer Bibliothekarin, sagte Abby: »Ein Antrag wird normalerweise als Frage und nicht als Befehl formuliert.« Als Antwort auf seinen verwirrten Blick nannte sie ihm den ganzen Satz: »Willst du mich heiraten?«

»Ja, ich will. Danke, dass du fragst. Ich kann es kaum erwarten, unseren Kindern zu erzählen, dass du es warst, die den Antrag gemacht hat.« Dominic lachte und versuchte nicht einmal, seine Schadenfreude darüber zu vertuschen, dass er sie ausgetrickst hatte.

»Ich habe dir keinen Antrag gemacht«, sagte Abby und versuchte, so ernst wie möglich zu klingen. Sie schlug gegen seine Schultern, doch er lachte nur noch mehr. »Nimm es zurück.«

Er trat näher und zog sie zurück in seine Arme. »Mein Ja zurücknehmen?«

Abby war egal, dass es sich absurd anhörte: »Ja. Du wirst unseren Kindern nicht erzählen, dass ich dir in einem Flugzeug auf dem Weg nach Boston einen Antrag gemacht habe, nachdem du mich gekidnappt hast.«

Dominic nahm ihr Gesicht in beide Hände, küsste sie sanft und kicherte: »Ist es wichtig, wer gefragt hat, solange das Ergebnis das Gleiche ist?«

Absolut. Ihre Antwort war ein einfaches Stirnrunzeln. Sie hoffte, dass der Mann intelligent genug war, um es richtig zu verstehen.

Er hörte auf zu lachen und umfasste sanft ihre Schultern. »Abigail Dartley, willst du mich heiraten?«

Dieses Mal ersparte sie sich jegliche Stichelei und warf sich wieder in seine Arme: »Ja! Ja! Ja!«

Zwischen ihren Küssen fragte er sie: »Willst du meine Insel sehen?«

»Jetzt?«, fragte Abby atemlos. »Geht das denn noch?«

Die Lippen angesichts der Ironie des Ganzen leicht gespitzt, sagte Dominic: »Ja, ich muss nur den Kapitän informieren, dass wir den Kurs ändern ... noch einmal.«

»Armer Dominic«, lachte Abby ihn aus und stellte sich die Szene bildlich vor. »Er muss denken, dass du deinen Verstand verloren hast.«

Dominic antwortete mit seiner tiefen, samtweichen Stimme: »Ich weiß, wie du es wiedergutmachen kannst. Gott sei Dank haben wir noch einen langen Flug vor uns.« Er ging zum Telefon im Schlafzimmer und rief im Cockpit an. Nachdem er den neuen Flugplan ausgegeben hatte, drehte er sich zu Abby um und sagte: »Wo waren wir stehen geblieben? Ach ja, du wolltest wiedergutmachen, dass die ganze Welt jetzt weiß, wie lächerlich ich in dich verliebt bin.«

Abby durchquerte langsam den Raum und ließ dabei ein Kleidungsstück nach dem anderen fallen. »Nicht lächerlich – impulsiv vielleicht.«

»Du nennst es impulsiv, wenn meine Sicherheitsleute dich dazu zwingen müssen, in das Flugzeug zu steigen? Ich konnte dich nicht gehen lassen. Ich bin in Panik geraten. Ich hoffe, ich habe dir keine Angst gemacht.« Seine Stimme wurde vor Überraschung eine Oktave höher, als Abby plötzlich nackt vor ihm stand und sein Hemd aus seiner Hose zog. Seine Augen weiteten sich vor Freude an ihrer Kühnheit.

»Sehe ich etwa verängstigt aus?«, sagte sie, als sie ihn an seinem Gürtel heranzog und die Schnalle langsam öffnete.

»Nein«, antwortete er heiser, mit einem verführerischen Lächeln auf dem Gesicht.

Seine Verwirrung sichtlich genießend, zog sie ihm langsam Hose und Boxershorts herunter und spürte sein erregtes Zucken, als er ihren Atem an seinen Schenkeln spürte.

»Ich muss dir etwas gestehen. Ich fand die ganze Kidnapping-Geschichte ziemlich sexy. Dieses Eroberungsgehabe macht mich ziemlich an und auf deine Privatinsel verschleppt zu werden hat in mir unzählige verruchte Fantasien ausgelöst.«

»Wirklich?«, fragte er. Sein bis ins Unermessliche gesteigertes Interesse war eindeutig in seinen Augen zu erkennen und er wurde unter ihren Händen augenblicklich hart. Er zog schnell sein Hemd aus und beugte sich vor, um sie dann mühelos hochzuheben. Seine Zunge bahnte sich ihren quälenden Weg von ihrem Unterleib bis hin zu ihren Brustwarzen, die sie sanft umrundete. Sie wurden sofort hart und zogen sich unter seiner Liebkosung zusammen. »Als ich wütend auf dich war, hast du dir also genau das hier vorgestellt?«

Er stellte sie vor sich auf den Boden und genoss es, ihre harten Knospen an seinem Oberkörper zu spüren. Abby lehnte sich zurück und stöhnte vor Lust, als er hinunterlangte und mit einem Finger zwischen ihre bereits erregten Schamlippen drang. Sie schauderte und flüsterte schüchtern: »Als du zurück zum Flugzeug gekommen bist und mich auf das Bett geworfen hast, wollte ich dich auf mich ziehen.«

Er erforschte ihren Mund mit seiner Zunge, während er mit den Händen seinen bestimmten Rhythmus beibehielt. Ein Rhythmus, der sie dazu brachte, sich energisch gegen seinen geschickten Daumen zu pressen und seinen Finger mit ihren Muskeln zu umschließen. Seine Stimme war belegt vor Leidenschaft. »Warum hast du es nicht einfach gemacht?«

»Was hättest du dann getan?«, fragte sie atemlos und hielt am letzten Fetzen eines klaren Gedankens fest, während Wellen voller Lust sie durchströmten.

Dominic trug sie zum Bett und verharrte über ihr. Seine Lippen spielten mit ihr und zogen sich wieder zurück, bis sie seine Schultern voller Verlangen umklammerte. »Was alle siegreichen Krieger getan hätten«, sagte er zufrieden und drang tief in sie ein. So tief, dass beide an einen Punkt kamen, wo kein Sprechen mehr möglich war.

Kapitel siebzehn

Wie eine felsige Festung ragte die Isola Santos, Dominics Privatinsel, circa einhundert Kilometer vor der Küste Neapels aus dem Mittelmeer. Seine Riesenvilla aus Stahl und Glas, die fast ein Viertel der vierzig Hektar großen Insel einnahm, hätte besser in das Geschäftsviertel einer Großstadt gepasst als hierhin, direkt oberhalb der im achtzehnten Jahrhundert errichteten Steingebäude, die Dominic eines Tages abreißen lassen wollte.

Wie so viele seiner Besitztümer gab sich auch dieses Haus keine Mühe, nahtlos mit der Umgebung zu verschmelzen. Das ganze Gebäude schrie förmlich nach Geld und Macht. Das gewaltige Eingangsfoyer erstreckte sich über drei Etagen aus Glas und hochglänzendem Chrom und führte zur einem rechteckigen Innenhof, in dem sich eine riesige Gartenanlage, mehrere Schwimmbecken und sogar eine kleine Stallung befanden.

Bei ihrer Tour kam Abby beim Zählen der Schlafzimmer durcheinander. Sie liebte das Privatkino, blieb jedoch abrupt stehen, als sie eine Schiebetür aus Chrom betrachtete. Mit einer Hand auf ihrer Hüfte drehte sie sich zu Dominic und fragte: »Echt jetzt? Ein Fahrstuhl? Musste das sein?«

Dominic errötete leicht. »Zu viel?«

Abby schüttelte verwirrt den Kopf, als Dominic sie durch eine Hintertür auf eine riesige Veranda führte, von der man die ganze Südseite der Insel überblicken konnte. Man konnte sich der kühlen Schönheit des modernen Paradieses nicht entziehen, das er sich hier aufgebaut hatte. Doch es passte genauso wenig zu dem Mann, den sie kennengelernt hatte, wie zur Insel selbst. »Versteh mich nicht falsch. Es ist wunderschön hier ...«

Dominic umschlang von hinten ihre Taille und atmete tief in die Haare seiner Geliebten, seufzend vor Zufriedenheit. »Ich höre ein Aber in deiner Stimme.«

Abby drückte seine Arme fest an ihren Bauch. »Das bist nicht du. Und wenn doch, hättest du das alles hier wirklich für Boston hinter dich lassen können? Was, wenn ich dich wirklich darum gebeten hätte?«

Dominic umarmte sie noch fester und sagte: »Vor noch einem Monat hätte ich es nicht getan. Dieses Haus, genau wie alles andere, das ich besitze, habe ich nur deshalb gebaut, um meinem Vater zu beweisen, dass ich besser bin als er. Traurig, nicht wahr? So viel Zeit und Geld für Dinge zu verschwenden, die nicht wirklich wichtig sind.«

Abbys Brust zog sich beim Schmerz in seiner Stimme zusammen. »Das war keine Verschwendung, Dominic. Schau, was du erschaffen hast. Es ist wunderschön.«

Er drehte sie sanft zu sich herum und schaute ihr mit einer solchen Aufrichtigkeit in die Augen, dass es ihr fast das Herz brach. »Nein. Du bist wunderschön. Du musst es nicht für mich schönreden, Abby. Dieser Ort ist protzig und übertrieben. Bevor ich dich getroffen habe, war eine Leere in mir, die ich mir nicht erklären konnte. Ich dachte, ich könnte diese Leere füllen, indem ich noch mehr Geld anhäufe, noch bessere Dinge kaufe oder etwas noch Größeres baue. Doch es hat nicht funktioniert. Alle Dinge, die ich gekauft, alle Entscheidungen, die ich getroffen habe, waren nur zu meinem eigenen Vorteil und nichts davon hat mich je glücklich gemacht. Unsere Stiftung in China ist die erste Sache, auf die ich wirklich stolz bin. Ich bin zwar nicht dafür verantwortlich, da du mich dazu gezwungen hast, aber trotzdem fühlt es sich gut an.«

»Oh, Dom, du unterschätzt, wie viel Gutes du getan hast. Was ist mit Misses Duhamel? Sie sagte mir, du hättest ihr geholfen, als sie niemand anderen mehr hatte. Hört sich das nach einem egozentrischen Mann an?« Sie legte ihre Hand tröstend auf seine Wange und fühlte sein Lächeln, noch bevor sie es sah.

»Eine gute Tat macht noch keinen Heiligen aus mir«, sagte er reuevoll.

»Ich will keinen Heiligen, Dom. Ich will dich.« Als er seinen Kopf zur Seite legte, um sie dazu aufzufordern, weiterzusprechen, sagte sie: »Ich habe mich in den vielschichtigen Mann verliebt, der nach Boston zurückgekehrt ist, weil seine Schwester ihn brauchte, und der mich mitgenommen hat, weil er sie nicht alleine treffen wollte.«

Abby liebte das Erröten, das über seine Wangen huschte. Er sagte: »Zu diesem Zeitpunkt habe ich allerdings an nichts anderes gedacht als daran, dich auszuziehen.«

Abby kniff ihm spielerisch in den Bauch. »Sag, was du willst, aber die Art, wie du meine Hand gehalten hast, war alles, was ich wissen musste.«

»Ich habe nicht ...«, begann er, hielt dann aber vernünftigerweise den Mund. »Was auch immer. Ich möchte, dass du weißt, dass ich nicht mehr der Mann bin, der dieses monströse Haus gebaut hat. Ich will zukünftig etwas Sinnvolles mit unserem Geld anfangen. Was hältst du von Stipendien für Großstadtkinder in den Vereinigten Staaten? Ich denke, Corisi Enterprises könnte ganz gut weitere fünf Prozent verkraften.«

Abby sprang vor Freude in seinen Armen auf und ab. »Oh, Dominic, das ist perfekt!« Sie bedeckte sein Kinn mit wilden Küssen. »Du bist etwas ganz Besonderes.«

»Ich weiß«, antwortete er mit einem selbstzufriedenen Lächeln, das noch etwas anderes verbarg. Sie erkannte an der Art, wie er sich gegen sie drückte, sofort, dass seine Gedanken nicht mehr um seine Heldentaten kreisten, sondern im Schlafzimmer angelangt waren, das er ihr nur ein paar Augenblicke zuvor gezeigt hatte.

Sie führte leicht einen Finger über seine Lippen. »Hab ich dir schon gesagt, wie viel Spaß es macht, hier zu sein? Selbst wenn ich nicht länger gegen meinen Willen hier gehalten werde?«

Er zog sie zu sich heran und hob sie in die Höhe. »Ich werde mein Bestes tun, um deinen Fantasien trotzdem gerecht zu werden.« Er nahm sie hoch, legte sie über seine Schulter und verkündete in schlechter Piratenmanier: »Mein sollst du sein, Frauenzimmer. Komm in mein Gemach und diene mir, wie es einem Piratenkönig gebührt.«

Abby lachte, über seinen Rücken gelehnt. »Gott sei Dank hast du mit Computern zu tun und bist nicht zum Theater gegangen.«

Dominic gab ihr einen ausgelassenen Klaps auf ihr Hinterteil. »Verspotte niemals deinen Geiselnehmer, Weib. Für deinen Ungehorsam sollst zu bezahlen.«

Gerade als Dominic durch die große Flügeltür treten wollte, hörten sie zwei Helikopter, die auf dem Rasen auf der anderen Seite des Hauses landeten. Immer noch über seiner Schulter hängend, sah Abby entsetzt, dass zur gleichen Zeit auf dem Flugplatz gegenüber ein Militärflugzeug quietschend zum Stillstand kam.

Dominic stellte Abby neben sich auf den Boden. Die beiden standen für eine gefühlte Ewigkeit schockiert und still nebeneinander, bis Dominic schließlich mit humorvoller Stimme fragte: »Hast du Zhang Bescheid gesagt, dass wir uns vertragen haben?«

Abby hielt sich eine Hand vor den Mund: »Mist.«

Dominic winkte einen seiner Sicherheitsmänner herbei, um ihm in ruhigem Ton die Situation zu schildern. Dominic nahm die Komplikation mit überraschender Ruhe hin. Er übergab Abby lediglich sein Handy und sagte: »Du solltest sie jetzt besser anrufen. Die Männer, die da aus dem Flugzeug springen, sind mit Maschinengewehren bewaffnet. Ich glaube nicht, dass sie Lust haben, mir zuzuhören.«

Zhangs Gelächter war laut durch das Gerät zu hören, als sie Abbys hastige Erklärung und Entschuldigung hörte. Sofort kehrten die Männer auf dem Flugplatz um und bestiegen das Flugzeug, das schon kurz danach wieder auf die Startbahn zurollte. Abby atmete erleichtert auf und stimmte Zhangs einziger Bedingung zu.

Nachdem sie das Handy zugeklappt hatte, gab sie es Dominic zurück.

»Was hat sie gesagt?«, fragte er.

»Sie möchte zur Hochzeit eingeladen werden«, sagte Abby lächelnd, konnte jedoch ihr Unbehagen über das, was Zhang noch gesagt hatte, nicht abschütteln. »Aber, Dominic, sie hat gesagt, dass sie keine Helikopter geschickt hat. Wer ist das also im Vorgarten?«

Bisher noch unsichtbare Sicherheitsleute kamen herbeigeströmt und steuerten auf die unbekannten Eindringlinge zu. Dominic und Abby rannten hinter ihnen her. Die Presse war nicht so dumm, ihnen bis hierher zu folgen. Oder doch? Sie bezweifelte, dass Dominic ein unerlaubtes Betreten seiner Insel einfach so hinnehmen würde. Die Sicherheitssysteme, die auf dem gesamten Grundstück installiert waren, boten der Glasfestung einen Schutz, um den sie ihre mittelalterlichen Vorgänger beneidet hätten.

»Der Hofstaat ist angekommen«, sagte Abby ironisch, als die ersten Eindringlinge aus den Helikoptern stiegen. Der immer höchst professionell aussehenden Mrs Duhamel folgte schon bald Jake, der seinen Arm schützend um Lil und ihr Baby gelegt hatte.

Dominics Ton nachahmend, neckte Abby ihn: »Hast du vergessen, Jake Bescheid zu sagen?«

Dominics Lippen zogen sich amüsiert über ihre gelungene Retourkutsche zusammen.

Die Tür des zweiten Helikopters öffnete sich und Thomas Brogos, der Familienanwalt, trat mit einer älteren Frau heraus, die Abby nicht kannte. Dominics Hand fühlte sich plötzlich eiskalt in ihrer an.

»Was ist los, Dominic?«, fragte Abby und sah, wie die Frau seine ganze Aufmerksamkeit fesselte. »Wer ist sie?«

»Meine Mutter«, sagte er mit heiserer Stimme.

Abby war trotz ihrer zittrigen Knie fest entschlossen, für Dominic die Ruhe zu bewahren. Seine Mutter? Hier? Wie war das möglich?

Lil übergab Colby an Jake und rannte direkt auf sie zu. Sie schlang die Arme um ihre Schwester und fragte besorgt: »Bist du in Ordnung, Abby?«

Abby erwiderte ihre Umarmung mit der gleichen Intensität. »Mir geht es gut, Lil.«

Lil hielt sie eine Armeslänge von sich entfernt und überprüfte ihr Gesicht nach Anzeichen von Misshandlungen. »In den Nachrichten haben sie gesagt, dass Dominic dich gezwungen hat hierherzukommen. Ich habe sofort Jake angerufen und er hat mir und Marie einen Jet nach Alghero organisiert. Jake meinte, dass alles in Ordnung sei, aber ich wollte mich selbst davon überzeugen. Ist das die Rache für all den Kummer, den ich dir bereitet habe?«

Abby lächelte und beruhigte ihre Schwester, die ihr anscheinend das Leben aus dem Leib drücken wollte. »Es war nur ein Missverständnis.«

Mrs Duhamel trat hervor. »Dominic, du lässt Abby sofort los.« Sie zeigte auf die Sicherheitsleute, die sich am Rande des Rasens aufgestellt hatten. »Du hast das Mädchen mit deinem chauvinistischen Machtgehabe bestimmt halb zu Tode erschreckt. Zu meiner Zeit hatten Männer noch Respekt vor Frauen ...«

Ihr Vortrag wurde abrupt beendet, als sich Abby von ihrer Schwester losriss und die ältere Frau impulsiv umarmte. »Er hat mich gefragt, ob ich ihn heirate, Marie, und ich habe Ja gesagt!«

Mrs Duhamel räusperte sich überrascht und erwiderte schließlich ihre Umarmung. »Na, dann ist ja alles gut.«

In ihrer Aufregung hatte Abby nicht bemerkt, dass Dominic nicht mehr neben ihr stand. Sie drehte sich zu ihm um und sah, wie er circa drei Meter vor der Frau stand, die ihm verblüffend ähnlich sah.

»Mutter«, sagte er vorwurfsvoll.

Die Frau trat trotz seines verschlossenen Gesichtsausdrucks auf ihn zu. »Dominic!«, rief sie, in Tränen aufgelöst.

»Ich dachte, du wärst tot.« Sein Ausdruck änderte sich kaum. Er war kalt wie seine Hand, als er sie vorhin zum ersten Mal gesehen hatte.

»Es war notwendig, dass du das glaubst, Dominic.« Sie presste ihre Hände ineinander und betete, dass er sie verstehen würde.

»Ach, wirklich?«, fragte er, als würde es um etwas gehen, das lange Zeit zurücklag und ihn inzwischen nicht mehr interessierte.

Seine Mutter beeilte sich zu erklären: »Wenn dein Vater gewusst hätte, dass ich noch am Leben bin, hätte ihn nichts davon abhalten können, mich zu finden. Er hätte mich dafür bezahlen lassen, dass ich ihn verlassen habe. Ich wäre niemals in Sicherheit gewesen.«

»Du hättest es mir sagen können.« Seine Stimme klang abgehackt. »Ich habe dich jahrelang gesucht. Ich habe unzählige Agenturen damit beauftragt, die ganze Welt nach dir abzusuchen. Geld hat keine Rolle gespielt. Sie haben mir alle gesagt, du seist tot.«

Sie wischte sich eine Träne von der Wange und sah den Mann neben sich an. »Ich bin in mein Heimatland zurückgekehrt, Dominic. In mein altes Dorf. Die Loyalität dort kann man mit keinem Geld der Welt erkaufen.«

»Du wagst es, von Loyalität zu sprechen?« Dominics Stimme dröhnte. »Du hast uns verlassen.«

Seine Mutter beugte sich vor, als würden ihr seine Worte echte Schmerzen bereiten. »Ich war schwach, Dominic. Dein Vater hat jedes Selbstvertrauen aus mir herausgesaugt, das ich hatte. Er hätte mich niemals gehen lassen. Und ich hätte dich nicht mitnehmen können. Du warst siebzehn. Fast ein Mann. Dadurch, dass du bei ihm geblieben bist, hast du die Chance auf ein großzügiges Erbe bekommen, das ich dir niemals hätte bieten können. Als ich in Italien war, habe ich meinen Tod vorgetäuscht und eine neue Identität angenommen. Ich wusste allerdings nicht, ob es wirklich funktionieren würde. Ich habe viele Jahre lang auf der Flucht gelebt. An allen möglichen Orten und von dem Geld, das die Menschen mir aus Nächstenliebe gegeben haben. Was wäre das für ein Leben für dich gewesen?«

Dominics Gesicht wurde weiß vor Zorn. »Ich wollte sein Erbe nicht. Ich bin fortgegangen, nachdem du uns verlassen hast. Du hättest zu mir kommen können. Du hättest den Ermittlern, die ich geschickt habe, eine Nachricht hinterlassen können. Warum bist du nicht zu mir gekommen? Ich hätte dich beschützen können.«

Seine Mutter wurde ebenfalls bleich. Ihre schmalen Schultern zuckten vor Emotionen. »Du warst noch so jung, Dominic. Dein Vater hätte dich genauso zerstört, wie er mich zerstört hat. Er war ein rachsüchtiger Mann. Dann, später, als dein Unternehmen so erfolgreich wurde ...«

»Ja?«, spuckte er aus. »Warum bist du dann nicht gekommen?«

»Du warst in den Nachrichten, hast eine Firma nach der anderen geschluckt ...«, sagte sie mit schleppender Stimme.

Dominic stand schweigend und anklagend vor ihr.

Sie fuhr flüsternd fort: »... genau wie dein Vater. Ich hatte Angst, zu dir zu kommen. Ich wusste nicht, ob du mir verzeihen könntest, und ich hatte immer noch Angst davor, was dein Vater tun würde, wenn er es herausgefunden hätte.«

Dominic begehrte gegen diese Worte auf. Seine Hände verkrampften sich zu Fäusten. »Und jetzt, wo er tot ist, glaubst du, dass du hier einfach so auftauchen kannst, um mir zu sagen, dass alles nur ein Trick war? Warum bist du heute hier?«

Abby trat neben Dominic. Sie nahm seine zur Faust geballte Hand in ihre und hielt ihn einfach fest. *Lass mich an dich heran*, dachte sie fieberhaft. *Lass mich nicht außen vor.*

Dominic hatte ihr versprochen, dass er bereit war, sein Leben mit ihr zu teilen, ein richtiger Partner zu sein. Abby wusste nicht, ob diese Erklärung vielleicht ein wenig verfrüht über seine Lippen gekommen war. Was würde sie tun, wenn er ihr jetzt sagte, dass diese Sache sie nichts anging? Extreme Umstände holen nicht immer das Beste im Menschen hervor und was könnte extremer sein, als seine Mutter, deren Tod man bereits betrauert hatte, einfach aus einem Helikopter steigen zu sehen?

Schluss damit! Er muss mir gar nichts beweisen. Er liebt mich.

Wenn er diese Situation alleine bewältigen wollte, würde sie ihn in seiner Entscheidung unterstützen. Sie lockerte ihren Griff und bereitete sich seelisch darauf vor.

Sofort griff Dominic suchend nach ihrer Hand und umklammerte sie. Er zog sie ganz leicht zu sich heran. Sie drückte beruhigend seine Hand, was er ohne zu zögern erwiderte. Für einen kurzen Moment schaute er von seiner Mutter weg, um sie dankbar anzusehen.

In diesem Moment verliebte sich Abby erneut in ihn. Dies war der sanftmütige Mann, den er hinter seiner harten Fassade verstecken wollte. Jetzt bestand für sie kein Zweifel mehr, dass er für sie sein Unternehmen aufgegeben und mit ihr ein neues Leben begonnen hätte.

Die tränenreiche Stimme von Dominics Mutter zog ihre Aufmerksamkeit auf sich. »Ich weiß, dass ich einen Fehler gemacht habe, Dominic. Ich war schwach. Ich hatte Angst. Ich wünschte, ich könnte alles ungeschehen machen. Doch als ich von dir und Abby erfahren habe, musste ich dir sagen, warum ich euch verlassen habe. Ich will nicht, dass du die gleichen Fehler wie dein Vater machst.«

»Ich brauche deine Hilfe nicht. Ich bin nicht mein Vater«, brummte Dominic. Sein Zorn schien noch größer zu werden, als sie Abby erwähnte.

Jake trat näher und griff ein. »Dom, hör deiner Mutter zu. Sie ist deinetwegen hierhergekommen. Sie weiß, dass sie einen Fehler gemacht hat. Sie bittet dich lediglich, ihr zu verzeihen. Kannst du ihr in die Augen schauen und ehrlich sagen, dass du noch nie etwas getan hast, wofür du dich schämst? Lebst du etwa ein Leben ohne Reue?«

Dominic drückte Abbys Hand so fest, dass es fast wehtat. Er starrte Jake wütend an. »Verdammt, ich hasse es, dass du mich so gut kennst.« Dann schaute er zurück zu seiner Mutter und sah ihr zum ersten Mal direkt in die Augen. Er gab knurrend zu: »Die Wahrheit ist, dass ich nicht besser bin als du, Mutter. Ich habe Nicole verlassen. Im Gegensatz zu dir habe ich es allerdings eher aus Wut als aus Angst getan. Ich habe wirklich geglaubt, dass sie besser im goldenen Käfig aufgehoben ist, anstatt ihn mit mir zusammen von der Gosse aus zu bekämpfen.«

Thomas legte seinen Arm schützend um die Taille von Dominics Mutter. Er hatte sich gewünscht, dass Dominic anders reagieren würde, doch er wollte das Gespräch nicht unterbrechen, solange der Frau neben ihm kein Schaden zugefügt wurde.

»Wirst du mir je verzeihen können, Dominic?«, fragte seine Mutter sanft.

Die Stille breitete sich schwer in der mediterranen Luft aus.

Abby zwängte sich unter Dominics Arm und berührte leicht sein Kinn. »Ich würde alles dafür geben, wenn ich noch einen Tag mit meiner Mutter verbringen könnte. Du bekommst hier gerade eine zweite Chance auf eine richtige Familie, Dominic. Bitte nutze sie.«

Dominic schaute sie mit liebevoller Miene an. »Ich habe meine Familie bereits gefunden.« Er drückte sie an seine Brust.

Mrs Duhamel schnäuzte in ein Taschentuch und schimpfte: »Dominic, du sagst deiner Mutter sofort, dass du ihr verziehen hast. Du kannst Abby so oft drücken, wie du willst, wenn ihr erst mal verheiratet seid.«

Alle schauten Mrs Duhamel überrascht an, als sie Dominic weiter mit strenger Stimme ansprach: »Du weißt, dass ich recht habe. Du bist ein guter Junge, aber wenn du mit Abby zusammen bist, verlierst du deinen Kopf. Lass deine Mutter nicht länger leiden.«

Dominic lächelte Abby reumütig an. »Es stimmt, ich verliere tatsächlich meinen Kopf, wenn du bei mir bist.«

Abby lächelte ihn unter Freudentränen an. »Das ist in Ordnung, weil ich kein Problem damit habe, dir zu sagen, was du zu tun hast.«

Sein Lächeln wurde zu einem verträumten Grinsen. »Und was wäre das, Abby?«

Nie um einen Rat verlegen, streckte Abby sich und verkündete: »Nun, zunächst solltest du deine Mutter umarmen und ihr sagen, dass du sie liebst. Dann solltest du Marie umarmen, weil sie als Ersatzmutter wirklich gute Arbeit geleistet hat. Dann sollten wir alle hineinbitten, bevor wir bei dieser Hitze noch eingehen.«

Dominics Augen weiteten sich. »Das war's?«

»Für heute«, spottete Abby und trat einen Schritt zurück. »Morgen werde ich eine neue Liste erstellen.«

Kein Auge in der Gruppe blieb trocken, als Dominic mit offenen Armen auf seine Mutter zuging und sie sich schluchzend hineinwarf. Dominic drückte sie und schloss die Augen, damit niemand seine eigenen Tränen sah.

Schließlich ließ er seine Mutter los, um Marie zu umarmen. Kurz darauf umarmten sich die beiden älteren Frauen, jede dankbar für die Rolle, die die jeweils andere im Leben des jungen Mannes gespielt hatte, den sie beide so sehr liebten.

Lil rief aus: »Okay, ich halte das nicht mehr aus! Das ist hier ja wie in einer Seifenoper. Ich heule mir noch die Augen aus dem Kopf – können wir bitte ins Haus gehen? Colby muss inzwischen halb verhungert sein.«

Jake sah hinab auf das Baby, das immer noch in seinen Armen lag. »Isst sie deshalb meine Krawatte?« Sie war vollkommen mit Sabber bedeckt. Für einen Mann mit Babyphobie trug er seine Rolle als Kauspielzeug mit erstaunlicher Würde.

Mrs Duhamel trat zu dem kleinen Mädchen. »Wenn Sie ein Fläschchen haben, füttere ich sie.« Dann sah sie zu Dominics Mutter und sagte: »Warum hilfst du mir nicht, Rosella? Du kannst dich schon mal dran gewöhnen, denn so vernarrt wie die beiden ineinander sind, wirst du wahrscheinlich schneller Nonna Rosa sein, als du es dir vorstellen kannst. Es wird langsam Zeit, dass sie sich ihren Hochzeitstermin aussuchen.«

Dominics Mutter errötete vor Freude. »Das hier ist so viel mehr, als ich erwartet hatte, als ich Thomas anrief.« Tränen des Glücks strömten ihr aus den Augen. »Dominic, du hast so viele Cousins in Montalcino. Deine Kinder könnten dort den Sommer mit mir verbringen und die andere Seite der Familie kennenlernen.«

Dominic gab einen resignierenden Laut von sich.

Als Reaktion auf einen für sie unerträglichen Gedanken fragte seine Mutter: »Du willst doch Kinder, oder, Dominic?«

Mrs Duhamel antwortete für ihn. »Natürlich will er das, Rosella. Er ist einfach noch im Schockzustand. Gehen wir hinein. Wir füttern Colby und planen die Hochzeit.«

Dominic murmelte etwas Unverständliches vor sich hin und schaute Abby Hilfe suchend an. Sie lachte und verliebte sich noch mehr in diesen herrlich verlegenen Mann, der zwar bei Attacken der internationalen Presse perfekt die Haltung bewahren konnte, doch hier vor seiner eigenen Familie komplett die Sprache verloren hatte.

Jake war vom Dilemma seines Freundes gleichermaßen amüsiert. Selbst als Dominic ihn wütend anstarrte, hörte er nicht auf zu lachen. »Ich lache mit dir, nicht über dich«, versicherte er Dominic.

Dominic knurrte: »Ich lache nicht.«

Jake kicherte weiter und blinzelte Abby zu. »Keine Angst, nur eine kleine Unstimmigkeit.«

Selbstironisch schüttelte Dominic den Kopf und scherzte: »Wisst ihr eigentlich nicht, dass ich einer der zehn reichsten Männer der Welt bin? Wo bleibt euer Respekt?«

Abby tätschelte seinen Arm mit gespieltem Mitleid. »Ich weiß, mein armer Schatz.« Sie nahm ihn bei der Hand und führte ihn zum Haus. »Lass uns hineingehen und uns etwas abkühlen. Dein Geheimnis ist bei mich sicher.«

Als sich alle innerhalb der kühlen Mauern der Villa befanden, führte Abby sie in eines der Wohnzimmer und bat das Personal, Erfrischungen zu servieren. Obwohl die Emotionen kurz zuvor hochgeschlagen waren, herrschte eine ungezwungene Atmosphäre in der Gruppe.

Abby und Dominic saßen auf einer Couch, Jake und Lil auf einer anderen und Thomas und Dominics Mutter auf einer dritten. Mrs Duhamel schaukelte Colby durch das Zimmer und schaute sie beim Füttern so warmherzig an, als würde sie das Baby bereits seit der Geburt kennen.

Thomas tätschelte Rosellas Bein, während er Dominic anschaute. »Wo wir schon dabei sind, reinen Tisch zu machen. Ich schulde dir ebenfalls eine Entschuldigung, Dominic. Ich wusste die ganze Zeit, wo deine Mutter war. Ich habe ihr bei der Flucht und beim Vortäuschen ihres Todes geholfen. Ich dachte, alle wären sicherer, wenn du nicht die Wahrheit erfährst. Ich dachte, du würdest bei deinem Vater bleiben und irgendwann sein Unternehmen übernehmen. Ich habe mich geirrt und als ich bemerkt habe, wie sehr ich mich geirrt habe, war bereits zu viel Zeit vergangen. Ich wusste nicht, wie ich das Chaos wiedergutmachen konnte, das ich mit verursacht hatte.«

Dominic schaute den Mann neben seiner Mutter genau an und sagte schließlich: »Du liebst sie.«

Thomas und Dominics Mutter tauschten einen vielsagenden Blick aus. »Ja, aber ich habe mich aus den gleichen Gründen von ihr ferngehalten, wie ich dich von ihr ferngehalten habe. Dein Vater hätte niemals zugelassen, dass sie ohne ihn glücklich wird. Ich wollte Rosella vor seiner Grausamkeit schützen.«

Dominics Mutter legte ihre Hand in stillem Einverständnis auf seine.

Dominics Ausdruck änderte sich rasch, als er über Thomas' Entschuldigung nachdachte. Er schaute Abby an und sagte schnell: »Ich habe so viele Fehler gemacht, Abby. Nach außen hin sehe ich wahrscheinlich so aus, als würde ich in die Fußstapfen meines Vaters treten. Doch du musst wissen, dass ich dir nie etwas antun würde, falls du mich eines Tages verlassen solltest. Dich zu verletzen wäre, wie einen Teil von mir selbst zu töten. Ich will, dass du das weißt.«

Abby drückte fest seine Hand. »Du bist genauso wenig dein Vater, wie ich deine Mutter bin. Ich habe keine Angst vor dir.« Sie lächelte, denn sie hatte es genauso gemeint, was sie gesagt hatte. Wie sehr sich die Sicht auf die Welt innerhalb von nur einer Woche ändern konnte. »Außerdem steht mir militärische Unterstützung zur Verfügung. Du solltest dir also eher Sorgen darüber machen, was mit dir geschieht, wenn du mich jemals verlassen solltest.«

Lil warnte Dominic vom anderen Ende des Zimmers aus: »Glaub nicht, dass sie Scherze macht. Du wirst eine knallharte Frau heiraten.«

»Hey«, sagte Abby protestierend.

Lils Augen waren voller Liebe für ihre Schwester. Sie wandte sich an die anderen: »Ich weiß nicht, ob ihr es schon wusstet, aber Abby hat mich großgezogen, nachdem unsere Eltern vor vielen Jahren gestorben sind. Sie hat mich vor Ärger bewahrt und in die

Schule gesteckt, während sie das College besucht hat. Sie ist die stärkste Person, die ich kenne. Ich bin stolz auf sie, doch ich hasse es, das zuzugeben. Sie kann nämlich unglaublich arrogant sein, wenn sie glaubt, dass sie recht hat.«

Jake wandte ein: »Das musste sie wahrscheinlich auch. Du warst bestimmt kein einfaches Kind.«

Lil setzte sich auf den Stuhl neben ihn: »Ganz anders als du also? Dominic, wurde Jake mit einer Krawatte geboren? Er nimmt sie niemals ab. Nie. Ich bin mit ihm zum Bowling gegangen und er ist genau so dort aufgekreuzt. Die Leute haben gedacht, ich wäre mit einem Mafioso zusammen.«

Abby konnte es nicht lassen, auf diesem pikanten Detail herumzureiten. »Ihr seid bowlen gegangen?«

Dominic lehnte sich zurück und lachte: »Das hätte ich gerne gesehen.«

Jake schaute abwehrend drein. »Es war ihre Idee.«

Mrs Duhamel blieb hinter Dominics Sessel stehen und hielt ihn zurück: »Ärgere Jake nicht, Dominic. Kannst du nicht sehen, dass er sie mag?«

Eine tiefe Errötung machte sich auf Jakes Gesicht breit, was zu einem allgemeinen Gelächter führte. Lil war die Einzige, die es nicht lustig fand. Sie sagte: »Was er mag, ist, anderen zu sagen, wie sie ihr Leben leben sollen. Er ist genauso schlimm wie Abby.«

»Und mit ihr ist es, als würde man mit einer Wand reden«, murmelte Jake und die Gruppe brach erneut in Gelächter aus.

In diesem Moment der Kameradschaft sprudelte Dominics Mutter hervor: »Ich wünschte, dass Nicole jetzt bei uns wäre.«

Es wurde still im Raum und alle Augen blickten auf Dominic. Zum ersten Mal machte der Name seiner Schwester ihn nicht wütend. Er sagte: »Sie wird kommen, Mutter. Wir kümmern uns darum.«

Abby umarmte ihren zukünftigen Ehemann. »Wir. Ich mag es, wie sich das anhört.«

Dominic ergänzte selbstzufrieden: »Ich auch.«

Thomas räusperte sich und sagte: »Ich weiß, dass die letzten Tage für dich der Wahnsinn waren, Dominic. Aber du solltest wissen, dass sich in Bezug auf Nicole Neuigkeiten ergeben haben.«

Dominic lehnte sich vor und war tief beunruhigt. »Was ist los?«

»Sie glaubt, sie hat einen Weg gefunden, das Testament anzufechten. Doch ich fürchte, sie wird dafür ihre Seele verkaufen«, sagte Thomas zögernd.

Dominic stand auf und trat auf den älteren Mann zu. »Sag es mir, Thomas. Rede nicht um den heißen Brei herum.«

Thomas schob sich die Brille auf den Nasenrand und verkündete: »Sie heckt etwas mit Stephan Andrade aus. Sie hat mir keine weiteren Einzelheiten genannt. Irgendwelche Verträge müssen erfüllt werden, bevor die Bedingungen des Testaments in Kraft treten können.«

Dominic richtete sich zornig auf und schien auf einmal doppelt so groß zu sein. Alle Spuren des freundlichen Mannes von vorhin waren verschwunden, als hätte eine gezähmte Raubkatze aufgrund einer Bedrohung zurück zu ihrem instinktiv aggressiven Verhalten gefunden. Der Raum pulsierte unter der Intensität seiner Wut. Er war ein Mann, dem Würdenträger aus dem Weg gingen. Abby zweifelte keine Sekunde daran, dass er auch ohne sein Unternehmen innerhalb von ein paar Jahren wieder an der Spitze der Finanzwelt stehen würde.

Er trat frustriert mit dem Fuß auf. »Wie kann sie nur so töricht sein? Weiß sie denn nicht, dass dieser Mann alles tun würde, um mich zu zerstören?«

Thomas nickte traurig. »Ich habe versucht, es ihr zu erklären, doch sie hat mir nicht zugehört. Sie sagte mir, dass sie alte Freunde seien.«

Dominic fuhr verärgert durch sein Haar. »Was zum Teufel soll das heißen?«

Thomas antwortete ruhig: »Ich weiß nicht viel mehr als du, aber Gerüchten zufolge hat sie viel Zeit in seinem Haus in New York verbracht.«

»Ich bringe ihn um«, knurrte Dominic.

Jake trat sofort an seine Seite. »Nicht wenn ich ihn zuerst erwische«, sagte er und seine Augen funkelten genauso böse wie die seines Freundes.

Dominic grunzte zustimmend und fragte sarkastisch: »Ich dachte, du tust nichts, wofür du auswandern müsstest, um nicht ausgeliefert zu werden?«

Jake löste trotzig seine Krawatte: »Das wäre es wert.«

Abby schaute Thomas Hilfe suchend an: »Kannst du sie nicht zur Vernunft bringen, bevor sie noch etwas Dummes anstellen?«

Thomas zuckte die Schultern: »Dominic, bitte denk zuerst über professionelle Unterstützung nach, damit ich vor Gericht nicht gegen dich aussagen muss.«

Sie schaute sich hilflos um: »Marie, kannst du sie nicht beruhigen?«

Mrs Duhamel schnitt eine Grimasse: »Dominic und Stephan kennen sich schon lange. Es stimmt, dass er Nicole Leid zufügen wird, wenn wir nichts unternehmen.«

So oder so wird jemand leiden müssen, dachte Abby.

Sie stellte sich selbstbewusst vor Dominic und Jake. Dominic liebte sie auch dafür, dass sie ihm die Stirn bieten konnte. Jetzt war einer dieser Momente, in dem sie ihm ihre Meinung sagen musste: »Niemand tut irgendetwas, bevor wir nicht mit Nicole gesprochen haben.«

Dominic verzerrte stur das Gesicht. »Du weißt nicht, wie gefährlich dieser Mann ist, Abby.«

»Würde er ihr etwas antun?«, fragte Abby.

»Wahrscheinlich nicht«, räumte Jake ein.

»Dann müssen wir einen Weg finden, dieses Problem zu lösen, ohne dass ein unüberbrückbarer Keil zwischen dich und Nicole getrieben wird. Was ist wichtiger, ein alter Groll oder die Beziehung zu deiner Schwester?« Abby legte ihre Hand beruhigend auf Dominics Arm und fühlte, wie seine Muskeln sich unter ihrer Berührung sofort entspannten.

Dominics Wut schmolz dahin. »Ich hasse es, wenn sie recht hat«, sagte er.

»Ich auch«, mischte sich Lil aus dem Hintergrund ein.

»Nicole wird nichts passieren, Dominic. Wir werden das nicht zulassen.« Dominic und Jake tauschten einen verdächtigen Blick aus, der Abby erneut an die Raubkatze erinnerte, die sie einst versucht hatte zu zähmen. Sie hatte geschnurrt, als sie sie gestreichelt hatte, und sogar akzeptiert, gestriegelt zu werden, doch unter ihrer domestizierten Fassade hatte sie ihre Wildheit nie verloren. Abby musste schnell herausfinden, was mit Nicole geschehen war. Ansonsten würden die beiden Männer vor ihr die Sache zweifellos auf ihre eigene Art und Weise lösen. Sie hielt ihren Finger vor das Gesicht der beiden Männer: »Versprecht mir, dass ihr nichts tun werdet, bevor wir nicht wissen, was wirklich los ist.«

Dominic knurrte unverbindlich. Jake schaute zur Seite.

Mrs Duhamel flüsterte Dominics Mutter zu: »Passt sie nicht wunderbar in diese Familie? Ich wusste, dass sie gut für ihn ist, seit ich zum ersten Mal mit ihr gesprochen habe.«

Ihre Worte schienen Dominic zu beruhigen. Er schaute sich im Raum um, als würde er jeden zum ersten Mal sehen. Seine Augen verweilten wohlwollend auf dem engen Band zwischen Thomas und seiner Mutter, wanderten zu Mrs Duhamel, die das schlafende Baby sanft in ihren Armen schaukelte, und verzogen sich amüsiert, als er sah, wie schnell Jake an Lils Seite zurücktrat. Schließlich sah er Abby lächelnd an, zog sie an seine Seite und sagte: »Familie. Ich mag, wie sich das anhört.«

»Ich auch«, erwiderte Abby. Sie konnte seine Gedanken so deutlich lesen, als hätte er sie laut ausgesprochen. Egal wie unterschiedlich ihre Vergangenheit auch war, sie waren tatsächlich eine Familie, wenn auch durch Liebe verbunden und nicht durch Blut.

Sie würden irgendwie eine Lösung finden. Wie es Familien immer tun – *gemeinsam*.

5286165R00111

Printed in Germany
by Amazon Distribution
GmbH, Leipzig